LUZIFER
VERLAG

ALEX

LUKEMAN

PROJECT

DIE SIEBTE SÄULE

LUZIFER
VERLAG

Deutsche Erstausgabe
Titel der Originalausgabe: THE SEVENTH PILLAR

www.luzifer.press

Umschlaggestaltung: Michael Schubert | Luzifer-Verlag
Übersetzung: Mark Tell Weber

ISBN: 978-3-95835-396-1

Dieses Buch wurde nach Dudenempfehlung (Stand 2019) lektoriert.

Bibliografische Information der Deutschen Nationalbibliothek:
Die Deutsche Nationalbibliothek verzeichnet diese Publikation in der Deutschen Nationalbibliografie; detaillierte bibliografische Daten sind im Internet über *http://dnb.d-nb.de* abrufbar.

TEIL I
AFRIKA

Kapitel 1

Zwölf stand reglos da, unsichtbar in einer Welt in stummem Grau. Der dichte Londoner Nebel umgab ihn wie das Flüstern aus einem Grab. Der Nebel roch nach alten, unreinen Dingen, denn der verseuchte Flusslauf der Themse war nicht weit entfernt. Sein Körper vibrierte vor unbändiger Energie. Jeder Tropfen Feuchtigkeit auf seiner Haut war fiebrige Erwartung, jedes Geräusch erschien ihm zehnmal so laut. Er hörte die sich nähernden Schritte. Ein Mann mit einem dunklen Mantel und Hut war gleich einem Gespenst aus dem grauen Vorhang des Nebels getreten. Ein Regenschirm schwang locker an seiner Seite. Zwei Leibwächter gingen wie gewöhnlich direkt hinter ihm. Dieser Mann war niemals allein unterwegs. Der Attentäter zog einen uralten Dolch aus seinem Ärmel, als der Mann an ihm vorbeischritt. Er trat aus den Nebelschwaden und stieß die Klinge tief in die Mulde direkt an der Schädelbasis seines Zielobjekts, wandte sich mit geübter Leichtigkeit um und brach der ersten Wache das Genick. Ein blitzschneller Schlag auf den Kehlkopf schickte den zweiten auf die Knie, ein toter Mann, der noch zu atmen versuchte. Zwölf bückte sich und wischte mit dem teuren Mantel des Toten das Blut von seinem Dolch. Er nahm einen kleinen Gegenstand aus der Tasche und platzierte ihn bei der Leiche. Dieser trug eine ungewöhnliche Inschrift:

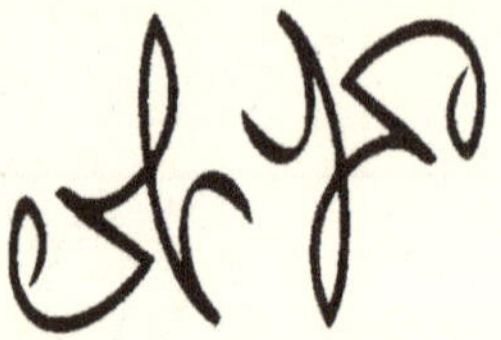

Die Inschrift wies den Weg, führte aber ins Nichts. Es sollte jene verwirren, die nach ihm suchen würden. Verwirrung war gut. Der Attentäter verschmolz wieder mit dem stillen Nebel. Sein Meister würde zufrieden sein.

Kapitel 2

Hätte Nick Carter eine Erinnerung gebraucht, wie sehr sich in den letzten Wochen alles verändert hatte, hätte er nur auf sein Mobiltelefon schauen müssen. Es war schwarz, glänzend und hatte eine Unmenge Knöpfe. Es gab eine Direktwahltaste für das Weiße Haus, für den Siebten Stock in Langley, für den Direktor der NSA, für den Generalstab, für die DIA und noch ein halbes Dutzend mehr, deren Bedeutung er noch gar nicht kannte. *Wenigstens ist es nicht rot,* dachte er bei sich. Das Telefon war Teil seines neuen Jobs als Co-Direktor von PROJECT. Dazu gab es noch ein neues Büro mit einem großen Flat-Screen-Monitor an der Wand, einem braunen Ledersessel und dickem Teppichboden. Es gab auch einen eindrucksvollen Schreibtisch mit einem verschlüsselten Computersystem, das mit den Cray-Hauptrechnern im Keller vernetzt war.

Außerdem gab es zwei Fenster. Das eine zeigte hinaus auf die Eingangshalle. Das andere gewährte ihm einen Ausblick auf den Bürobereich bis hinüber zu Stephanie Willits Zimmer. Stephanie leitete zurzeit das Tagesgeschäft von PROJECT. Nick kümmerte sich um den Außendienst, war verantwortlich für Taktik und Strategie. Dafür begab er sich an Orte, an die kein Mensch freiwillig gehen würde, der noch bei Verstand war.

Gemeinsam gingen sie die Tagesberichte der großen Geheimdienste durch, die für den Präsidenten bestimmt waren. Manchmal mussten sie darauf hinweisen, dass der Kaiser nackt war, womit sie sich innerhalb der Gemeinde der US-Geheimdienste unbeliebt machten. Nick stand auf, um sich an der chromglänzenden Maschine eine Tasse starken Kaffee einzuschenken. Er ging an seinen Tisch zurück, wo ein dicker Umschlag geduldig auf ihn wartete. Steph hatte ihn mit erhobenen Brauen überreicht, als er hereingekommen war. Die gehobenen Augenbrauen bedeuteten für gewöhnlich, dass sein Tag kompliziert werden konnte. Er nippte an seinem Kaffee, öffnete den Umschlag und nahm den Inhalt heraus. Dokumente und Fotos. Die erste Aufnahme zeigte einen Mann, der auf dem nassen Pflaster lag. Seine blauen Augen waren offen und leer. Eine Blutlache hatte sich unter seinem Kopf ausgebreitet. Carter legte das Foto zur Seite und begann zu lesen. Der Tote war Sir Edward Hillary-Smythe, der britische Außenminister. Ein mächtiger Mann, ein Falke, ein Verfechter von harten Sanktionen gegen den Iran, und wenn nötig, auch für einen Einsatz des Militärs gegen das Regime in Teheran. Das Einzige, was hätte schlimmer sein können, wäre ein Anschlag auf die Königin selbst gewesen. Sir Edward war eine sehr bekannte und kontroverse Persönlichkeit gewesen, ein möglicher Nachfolger für den Mann in 10 Downing Street. Stephanie kam in sein Büro.

»Ich wette zehn zu eins, dass wir noch vor Mittag einen Anruf von Rice bekommen.«

James Rice war der Präsident der Vereinigten Staaten. Die Wahlen standen vor der Tür. Es war noch nicht einmal Weihnachten, aber die politische Rhetorik bekam bereits harte Untertöne.

»Ich nehme keine Wetten an, Steph. Außerdem ist es ein Problem der Briten. Der MI-5 ist ziemlich gut.«

»Nicht gut genug, um seinen Tod zu verhindern.«

»Warum lief er überhaupt draußen im Nebel herum?«

»Sir Edward liebte seine Abendspaziergänge.«

»Hat niemand etwas mitgekriegt?«

»Warst du schon mal im dicken Londoner Nebel?« Stephanie setzte sich in einen der braunen Ledersessel. »Schon zwei Blocks entfernt würdest du nicht mehr hören, dass eine Bombe hochgeht. Außerdem hat der Mörder ein Messer benutzt. Machte keinen Lärm. Schaltete gleichzeitig zwei Agenten vom MI-5 aus.«

»Ein Profi.«

»Genau. Rein, raus, ein Attentat, schnell und schmutzig.«

»Weiß jemand, wer dahinterstecken könnte? Hat sich jemand zu dem Attentat bekannt?«

»Ja und nein.« Steph war Mitte dreißig. Das dunkle Haar reichte ihr bis zu den Schultern. Sie bevorzugte große Goldohrringe und trug ein goldenes Armband um ihr linkes Handgelenk. Sie hatte volle Lippen, breite Wangenknochen und dunkle Schatten unter dunklen Augen. Wenn man sie ansah, dachte man unweigerlich an Kakao und Kekse und an ein warmes Bett in einer kalten Nacht. Man hätte meinen können, dass sie mehrmals die Woche mit einer Familienkutsche zum nächsten Spielplatz fuhr. Aber da läge man falsch. Auf dem Schießstand setzte sie auf dreißig Meter alle dreizehn Schuss ins Schwarze, in unter dreißig Sekunden. Sie war ein Genie am Computer und konnte jede Firewall der Welt hacken. Sie war verheiratet gewesen und mittlerweile geschieden. Sie lebte allein in ihrem Washingtoner Apartment. Gemeinsam mit Nick leitete Stephanie eine der geheimsten Anti-Terror-Einheiten der Welt. Carter hatte keine Ahnung, was sie so trieb, wenn sie nach Hause ging. Aber das musste er auch nicht. Er vertraute ihr, das war genug.

Carter starrte auf das Bild des Toten und fühlte Ärger auf sich zukommen. Er nahm ein weiteres Foto aus dem Stapel, auf dem etwas mit einer ungewöhnlichen Inschrift zu sehen war. »Was ist das?«

»Der Mörder hinterließ es bei dem Toten.«

»Eine Nachricht?«

»Scheint so.«

»Irgendein Schriftzug. Selena sollte sich das mal ansehen.«

»Sie ist unten im Computerraum. Ich schick' ihr eine Nachricht.«

Selena war ein phänomenales Sprachtalent. Wenn irgendjemand die Inschrift entschlüsseln konnte, dann war sie diese Person. Ein paar Minuten später sah er zu, wie sie durch die Tür hereinspazierte. Sie bewegte sich auf eine Art und Weise, die ihn an eine Kreuzung zwischen einer Tänzerin und einer geschmeidigen Raubkatze erinnerte, graziös und gefährlich schön. Sie war knapp eins-siebzig, ein wenig kleiner als Nick. Sie hatte hohe Wangenknochen und einen natürlichen Schönheitsfleck über der Oberlippe. Ihre Augen hatten eine ungewöhnliche Violettfärbung. Ihr Haar war rotblond. Sie trug ein maßgeschneidertes graues Kostüm und eine lavendelfarbene Bluse, die zur ihrer Augenfarbe passte. Ansonsten hatte sie nur eine schmale goldene Uhr am linken Handgelenk und trug einfache Ohrringe. Nicht jedem gelang es, eine Glock 10mm in einem Schnellziehholster wie ein Modeaccessoire aussehen zu lassen, aber Selena bekam auch das hin. Wenn Leute draußen auf der Straße sie zusammen sahen, waren sie zunächst verwirrt. Niemand hätte Nick auf den ersten Blick als gutaussehend bezeichnet. Kantig vielleicht. Ungeschliffen. Zäh, mit stechenden grauen Augen, die ständig in Bewegung zu sein schienen. Frauen sagten von ihm, dass er nicht übel aussah, vielleicht ein wenig furchteinflößend. Jemand, den man im Auge behalten sollte. Aber niemals gutaussehend. Selena war in einer ganz anderen Liga. Sie war eine beinahe perfekte Schönheit.

»Was ist los?« Sie setzte sich neben Stephanie.

»Jemand hat heute Morgen den britischen Außenminister ermordet und das hier zurückgelassen. Ergibt das für dich einen Sinn?« Er reichte ihr das Foto.

Sie studierte es. »Es bedeutet: Mohammed und Ali. Die Schrift ist Arabisch. Es ist ein sogenanntes Ambigramm, ein kalligrafisches Vexierbild mit verschiedenen möglichen Bedeutungen.«

»Was bedeutet das da?«

»Es ist ein schiitisches Ambigramm. Eine seiner Bedeutungen ist, dass Ali Mohammeds rechtmäßiger Nachfolger ist, der von Allah und Mohammed dazu bestimmt wurde, die muslimische Glaubensgemeinschaft anzuführen.«

»Und?«

»Ali war Mohammeds Cousin. Nach dessen Tod trat er seine Nachfolge an, weil das seine göttliche Bestimmung war. Sunnitische Muslime aber glauben, dass Abu Bakr Mohammeds rechtmäßiger Nachfolger sein müsse. Die Schiiten behaupten, dass Abu Bakr nur ein Opportunist war, der die Macht an sich reißen wollte. Die islamische Welt befindet sich seit diesem Zeitpunkt ständig im Krieg.« Sie runzelte die Stirn. »Ich habe es schon einmal gesehen, kann mich nur nicht erinnern, wo. Aber es fällt mir sicher wieder ein.«

Carter rieb sich sein Ohrläppchen. »Wenn du an Schiiten und Terrorismus denkst, dann meinst du sicher Teheran. Sir Edward war ein Hardliner, wenn es um den Iran ging. Vielleicht steckt der iranische Geheimdienst dahinter.«

»Das wäre ein wenig voreilig.« Selena glättete eine Falte in ihrem Rock. »Ich frage mich, warum er ermordet wurde.«

»Wenn wir herausfinden, wer es war, dann wissen wir auch, warum.« Er wechselte das Thema. »Steph, hast du schon etwas von Ronnie und Lamont gehört?«

»Vor zwei Stunden. Bisher alles Routine. Sie sollten sich bald wieder bei uns melden.«

Kapitel 3

Unter der gnadenlosen Sonne Afrikas hockten Ronnie Peete und Lamont Cameron in einem mitgenommenen, blauen Toyota Pick-up. Die Temperatur lag über 40 Grad im Schatten und die Türgriffe waren heiß genug, um sich daran die Finger zu verbrennen. Ronnie schien die Hitze nichts auszumachen, doch über Lamonts braune Züge rann der Schweiß. Das Rinnsal folgte der Linie aus Narbengewebe, die quer über sein Auge und seinen Nasenrücken reichte, und tropfte auf seinen sandfarbenen Burnus. Es sah zu seinem Partner hinüber. »Wie kommt es, dass du nicht schwitzt?«

»Das ist doch nicht heiß. Du solltest mal eine Schwitzhütte ausprobieren. Da drin ist es heiß.«

Ronnie war ein Navajo und in einem Reservat aufgewachsen, bevor er zu den Marines ging. Er war bei der Aufklärung gewesen, in derselben Einheit wie Nick. »Eine Schwitzhüttenzeremonie geht über drei Tage«, erklärte er. »Klar, wir konnten dann und wann rausgehen und uns abkühlen.«

»Kennst du auch eine Schattenzeremonie?«

Ronnie grinste.

Lamont hob sein Fernglas. »Da tut sich was.« Er konzentrierte sich auf einen niedrigen, zweistöckigen Betonbau mit Flachdach, der von einem mit Stacheldraht gekrönten

Drahtzaun umgeben war. Er sah kahl, schmutzig und langweilig aus. Lamont gab das Fernglas weiter. »Sie laden etwas in den Lastwagen.«

Der Lastwagen war gestern aufgetaucht, zusammen mit einem Kerl mit weißem Vollbart und grünem Turban, der sich mit bewaffneten Wachen umgab. Lamont hatte drei schnelle Fotos gemacht und sie an Stephanie geschickt. Der Laster sah aus wie viele tausend andere Lastwagen in Afrika. Man nutzte sie, um so ziemlich alles zu transportieren, von Ziegen bis zu Soldaten. Er hatte keine besonderen Kennzeichen, aber die Nummernschilder stammten aus dem Sudan. Da sie sich direkt außerhalb von Khartoum befanden, war das keine große Überraschung. Fünf bärtige Männer mit AK-47-Sturmgewehren standen in der Nähe und wirkten angespannt. Zwei weitere hoben einen olivfarbenen Metallcontainer von der Größe einer Seekiste zu jemandem im Inneren des Lastwagens hinauf. Zwei weiße Toyota Pick-ups mit fest montierten Degtjarjov-MGs warteten in der Nähe. Die russischen Waffen waren in diesem Teil der Welt ziemlich populär. Das Gebäude ähnelte einer der Chemiefabriken, die das US-Militär hier vor Jahren bombardiert hatte. Dort wurde damals VX produziert, ein tödliches Nervengas, das aus Pestiziden synthetisiert wurde. Die ausgebombte Ruine war in Khartoum zu einer Touristenattraktion geworden. Vielleicht produzierte wieder irgendjemand VX. Deshalb brieten Ronnie und Lamont jetzt in der afrikanischen Sonne: Um herauszufinden, ob etwas an der Sache dran war.

»Sie gehen sehr behutsam mit dieser Kiste um. Als würden sie rohe Eier transportieren.« Ronnie justierte sein Fernglas. Das Sonnenlicht reflektierte von den Linsen und tanzte über die Frontscheibe. Ronnie fluchte lautlos. Jemand zeigte in ihre Richtung. Bei den Pick-ups entstand hektische Aktivität. »Scheiße, wir sind aufgeflogen. Zeit zu verschwinden.«

Lamont startete den Motor. Er wendete, fädelte auf die Straße nach Khartoum ein und trat das Gaspedal durch. Ronnie wandte sich um und sah, dass die bewaffneten Pick-ups ihnen folgten. Ihr Toyota raste durch die Ausläufer von Khartoum. Die Verfolger näherten sich und die Schützen an den MGs eröffneten das Feuer. Kaum, dass die ersten Schüsse fielen, rannten die Anwohner in Deckung und die breite Straße leerte sich. Jeder im Sudan kannte das Geräusch von Gewehrfeuer.

Lamont und Ronnie duckten sich. Das Heckfenster explodierte in einem Hagel aus Glassplittern. Kugeln durchlöcherten die Frontscheibe, ließen den Staub um sie herum hochspritzen und schlugen in die weißgekalkten Wände der umliegenden Gebäude ein. Ein paar Geschosse prallten vom Kabinendach ab. Es klang, als schlüge jemand mit einem Hammer auf den Stahl. Hinten auf der Ladefläche, unter einer Segeltuchplane, lag ein Granatwerfer. Aber da hinten nützte er ihnen nichts. Ronnie stieß seine Tür auf. »Ich schnapp' mir den Granatwerfer.« Er kletterte nach draußen und hielt sich am Dachrahmen fest, wo eben noch das Heckfenster gewesen war. Glassplitter schnitten in seine Handfläche. Er fluchte, schwang ein Bein über die Ladekante und rollte sich auf die Ladefläche. Er kroch zu dem Granatwerfer und schlug die Plane beiseite. Sie wurde vom Fahrtwind erfasst und landete auf der Straße hinter ihnen. Er öffnete die Transportkiste, holte das lange Abschussrohr heraus und lud die erste Granate.

Einer der Schützen zielte auf ihre Hinterreifen. Sie zerplatzten mit hörbarem Knall und verwandelten sich in verbogene Felgen und zerfetztes Gummi. Lamont rang mit der Lenkung des Pick-ups. Ronnie kam hoch, kniete sich hin und feuerte. Die Granate zog eine Rauchspur hinter sich her. Er spürte den heißen Wind der Schüsse, die ihn verfehlten und die Kabine trafen. Lamont schrie auf. Das vordere der sie verfolgenden Fahrzeuge verschwand in einem Feuerball. Der zweite Pick-up passierte das brennende Wrack. Das charakteristische Hämmern des russischen MGs hallte von den umliegenden Hauswänden wider. Ronnies zweite Granate zerfetzte den Pick-up, nachdem sie dessen Frontscheibe durchschlagen hatte. Der Wagen wurde von der Straße gehoben, kippte um und explodierte dann. Ihr eigener Wagen geriet ins Schleudern, rammte seitlich eines der Gebäude und schrammte an der Außenwand entlang, bis er schließlich zum Stehen kam.

Ronnie sprang von der Ladefläche, öffnete die Fahrertür und zog Lamont hinter dem Lenkrad hervor. Seine Schutzweste hatte zwei der Kugeln aufgehalten. Eine dritte hatte seinen Arm getroffen. Blut durchtränkte seinen Burnus. Seine braunen Züge hatten jetzt die Farbe von dünnem Milchkaffee und waren schmerzverzerrt. Er drückte den verletzten Arm gegen seinen Körper. Dünne Flammen züngelten unter der Motorhaube ihres Pick-ups hervor. Jetzt, wo die Schießerei vorbei war, kamen die Anwohner wieder aus ihren Häusern und Geschäften.

Lamont hatte die Hautfarbe eines Äthiopiers, aber blaue Augen. Ronnie hatte indianische Züge. Sie trugen einheimische Kopfbedeckungen, Umhänge und hatten Bärte. Sie gingen nicht als Sudanesen durch, aber niemand würde sie für Amerikaner halten. Ronnie zog seine Pistole, um unnütze Diskussionen zu vermeiden. Niemand sprach sie an. Sie rannten die Straße hinunter und verschwanden in einem Labyrinth aus Hinterhöfen und schmalen Gassen, das sich zwischen den Häuserzeilen erstreckte. Hinter ihnen ging der Wagen in Flammen auf und schickte eine schwarze Rauchsäule in den wolkenlosen Himmel.

Ronnie hielt in einer menschenleeren Seitenstraße an. Ein dünner Strahl Sonnenlicht fiel zwischen den schmutzfarbenen Wänden herab. Er schnitt Lamonts Ärmel auf. Über dem Ellbogen zeigte sich ein gesplitterter Knochen, wo die Kugel den Arm durchschlagen hatte.

»Wie schlimm sieht's aus?« Lamonts Stimme war ganz rau vor Schmerz.

»Nicht gut. Muss die Blutung stoppen. Das wird wehtun.« Ronnie schnitt Streifen aus seinem Burnus und verband die Wunde. Er improvisierte eine Schlinge. Lamont biss die Zähne zusammen. Ronnie behielt die Straße im Auge und drückte eine der Tasten an seinem Telefon. Der

Anruf konnte zwar abgehört werden, aber ohne den richtigen Chip am anderen Ende konnte man nichts verstehen.

Es entstand eine kurze Verzögerung, als der Anruf über den Satelliten weitergeleitet wurde. Stephanie antwortete. »Ja, Ronnie?«

»Wir haben ein Problem. Wurden von zwei Fahrzeugen verfolgt. Haben uns um sie gekümmert, aber unser Wagen ist im Eimer. Lamont hat eine Kugel abbekommen. Ich bin nur leicht verletzt.« Er sah auf seine blutige Hand hinunter. »Holt uns hier raus. Lamont muss sofort in ein Krankenhaus.«

»Geht zum sicheren Haus. Wir evakuieren euch von dort.«

»Sie haben etwas auf einen Siebeneinhalbtonner geladen. Wir haben den Laster letzte Nacht verwanzt.«

»Wir werden sie orten. Ruft wieder an, wenn ihr in Sicherheit seid.«

»Geht klar.« Ronnie legte das Telefon beiseite.

Kapitel 4

Am folgenden Tag trafen sich Nick und Selena mit Stephanie in ihrem Büro. Ronnie und Lamont befanden sich mittlerweile auf einem Flugzeugträger der US-Navy, zweihundert Meilen vor der Küste. Wegen der Evakuierung aus Khartoum schuldeten sie der CIA jetzt einen Gefallen. Das PROJECT hatte kein Personal rund um den Globus. Langley schon. Zu Nicks großer Überraschung hatten sie kooperiert. Carter war erleichtert, dass sich sein Team jetzt in Sicherheit befand, aber er wusste auch, dass Langley eine Gegenleistung fordern würde.

Es gab eine neue Entwicklung, aber sie war nicht gut. Stephanie brachte sie auf den neuesten Stand. »Senator Randolph wurde ermordet. Drei Agenten des Secret Service befanden sich bei ihm. Auch sie sind tot, ebenso seine Frau und ihr Hund. Sie fanden ein Symbol bei seiner Leiche, das dem von London glich. Der Präsident hat mich angerufen und erwartet Antworten.«

Randolph war einer der führenden Gegenkandidaten von Präsident Rice in den kommenden Wahlen gewesen. Er hatte sich für eine vorbeugende Militärintervention im Iran ausgesprochen und gegen jeden anderen, der sich Nuklearwaffen verschaffen wollte. Also hatte gerade jemand einen Anschlag auf den Mann verübt, der der nächste Präsident der USA hätte werden können. Nick sprach nur aus, was sie alle bereits wussten: »Es ist wahrscheinlich, dass man wegen des Symbols eine Verbindung zu den Schiiten erwarten würde. Randolph wollte harte Sanktionen gegen Teheran. Genau wie der britische Außenminister. Jeder wird annehmen, dass der Iran hinter den Attentaten steckt.«

»Vielleicht entspricht das ja der Wahrheit.« Stephanie trommelte mit den Fingern auf ihren Schenkel.

»Das ergibt doch keinen Sinn, Steph. Warum sollten die Iraner ihre Beteiligung öffentlich bekanntgeben? Das ist doch gar nicht ihr Stil.«

»Die öffentliche Meinung wird das für uns entscheiden. Das ist Sache der Politik, das weißt du genau. Man sucht nach einem Schuldigen. Wenn erst jemand die Verbindung herstellt, könnte das Krieg bedeuten.«

»Ich glaube nicht, dass es Teheran war«, sagte Selena. Sie hielt das Foto des Symbols hoch. »Ich habe mich daran erinnert, wo ich es schon einmal gesehen habe. Kaum zu glauben, dass es jetzt wieder auftaucht.«

»Was meinst du damit?« Carter war ungeduldig.

»Es ist das Zeichen des Geheimbundes der Hashashin. Davon leitet sich das Wort Assassine ab. Sie waren eine schiitische Sekte, die vor siebenhundert Jahren einfach verschwand.«

»Waren das die Typen, die Haschisch rauchten und dann dachten, sie wären schon im Paradies?«

»Genau.«

»Lass mich raten«, sagte Nick. »Sie kamen aus dem Iran.«

»Wieder richtig. Nur hieß er da noch Persien. Sie hatten eine Festung im Nordwesten des heutigen Iran, an einem Ort namens Alamut. Diese Festung steht noch immer, wurde aber im 13. Jahrhundert von den Mongolen erobert.«

»Was geschah mit ihnen? Du hast gesagt, sie seien einfach verschwunden.«

»Sie glaubten an eine Herrschaftsfolge geheimer Imame und durchliefen einen Prozess, den sie selbst Auflösung nannten. Sie gingen in den Untergrund, bis ihre Imame sie wieder zum Kampf riefen. Aber das sollte angeblich erst geschehen, wenn Gott ihnen ein Zeichen schickt.«

»Und was für eine Art Zeichen wäre das?«

»Da müsste ich raten. Ich nehme an, sie werden es wissen, wenn sie es sehen.«

»Vielleicht haben sie ihr Zeichen bereits erhalten. Vielleicht sind sie wieder da.«

»Du denkst, dass es diesen Kult immer noch gibt?«, fragte Steph.

»Es ist ihr Symbol«, antwortete Selena achselzuckend. »Und der Dolch war ihre bevorzugte Waffe, auch wenn sie hin und wieder Gift einsetzten. Sie wurden von frühester Kindheit an in jeder Art des Tötens ausgebildet. Stell sie dir als muslimische Ninjas vor, dann bekommst du den richtigen Eindruck. Sie waren Fanatiker, eine kleine, isolierte Sekte innerhalb der Schiiten. Sie glaubten, dass sie der einzig richtigen Interpretation von Mohammeds Lehren folgten.«

»Wie viele von ihnen gab es?«

»Das weiß niemand.«

Carter rieb seine pochenden Schläfen.

»Sie können unmöglich noch existieren«, sagte Stephanie. »Ich denke da an die Lehren von Sherlock Holmes.«

»Das hier ist kein Spielfilm, Steph.«

»Sei kein Idiot, Nick. Holmes sagte, dass wenn alle denkbaren Möglichkeiten eliminiert wurden, nur das Unmögliche übrig bleibt. Oder so ähnlich. Wenn es wirklich diese Assassinen sind, dann existieren sie in der modernen Welt, obwohl jeder das für unmöglich halten würde.«

»Wenn sie noch existieren und sich jahrhundertelang versteckt haben, dann sind sie darin vermutlich ziemlich gut. Wie sollen wir sie finden?«

Selena runzelte die Stirn. »Wir brauchen mehr Informationen. Und ich weiß, wo wir anfangen könnten.«

»Wo?«

»In Mali.«

»Mali? Was gibt es denn in Mali?«

»Das Ahmed-Baba-Institut. Es ist eine Bibliothek in Timbuktu, die eine Sammlung von Schriften in arabischer Sprache besitzt, die bis ins 13. Jahrhundert zurückreicht. Wenn du etwas über die muslimische Geschichte im Mittelalter wissen willst, dann ist das die Quelle.«

Nick kannte diese Begeisterung. Grundlagenforschung an vergessenen Schriften, das war jahrelang ihr Steckenpferd gewesen. Es hatte ihr einen respektablen Ruf in der akademischen Welt verschafft.

»Du willst also nach Timbuktu?«

»Wenn es überhaupt historische Referenzen darüber gibt, was mit den Hashashin geschah, dann ist das der Ort, an dem sie zu finden sind. Sonst findest du überall nur die gängige Geschichtsschreibung und die hilft uns nicht weiter.«

Stephanie schnippte eine Fluse von ihrem dunklen Kostüm. Nick konnte sich noch gut erinnern, wie sie früher in bunten Sportklamotten zur Arbeit erschienen war. Jetzt gab sie sich geschäftsmäßig.

Selena war noch nicht fertig. »Steph, ich brauche eine Forschungsgenehmigung. Die sind sehr zurückhaltend, wenn es um den Zugang zu uralten Handschriften geht. Aber mit meiner Vita sollte es nicht allzu schwierig werden. Vor zwei Jahren hielt ich bei einer internationalen Konferenz einen Vortrag über islamische Geschichte und arabische Sprachen. Ich wurde bereits für die nächste Konferenz als Rednerin eingeladen. Ich könnte meine wahre Identität nutzen und vorgeben, für den Vortrag zu recherchieren.«

Stephanie machte sich Notizen. »Das lässt sich arrangieren.«

»Sie kann doch nicht allein gehen, Steph. Ich begleite sie. Wir haben Militärberater in Mali und die Regierung ist uns freundlich gesonnen. Wir können unsere Waffen mit dem Diplomatengepäck ins Land bringen.«

»Verdammt, Nick. Du bist jetzt einer der Direktoren. Du solltest nicht einfach losziehen, wo du erschossen oder gekidnappt werden könntest. Außerdem werden jetzt alle Geheimdienste der Welt nach diesen Kerlen suchen. Die werden sie schon finden.«

»Die anderen Dienste haben aber keine Selena. Es ist eine taktische Entscheidung, und die liegt in meiner Verantwortung. Sie hat noch nicht genug Erfahrung im Außeneinsatz, um allein zu gehen. Ronnie und Lamont sind aus dem Rennen. Also bleibe nur ich.«

Selena winkte ab. »Entschuldige mal. Ich sitze hier direkt vor dir.« Ihr Gesicht war zornesrot. »Denkst du etwa, ich kann nicht auf mich selbst aufpassen?«

»Darum geht es nicht. Du bist eine Anfängerin. Es wäre dein erster Einsatz in Afrika. Betrachte es als Teil deiner Ausbildung.« Selena musterte ihn und nickte dann kurz. Er wusste, dass die Sache noch nicht ausgestanden war.

»Nick …«

»Ich gehe mit ihr, Steph.«

Stephanie seufzte. Sie wusste, dass es hoffnungslos war, wenn Nick sich etwas in den Kopf gesetzt hatte. »In der muslimischen Welt bist du bekannt wie ein bunter Hund. Du brauchst eine glaubwürdige Tarnung, eine andere Identität.«

Das stimmte. Nach Jerusalem war er mit Sicherheit das bevorzugte Ziel eines jeden Fanatikers. »Wir denken uns etwas aus«, sagte er knapp.

Kapitel 5

Carter und Selena verließen das PROJECT und fuhren zurück in die Innenstadt. Sie hatten einen neuen Mercedes bekommen, um den zu ersetzen, den die Chinesen zusammengeschossen hatten. Ein Coupe. Schnell, burgunderrot, beinahe die Farbe von Blut. Innen hatte der Wagen eine Lederausstattung, komfortabel und warm. Draußen hatte es zu schneien begonnen. Das Wispern der Wischerblätter und das leise Hintergrundgeräusch der Klimaanlage konnten Selenas ohrenbetäubendes Schweigen nicht übertönen. Nick behielt diese Erkenntnis für sich. Als sie schließlich etwas sagte, klang ihre Stimme angespannt. »Warum glaubst du, dass ich nicht selbst auf mich aufpassen kann?«

»Das denke ich gar nicht.«

»Doch, tust du. Du hast mich da drinnen als Anfängerin bezeichnet.«

»Weil du noch ganz am Anfang stehst. Afrika ist ein einziges Chaos. Dort kann praktisch alles passieren. Du weißt nicht, wie es ist, dort draußen als Agent zu operieren. Du musst davon ausgehen, dass jeder dich umbringen will.«

»In Tibet haben sie sich redlich bemüht.«

»Das war etwas anderes. Ronnie und ich haben Erfahrung mit verdeckten Operationen und es war diese Art von Mission. Genau wie Argentinien. Da hast du dich gut geschlagen, sehr gut sogar. Aber Undercover-Ermittlungen sind etwas anderes. Damit hast du noch keine Erfahrungen.«

»Du vergisst, dass meine Forschungen mich immer wieder an gefährliche Orte führten, ohne dass ich dabei verletzt wurde. Auch nach Afrika.«

»Hör mal, da draußen kannst du niemandem vertrauen. Du kannst dich nicht darauf verlassen, dass die Dinge so sind, wie sie scheinen. Du musst immer auf der Hut sein. Du musst alles mit anderen Augen sehen, auf eine verborgene Geste oder ein falsches Wort achten. Auf ein verborgenes Messer. Du musst immer davon ausgehen, dass jemand dir auf den Fersen ist, selbst wenn alles ruhig aussieht.«

»Es ist doch nur eine Bibliothek.«

»Eine Bibliothek in einem muslimischen Land voller Terroristen, in der wir nach Hinweisen über eine Gruppe terroristischer Attentäter suchen wollen. Wenn es dort etwas zu finden gibt, dann wissen die es auch. Denkst du, dass sie einen solchen Ort nicht im Auge behalten? Du musst mit so etwas rechnen, denn wenn du es nicht tust, könntest du draufgehen.«

Selena wurde wütend. Nick erkannte die Vorzeichen. »Warum denkst du, dass ich darauf nicht von allein gekommen wäre?«

Carter spürte, wie seine eigenen Züge sich verhärteten, wie sein Blutdruck stieg. »Verdammt, Selena, darum geht es doch gar nicht. Wie ich schon sagte, es ist das erste Mal für dich. Du denkst, du weißt alles, aber das tust du eben nicht.«

»Doch nur ein dummes Weibchen, nicht wahr?«

»Verdammt nochmal ...«

Sie waren nur noch ein paar Blocks von Nicks Apartment in D.C. entfernt. Selena bremste energisch und brachte den Wagen zum Stehen. »Ich denke, von hier aus findest du allein nach Hause.«

Nick stieg aus und knallte die Tür hinter sich zu. Selena raste mit durchdrehenden Reifen in einer Wolke aus Schnee und Tauwasser davon. Der Pförtner sah nur einmal hoch, als Nick hereinkam und steckte den Kopf dann wieder in seine Zeitung. Nick grummelte vor sich hin, während der Aufzug nach oben fuhr. Er schloss die Wohnungstür auf und ging auf direktem Weg zur Bar. Dort schenkte er sich einen doppelten Irish Whisky ein und stürzte ihn in einem Zug hinunter. Er stellte sich ans Fenster, sah ins Schneetreiben hinaus und wartete darauf, dass der Whisky seine Arbeit tat.

Was zum Teufel war nur mit den Frauen los? Es war doch ganz einfach. Er wusste, was er tat und sie eben nicht. Warum konnte sie das nicht einsehen? Er wollte ihr doch nur helfen und sie nicht kritisieren. Er musste ihr das irgendwie klarmachen, bevor sie nach Mali gingen. Es war immer schwierig, das Geschäftliche und das Private auseinanderzuhalten. Als ihr Boss konnte er nicht zulassen, dass sie seine Anweisungen ignorierte. Es konnte ihre ganze Mission scheitern lassen. Und als ihr Liebhaber war er einfach nur angefressen. Er schenkte sich noch einen Whisky ein, dachte darüber nach, etwas zu essen, aber sein Magen war wie zugeschnürt. Er stand auf und machte die Musik an. Miles Davis. Er mochte Davis und Coltrane, Horace Silver und John Desmond.

Carter lehnte sich in seinem Sessel zurück und nippte an dem Whisky. Verdammt, er war nicht mal nahe dran, die Frauen in seinem Leben zu verstehen. Außer Megan. Megan war anders. Aber Megan war tot. Er sah auf das Bild, das vor ein paar Monaten von seiner Mutter, seiner Schwester Shelley und ihm gemacht worden war. Seine Mutter blickte abwesend und seine Schwester sah aus, als habe sie etwas Falsches gegessen. Er musste an seine Mutter denken. Sie hatte Alzheimer und es ging schnell mit ihr bergab. Vor ein paar Wochen hatte er einen schlimmen Streit mit Shelley und ihrem Arschloch von Ehemann gehabt. Sie wollten sie in ein Heim stecken und ihr Haus verkaufen. Bestes Bauland in Palo Alto. Sie konnten es gar nicht erwarten, an das Geld zu kommen, doch ohne ihn ging das nicht. Stattdessen hatten sie einer Vollzeitpflegekraft vor Ort zustimmen müssen. Carter konnte es sich jetzt leisten. Wenigstens hatte Shelley aufgehört, ihn wegen seiner Arbeit zu löchern. Jetzt, wo sie wusste, dass er nicht nur irgendein Sesselfurzer in Washington war. Nach Jerusalem war es unmöglich gewesen, sie weiter im Dunkeln zu lassen. Sie wusste nicht genau, was er tat, aber Schreibtischtäter tauchten nicht auf CNN auf, trugen Waffen und sprachen mit dem Präsidenten. Doch Waffen hin oder her, sie verteidigte weiterhin ihren Vater. Und sie spielte sich Nick gegenüber immer noch als große Schwester auf. Sie war eine Nervensäge. Er wünschte, sie hätten ein besseres Verhältnis. Noch so ein Frauenproblem. Carter war es leid, darüber nachzudenken.

Er stand auf, öffnete den Kühlschrank, fand Reste vom Chinesen und aß sie, ohne sie aufzuwärmen. Er schenkte sich noch einen Whisky ein, sank in seinen Sessel und versuchte etwas zu lesen. Die Worte verschwammen vor seinen Augen. Zum Teufel mit allem. Er war seit drei Uhr morgens auf den Beinen. Er zog sich aus und legte sich ins Bett … und träumte den Traum.

Das Echo der Rotorengeräusche hallt von der anderen Seite des Tals wider. Das Dorf ist wieder da, dieselbe staubige Ansammlung armseliger Hütten. Es ist heiß im gleißenden Sonnenlicht Afghanistans, das durch die scharfkantige Hügelkette fällt, die es umgibt. Eine einzelne, unbefestigte Straße führt hindurch. Wie gewohnt springt er aus dem Helikopter und rennt die Straße hinunter. Wie gewöhnlich hat er das M4 im Anschlag, seine Marines sind direkt hinter ihm. Die Hütten reihen sich auf beiden Seiten der Straße auf. Zu seiner Linken ist ein Marktplatz, einfache Stände mit Stoffwänden. Über dem Stand des Metzgers ballt sich eine Wolke von Fliegen. Dann steht er mitten auf dem Marktplatz. Er kann seinen eigenen Schweiß riechen, den Geruch der Furcht darin. Er hält sich von den Stoffwänden fern. Irgendwo schreit ein Kleinkind. Die Straße ist verlassen. Auf den Dächern erscheinen Männer und beginnen auf ihn zu schießen. Die Marktstände verwandeln sich in flammende Trümmer, Mörtel und Steinsplitter regnen von den umstehenden Gebäuden. Ein Kleinkind läuft auf ihn zu, ruft etwas von Allah. Es hat eine Granate. Carter zögert. Der Junge hebt seinen Arm und wirft, als Nick auf ihn schießt. Der Schädel des Jungen verschwindet in einer Fontäne aus Blut und Knochen. Die Granate fliegt wie in Zeitlupe durch die Luft … dann wird alles grellweiß …

Carter erwachte schreiend und schweißnass. Die Granatsplitter haben Narben auf seinem Körper hinterlassen. Und in seinem Verstand haben sie unsichtbare Narben hinterlassen, die man nicht so einfach erkennen konnte. Die Flashbacks kamen nicht mehr so oft wie früher, außer wenn er schlief. Er stand auf und wankte nackt ins Bad. Er duschte, rasierte sich, zog sich an und machte Kaffee.

Er hasste diesen Traum. Er hasste es, dieses Kind getötet zu haben. Es half nicht, sich einzureden, dass es nur Selbstverteidigung gewesen war und dass im Krieg schlimme Dinge geschahen. Es brachte nichts, wenn er sich einredete, dass er keine Wahl gehabt hatte. Carter war nicht gläubig. Er glaubte nicht daran, dass er für die Taten in seinem Leben Trost in den Worten von Menschen finden konnte, selbst wenn diese angeblich von Gott gesegnet waren. Das war doch genau das, was auch die Jihadisten glaubten. Und was kam dabei heraus? So etwas wie Erlösung gab es nicht, außer man fand sie in sich selbst. Wenn sie auch in ihm steckte, dann hatte er sie noch nicht gefunden. In der Zwischenzeit versuchte er, jene Menschen aufzuhalten, die Kinder mit Granaten in der Hand losschickten. Einen Terroristen nach dem anderen. Vielleicht lag darin seine Erlösung. Er wartete auf den Morgen. Sein Telefon klingelte.

»Ja?«

»Ich bin's.«

Er wusste nicht, was er sagen sollte. »Wo bist du?«

»Im Hotel.« Selena hatte noch immer eine Hotelsuite im Mayflower. Keiner von ihnen war jetzt schon bereit, für immer zusammenzuziehen. Vielleicht würden sie das auch nie.

»Tut mir leid wegen vorhin«, sagte sie. »Ich glaube, ich bin zurzeit ziemlich unter Druck.«

»Ich versuche nicht, dir vorzuschreiben, wie du dein Leben führen solltest.«

»Ich weiß.«

»Ich mache mir Sorgen um dich. Ich will nicht, dass du draufgehst. Vielleicht nehme ich dich zu hart ran.«

»Ist das eine Entschuldigung? Wir wussten doch, dass es dazu kommen würde. Ist nicht das erste Mal. Ich weiß, worauf ich mich eingelassen habe. Und ich weiß auch, dass ich noch viel lernen muss. Ich bin nicht dumm.«

»Du bist alles andere als dumm.«

»Dann behandle mich auch so.«

»Du musst ...« Er verstummte und begann von Neuem. »Es ist wichtig, dass du es nicht in die falsche Kehle bekommst, wenn ich dir eine Anweisung erteile. Ich mache das jetzt schon eine ganze Weile. Ich muss dich wie jeden anderen Neuling behandeln. Daran ändert auch nicht, dass wir uns verliebt haben.«

»Was soll das heißen, Nick? Sind wir jetzt verliebt, weil wir miteinander schlafen?«

»Ich denke schon.«

»Vielleicht ist es mehr als das.« Sie legte auf.

Kapitel 6

Sie nahmen einen Charterflug nach Bamako, der Hauptstadt von Mali und von dort aus einen Anschlussflug nach Timbuktu. Stephanie hatte alles geregelt. Ihre Pistolen würden bereits im Hotel auf sie warten. Carter trug Jeans und ein kurzärmeliges, kariertes Hemd, eine Baseballmütze und Ray Bans. Er hatte einen dichten, schwarzen Vollbart, der ihn wie einen Soldaten auf den alten Bildern aus dem amerikanischen Bürgerkrieg aussehen ließ. Niemand würde ihn so erkennen. Seinem Reisepass nach hieß er John Depp. Selena reiste unter ihrem richtigen Namen. Vor sechshundert Jahren war Timbuktu das Tor zur westlichen Sahara gewesen, die Hauptstadt eines Imperiums. Jetzt war es ein von Schmeißfliegen verseuchter Schatten seiner selbst, von Dürre, Armut, Hitze und der sich stetig ausdehnenden Wüste geplagt. Abgesehen von Abenteuerurlaubern und Islamschülern machte jeder einen weiten Bogen um diesen Ort. Mit jedem Jahr rückten die Sanddünen der Sahara ein bisschen näher. Eines Tages würde die Stadt darunter verschwinden. Soweit das Carter von der Luft aus beurteilen konnte, wäre das kein großer Verlust. Im Landeanflug hatten sie das ausgebrannte Wrack eines zweimotorigen Frachtflugzeugs passiert, nicht weit vom Ende des Flugfelds. Das brachte bei ihm schlimme Erinnerungen zurück, doch er schob sie beiseite. Als sie aus dem Gate kamen, wurden sie von zwei mit M-16 bewaffneten Männern in Polizeiuniform aufgehalten.

»Depp? Connor?«

»Ja.«

»Folgen Sie uns.«

Selena und Nick tauschten Blicke aus. »Wohin?«, fragte Carter.

»Hier entlang. Jemand wünscht sie zu sprechen.« Die beiden Polizisten führten sie zu einer Tür, die in großen Buchstaben die Aufschrift *Flughafensicherheit* trug, und klopften an.

Eine tiefe Stimme antwortete. »Herein.«

Die Stimme gehörte zu einem großen, massigen Mann, dessen Haut die Farbe dunkler Schokolade hatte. Er saß hinter einem breiten Schreibtisch. Er schwitzte. Der Schweiß bedeckte sein breites Gesicht und lief ihm in den Kragen seines Hemdes. Der schwitzende Mann informierte sie mit sichtlicher Befriedigung, dass sein Name Oberst Samake war. Er trug einen weiten, braunen Anzug, der trotzdem über seinem mächtigen Körper spannte. Seine Hände waren riesig, breit und kraftvoll. Er deutete auf zwei Holzstühle. »Setzen Sie sich doch.«

Sie setzten sich. Sand knirschte unter Carters Stiefeln. Ein kleiner Ventilator ließ die Papiere auf Samakes Schreibtisch flattern. Gegen die erdrückende Hitze war er allerdings machtlos. Carter hielt den Mann für einen Wachhund des Geheimdienstes aus Bamako. Die beiden

Polizeibeamten blieben an der Tür stehen. Sie wirkten nervös, als ob sie sich nicht wohl in ihrer Haut fühlten.

»Ich möchte Sie in meinem Land willkommen heißen, Dr. Connor. Sind Sie hier, um Ihre Forschungen bei uns am Institut fortzusetzen?« Samakes Stimme war tief und voll, überraschend sanft für einen so großen Mann.

»Ja, Herr Oberst. Für einen Vortrag bei der Internationalen Islamkonferenz in Istanbul.«

»Die Konferenz ist doch erst in zwei Jahren.«

»Die Vorbereitungen sind oft langwierig.«

Carter hörte einfach zu. Das war mehr als ein Willkommenskomitee.

»Wie lange wollen Sie bleiben?« Samake lächelte und zeigte dabei breite, weiße Zähne.

»Schwer zu sagen. Eine Woche vielleicht. Wir wollten uns auch ein wenig in Ihrem Land umsehen. Ich war bisher noch nie in Mali.« Ein wenig Small Talk.

»Und Mr. Depp? Ist er Ihr Assistent?«

»Ja. Er hilft mir dabei, meine Forschungsunterlagen zu organisieren und kümmert sich um die Reisevorbereitungen, die Unterkunft und solche Dinge.« Sie wandte sich Nick zu. »Nicht wahr, Johnnie?«

Nick sah nach unten. »Natürlich, Doktor.«

Sie wandte den Blick ab, noch bevor er den Satz beendet hatte. Herablassend. Nick bewunderte ihr Schauspieltalent. Er war nur ein Lakai unter der Fuchtel einer Frau. Keine Bedrohung für Samake oder sonst jemanden. Beinahe hätte Nick gelächelt.

»Herr Oberst, es ist wirklich sehr freundlich von Ihnen, uns persönlich zu begrüßen.« Selena massierte das Ego des Mannes. Flirtete beinahe mit ihm.

Samake faltete seine großen Hände vor sich auf dem Tisch und lehnte sich zu ihr. Sein Gesichtsausdruck wirkte ehrlich. Ein guter Freund, der nur einen Ratschlag gibt. *Schwachsinn*, dachte Carter bei sich.

»Ich muss Sie darauf hinweisen, dass Sie den Norden meiden sollten, wenn Sie mit dem Gedanken spielen, Timbuktu zu verlassen.«

»Wieso das?«

»Es gibt vorübergehend Schwierigkeiten mit Banditen in dieser Gegend. Es ist für Ausländer dort nicht sicher. Es wäre doch eine Schande, wenn einer so bekannten Besucherin bei uns etwas zustoßen würde.«

Carter traute seinen Ohren nicht. Es war eine kaum verhüllte Drohung. Bei normalen Touristen hätte das vielleicht nach einer freundlichen Warnung geklungen. Für sie aber war die Nachricht klar und deutlich: Geht nicht in den Norden!

Kapitel 7

Eine Stunde später checkten sie in ihrem Hotel ein. Carter sah hinaus auf den staubigen Innenhof. Vierzig Euro die Nacht für ein Zimmer mit zwei lächerlich schmalen Betten und einen Deckenventilator. Selena hatte das Zimmer direkt neben seinem. In Timbuktu gab es insgesamt sechs Hotels. Keines davon erfüllte irgendeinen internationalen Standard, aber dieses war gar nicht so schlecht. Es gab eine ansehnliche Außenterrasse und ein Balkonrestaurant mit Aussicht im zweiten Stock. Carters Zimmer hatte ein eigenes Bad und der Ventilator funktionierte sogar. Über allem lag eine feine Schicht Flugsand, was wohl den exotischen Reiz dieses exquisiten Fernreiseziels ausmachte.

Selena klopfte an seine Tür und trat ein. »An den Bart kann ich mich nur schwer gewöhnen. Damit siehst du aus wie ein Pirat.«

»Johnnie Depp, zu euren Diensten. Kratzen tut er auch.« Wenigstens musste er kein Make-up tragen. Weiße waren in Mali nichts Ungewöhnliches. »Echt jetzt, Johnnie?«, fragte er.

»Hat doch funktioniert, oder nicht? Oberst Wie-war-nochmal-sein-Name hat dich danach nicht einmal mehr angesehen.«

»Samake. Er will uns im Auge behalten und möchte nicht, dass wir nach Norden gehen. Es könnte nur ein gutgemeinter Ratschlag für eine berühmte Touristin sein, aber ich glaube, dass mehr dahinter steckt. Obwohl er nicht unrecht hat, was den Norden angeht.«

»Wieso?«

»Ist das Gebiet der AKIM.«

»AKIM?«

»Eine Terrorgruppe. Steht für al-Qaida in den Maghreb-Staaten. Ein Haufen Halsabschneider. Die ganze Gegend ist eine der Hauptdrogenrouten für Ware aus Südamerika, die für Europa bestimmt ist. Die AKIM finanziert ihre Operationen durch den Schutz der Lieferungen. Außerdem entführen sie gern westliche Touristen, die dumm genug sind, sich in den Norden zu verirren. Sie halten sie als Geiseln oder töten sie. Wenn es gerade keine Touristen gibt, überfallen sie Grenzpatrouillen, um in Übung zu bleiben. Allerdings gibt es da oben nicht mehr viele.«

»Warum hat sie noch niemand gestoppt?«

»Weil sie praktisch unauffindbar sind. Sie verstecken sich in der südlichen Bergregion von Algerien. Die ganze Region wird die Achse der Instabilität genannt und erstreckt sich quer durch Nordafrika von der Atlantikküste bis zum Roten Meer.«

»Dann sollten wir da nicht hingehen.«

»Vielleicht müssen wir das auch gar nicht.«

»Bereit für die Bibliothek?«

»So bereit wie man sein kann. Was denkst du, wie lange wird es dauern?«

»Kommt darauf an. Es gibt dort gut 20.000 Manuskripte. Es könnte Tage dauern.«

»So viel Zeit haben wir nicht. Rice wünscht Resultate.«

»Da kann man nichts beschleunigen. Ich sage auch nur, dass es Tage dauern kann. Aber vielleicht habe ich ja Glück. Man sagte mir, dass die Manuskriptsammlung gut organisiert ist. Und sie datiert zurück bis ins 13. Jahrhundert, genau der Zeitraum, nach dem wir suchen.«

Vor dem Hotel bekamen sie ein Taxi und fuhren zum Institut. Ein heißer, trockener Wind trug den zeitlosen Duft der Sahara mit sich. Im Osten erstreckte sich die große Wüste über tausende Meilen.

Das Taxi fuhr entlang niedriger Häuserzeilen und Läden, die alle aus gelblichen Tonziegeln gebaut waren. Die Gebäude verfügten über massive Holztore mit Metallverzierungen und hatten dekorative Gitter über den Fensteröffnungen. Der Fahrer erzählte ihnen, dass die meisten Häuser um verborgene Innenhöfe und Gärten herum erbaut worden waren. Die Straßen waren unbefestigte Sandpisten. Überall war Sand. Sie fuhren an Eseln, Kühen und Ziegen vorbei. Hier und da erspähte man einen dürren Hund oder eine hagere Katze. Sie passierten Tonöfen in Form von Bienenstöcken, deren Bauweise sich seit Jahrhunderten nicht verändert hatte, wo Frauengruppen in bunten Kopftüchern und langen Röcken Brot backten und miteinander tratschten.

Sie hielten vor der Bibliothek direkt am Rand der Wüste. Das Gebäude war neu und wirkte modern, erbaut um ein älteres Bauwerk in einem anderen Teil der Stadt zu ersetzen. Sie betraten es durch eine Reihe hoher Barrieren, die es vor Flugsand schützen sollten und fanden sich in einem großen, gepflasterten Innenhof wieder. Dicke Wände aus Ziegeln und Beton hielten die Hitze fern. Ein Springbrunnen ließ Wasser durch rechteckig angeordnete Kanäle und kleine Becken fließen, um die Luft zu kühlen. Im Inneren stellte Selena sich dem Bibliothekar vor. Carter folgte ihnen eine Rampe hinunter in die unteren Stockwerke. Die gesperrten Lesebereiche waren mit Glaswänden abgetrennt und voll klimatisiert. Er atmete erleichtert auf. Selena erklärte dem Bibliotheksassistenten, was sie benötigte. Carter nahm sich einen Stuhl. Der Assistent kehrte mit einem Stapel Manuskripten in farbigen Ordnern zurück. Selena machte es sich bequem und begann zu lesen. Es schien ein langer Tag zu werden. Carter sah sich um. Mehrere Personen waren über Zeitungen und Manuskripte gebeugt. Ein Mann mit dunklen, pockennarbigen Zügen studierte am anderen Ende des Raumes eine Handschrift. Nicks Ohr juckte. Irgendetwas stimmte nicht mit dem Kerl, aber Nick war sich nicht sicher. Als ob er seine Gedanken gelesen hätte, hob der Mann den Kopf und sah ihn an.

Kapitel 8

Fünf sah von den Papieren vor sich auf. Er lächelte den Mann an, der mit der Frau gekommen war. Der Mann wandte sich ab und beobachtete den Raum. Fünf sah zu, wie die Frau ein Manuskript aus der roten Mappe nahm und zu lesen begann. Er wusste, dass sie diejenige war, nach der er Ausschau halten sollte. Es war so, wie sie vermutet hatten. Jemand suchte nach den Aufzeichnungen. Ihre Zungenspitze tauchte unbewusst zwischen den Lippen auf, als sie sich Notizen machte. Er betrachtete ihre aufreizende Kleidung. Ihre Beine waren unterhalb der Knie sichtbar, ihre Arme waren entblößt. Sie trug einen dünnen Schal über ihrem Haar, um den Anschein von Züchtigkeit zu erwecken. Sie war ein Sakrileg gegen alles, was göttlich war. Eine Hure. Seine Anweisungen waren eindeutig. Nur beobachten. Wenn aber jemand Interesse an gewissen Texten zeigte, sollte er ihn eliminieren. Er hatte eine Woche geduldig gewartet, hatte vorgegeben, einen mathematischen Diskurs aus dem fünfzehnten Jahrhundert zu studieren. Fünf fiel es leicht, geduldig zu sein. Fünf war niemals ungeduldig. Geduld lag in seinen Genen. Seine Wurzeln reichten zu den Tagen zurück, als seine Vorfahren den Meistern in Alamut gedient hatten, so wie er heute einem Meister diente. Die Bruderschaft hütete immer noch die reine Flamme des schiitischen

Islam. Sie waren die wahren Gläubigen, die Unbefleckten, entsprungen einer Tradition, die über die Jahrhunderte weitergegeben worden war.

Stunden vergingen. Er sah, wie die Frau den Stift beiseitelegte und ihr Notizbuch schloss. Die Zeit für das Abendgebet rückte näher. Der Bibliothekar würde wollen, dass die Besucher den Saal verließen. Fünf konnte sehen, dass sie noch nicht fertig war. Sie würde zurückkehren. Das gab ihm Zeit, sie zu beobachten, sie zu verfolgen. Ihr Begleiter stellte kein Problem dar. Er gestattete sich ein Lächeln. Eine Hure war eben eine Hure. So war sie wenigstens noch zu etwas nütze, bevor sie starb.

Kapitel 9

Stephanie grübelte über den Lastwagen aus dem Sudan nach. Vorhin hatte sie ihn von einem DIA-Satelliten überwachen lassen, der selbst aus 35 Kilometern Höhe noch das Kennzeichen lesen konnte. Von Khartoum aus war er durch den Tschad und den Niger gefahren und hatte dann die Grenze nach Mali überquert. Die Satellitenüberwachung kam und ging. Nick und Selena waren seit zwei Tagen in Mali. Sie rief Nick an, um ihn auf den neuesten Stand zu bringen. »Wir haben aktuelle Infos zu den Fotos, die Lamont geschossen hat. Einer der Männer ist Jibral al Bausari. Er ist Ägypter, eine Schlüsselfigur in der Muslimbruderschaft und ganz weit oben in deren Terrorismusnetzwerk. Das bedeutet, dass etwas Großes im Gange ist.«

»Ist das der Kerl, der die israelische Botschaft in Südamerika hochgejagt hat?«

»Nein, aber er steckt hinter einer Reihe von Anschlägen, dem Mord an 42 Entwicklungshelfern in Afghanistan und einer Verschwörung, der es beinahe gelungen wäre, den Eiffelturm zu sprengen.«

»Davon hab ich nie etwas gehört.«

»Wir wollen die Leute doch nicht vom Reisen abhalten und die Tourismusbranche schädigen, nicht wahr?« Sie dachte nach. »Wenn Bausari die ganze Sache leitet, dann können wir davon ausgehen, dass die Ladung des Lastwagens wichtig ist.«

»Wo ist er jetzt?«

»In eurer Nähe, in Mali, auf dem Weg nach Norden.«

»Denkst du, er ist auf dem Weg nach Algerien?«

»Scheint so.«

»Wir sollten es an Langley abgeben.«

»Ich hab schon mit Lodge gesprochen. Er meint, es sei der Mühe nicht wert.«

»Warum bin ich nicht überrascht?«, sagte Nick trocken. »Als ob der Versuch, unsere Leute zu töten, nur weil sie etwas gesehen haben, kein Schuldeingeständnis wäre.« Er grübelte kurz. »Wie wäre es, den Transport mit einer Predator- oder einer Reaper-Drohne auszuschalten?«

»Du solltest es besser wissen, Nick. Ohne eine konkrete Bestätigung, dass es sich um VX handelt, setzt das Pentagon keine Hardware im Wert von zig Millionen ein.«

»Hast recht. Aber man wird ja mal träumen dürfen.« Er wechselte das Thema. »Selena denkt, dass sie da auf etwas gestoßen ist, was den Kult angeht. Sobald wir das haben, können wir uns um den Lastwagen kümmern.«

»Das hatte ich mir auch überlegt. Die Straßen da unten sind schlecht. Die werden keine Geschwindigkeitsrekorde brechen.«

»Ich seh' mir das auf der Karte an und überlege mir was.«

Für einen Moment wollte Stephanie widersprechen. Nick war zwar für Außeneinsätze zuständig, aber sie war schließlich nicht seine Assistentin. »Mach das«, sagte sie nur und beendete das Gespräch. Steph hatte selbst oft die Einsatzleitung gehabt, als sie Elizabeth Harkers Stellvertreterin gewesen war. Sie konnte das, doch Elizabeths feines Gespür hatte sie nicht. Steph war mit Nick immer gut ausgekommen. Aber seit Nick sich in seine neue Rolle hineinfinden musste, war er aufsässig und jähzornig geworden. Mit ihm zu arbeiten fühlte sich für sie wie ein Drahtseilakt an. Das gefiel ihr nicht. Vielleicht würde sich Elizabeth ja erholen und ihren alten Job zurückhaben wollen. Steph wäre das nur recht gewesen und sie vermutete, dass auch Nick keine Einwände haben würde. Sie hatte nur die Leitung übernommen, weil der Präsident sie darum gebeten hatte. Einfach war die Sache mit den zwei Direktoren nämlich nicht. Keiner von ihnen besaß Harkers Genie, ihre fast unheimliche Intuition. Gemeinsam hatten sie es gerade so im Griff. Bisher hatten sie keine ernsthaften Fehler gemacht, aber sie waren ja auch noch nicht lange im Amt. Sie waren im Grunde genommen ein gutes Team. Aber unter Elizabeths Leitung waren sie brillant gewesen. Steph wusste, dass Nick wieder unter Kopfschmerzen und seinen Albträumen litt. Er selbst hatte nichts erwähnt, aber Selena hatte etwas ausgeplaudert. Gespräche unter Frauen, um den Arbeitsstress abzubauen. Steph mochte Selena. Sie war unkompliziert. Sie machte ihren Job und arbeitete hart daran, noch besser zu werden. Sie hatte alles, was für diesen Job nötig war. Steph wusste nicht, ob sie sich auch so gut geschlagen hätte, wäre sie in Selenas Situation gewesen.

Es war eine Sache, auf dem Schießstand Löcher in Zielscheiben zu stanzen. Darin war Steph ziemlich gut. Aber Leute zu durchlöchern, die dasselbe mit dir machen wollten, das war eine ganz andere Geschichte. Sie dachte wieder an Nick. Zu allem Übel hatte er auch noch familiäre Probleme. Seine Mom hatte Alzheimer. Vor ein paar Wochen war er deswegen in Kalifornien gewesen und hatte sich mit seiner Schwester gestritten. Nick sprach nie über seine Familie, aber Steph wusste, dass er mit einem gewalttätigen Alkoholiker als Vater aufgewachsen war. Es hatte ihn hart und verschlossen werden lassen. Aber vielleicht war das auch gar nicht so schlecht. Sie war selbst ziemlich gut darin. Im PROJECT waren die Kollegen die einzigen Menschen, denen man trauen konnte. Im PROJECT verbrachte man viel Zeit damit, so zu tun, als ob alles in Ordnung wäre. Als wäre es normal, sich am anderen Ende der Welt herumzutreiben und nach einer Gruppe geheimnisvoller Attentäter zu suchen. Als wäre es normal, kein echtes Leben außerhalb der Arbeit zu haben. Wenigstens hatten Nick und Selena einander. Steph hatte niemanden. Sie fragte sich manchmal, ob es einmal jemanden geben würde, fragte sich, ob sie jemals jemanden treffen würde, dem sie vertrauen konnte. Sie war gerade sechsunddreißig geworden. Wenn sie noch eine intime Beziehung eingehen wollte, dann musste das bald geschehen. Aber sie war sich nicht einmal sicher, ob sie eine Beziehung wollte. Nicht nach dieser Katastrophe, die sie einmal als Ehe bezeichnet hatte. Das war in den Tagen gewesen, bevor Elizabeth sie rekrutiert und von der NSA weggeholt hatte. Und da war sie nun, die unglaublich junge Co-Direktorin einer mächtigen Geheimorganisation, die das volle Vertrauen des Präsidenten genoss. Es gab eine Menge Leute in Washington, die alles getan hätten, um an ihren Job zu kommen. Und sie fragte sich, warum sie sich trotzdem so fühlte, als ob etwas Wichtiges fehlen würde.

Kapitel 10

Fünf sah den beiden Fremden zu, wie sie das Institut verließen. Sie hatten gefunden, was sie suchten, da war er sich sicher. Dieser Ausdruck von Zufriedenheit auf ihren Zügen am Ende des Tages verriet sie. Er musste handeln. Sie nahmen ein Taxi. Fünf war nicht in Eile. Er wusste, dass sie in ihr Hotel zurückkehren würden. Sie würden irgendwo etwas essen, im Hotel oder in der Stadt. Fünf vermutete, dass sie in die Stadt gehen würden, da er sie am Abend zuvor im Hotelrestaurant gesehen hatte. Es machte keinen Unterschied. Wenn sie nach Einbruch der Dunkelheit in der Innenstadt unterwegs waren, erleichterte das seine Aufgabe. Wenn sie das Hotel wählten, musste er warten, bis sie wieder auf ihren Zimmern waren. So oder so war es keine ernsthafte Herausforderung für ihn.

Wie sich herausstellte, entschieden sie sich für die Innenstadt. Fünf folgte ihnen vom Hotel zu einem Lokal, das von Ausländern betrieben wurde und für seine Auswahl an scharf gewürzten, einheimischen Speisen bekannt war. Von einem Türeingang aus behielt er die Straßenseite im Auge. Er spürte das Gewicht des Dolches unter seinem Burnus. Ein vertrauter Freund. Es war komplett dunkel geworden, als sie das Lokal verließen. Hier gab es keine Taxis. Sie begannen, zum Hotel zurückzulaufen. Die Straße war menschenleer. Helles Mondlicht warf lange Schatten über den bleichen Sand. Türen und Fenster zeichneten sich als schwarze Löcher in den Lehmwänden der Gebäude ab. Der schwache Geruch von Süßwasser und Blumen wurde aus verborgenen Gärten in die Nachtluft getragen. Fünf kam von hinten an sie heran, lautlos wie der Sand. Er konzentrierte sich auf das Genick des Mannes, direkt an der Schädelbasis. Er zog den Dolch. Dann geschah etwas, das ihm noch nie passiert war.

Der Dolch verfing sich im Stoff seines Burnus und erzeugte einen leisen Laut, ein kaum hörbares Geräusch, kaum mehr als ein Flüstern im Nachtwind. Carter wirbelte ohne nachzudenken herum und hob abwehrend den linken Arm, um den Dolchstoß abzulenken. Die Waffe glänzte im Mondlicht. Carter versuchte, einen Handkantenschlag anzubringen. Fünf blockte ihn und konterte mit einem Fußtritt in die Weichteile. Nick drehte sich gerade weit genug, dass der Tritt nur seine Hüfte traf. Die Wucht des Treffers warf ihn gegen die Hauswand hinter ihm. Sein linkes Bein gab nach. Er fiel auf die Knie. Fünf wollte nachsetzen, machte dabei aber einen weiteren Fehler: Er beachtete die Frau nicht. Selenas Fuß traf ihn seitlich in die Nieren. Mit schmerzverzerrtem Gesicht taumelte Fünf zurück.

Er wirbelte herum und stellte verblüfft fest, dass die Frau ihm ebenbürtig war. Selena und Fünf bewegten sich in einem wilden Schlagabtausch hin und her, der fast einem Tanz glich, schlagend und blockend. Eine Klinge blitzte im Mondlicht auf. Ein Kampf auf Leben und Tod. Carter kämpfte sich auf die Beine. In seinem Kopf hörte er das Feuer der AKs und hatte den Geruch vom Staub einer afghanischen Straße in der Nase. Er musste es abschütteln. Selena schien in Schwierigkeiten zu stecken. Kampfkunst wie die vor seinen Augen hatte er noch nie zuvor gesehen. Es lag außerhalb seiner Liga, aber er wollte es versuchen. Bevor er eingreifen konnte, landete Selena einen Tritt am Brustkorb ihres Gegners. Fünf taumelte und verlor seinen Dolch. Selena setzte nach, traf seinen Oberschenkel und rotierte wie eine Tänzerin, wobei ihr nächster Fußtritt seinen Hals traf.

Nick konnte hören, wie ein Knochen brach. Es war vorbei. Selena sank auf ein Knie hinunter und schnappte nach Luft. Nick kniete sich neben sie. »Bist du verletzt? Ist alles in Ordnung?«

»Mir geht es gut.« Sie holte noch einmal tief Luft. »Nur außer Atem. Ich muss einfach mehr trainieren.«

»Mehr trainieren? Selena, ist das dein Ernst?!«

»Ich glaube, ich hab mir eine Rippe angeknackst«, sagte sie.

»Das war übel. Ich dachte schon, er hätte dich.«

»Zwanzig Jahre Erfahrung und es hat doch nicht gereicht. Wenn ich Meister Kim das nächste Mal sehe, werde ich ihm danken.«

Carter sah auf den Toten hinunter, der vor ihnen im Sand lag. »Er hat ein Tattoo auf dem Arm. Scheint arabisch zu sein.«

Selena stand auf und hielt sich dabei die Seite. Sie verzog das Gesicht. Dann beugte sie sich über die Leiche und sah sich das Tattoo genauer an. Die Tinte war alt, das Blau bereits verblasst. Er hatte dieses Tattoo schon sehr lange. »Es bedeutet: Fünf.«

»Ist das alles? Nur Fünf?«

»Vielleicht ist es eine Stammestätowierung.«

Nick untersuchte den Körper. Auf dem anderen Arm war ein weiteres Tattoo – das bekannte Schia-Ambigramm.

»Das war einer dieser Assassinen.«

»Warum sollten die hinter uns her sein?« Nick sah auf sein pockennarbiges Gesicht herunter. »Den habe ich schon in der Bibliothek gesehen. Er muss uns beobachtet haben, als du das Manuskript studiert hast. Es hat uns vermutlich zu Zielscheiben gemacht.«

»Aber er hätte hier doch ewig warten können. Vielleicht wäre nie jemand aufgetaucht, um sich die Schriften anzusehen.«

»Hat für sie wohl keine Rolle gespielt. Vielleicht überwachen sie die Bibliothek aber auch erst, seit sie wieder angefangen haben, Leute umzubringen.«

»Dann muss ich wohl etwas Wichtiges entdeckt haben.«

»Stimmt.«

Kapitel 11

Nick hatte Stephanie sofort angerufen. »Er hat eine Tätowierung dieses Ambigramms.«

»Ist dir sonst noch etwas an ihm aufgefallen?«

»Ein Tattoo mit der arabischen Zahl Fünf. Dem Aussehen nach kommt er irgendwo aus dem Mittleren Osten. Kein Pass, keine besonderen Merkmale. Er hatte einen antiken Dolch bei sich. Ich halte ihn gerade in der Hand. Ein übles Spielzeug, das wie ein Stilett aussieht. Nur eine schmale, v-förmige Klinge mit einer zentralen Blutrinne und einem geraden Schaft. Das Ambigramm ist auch in den Handschutz graviert. Ist scharf genug, um sich damit zu rasieren. Sonst gibt es nichts Auffälliges.«

»Warum Selena und du? Er konnte nicht wissen, dass ihr dort auftaucht.«

»Ich denke, er hat einfach in der Bibliothek auf jemanden gelauert, der etwas über die geheime Bruderschaft herausfinden wollte. Er hat nicht auf uns gewartet.«

»Was hat Selena entdeckt?«

»Das soll sie dir selbst erzählen.« Carter gab das Telefon an Selena weiter. Sie hatte Blutergüsse an Armen und Beinen. Und sie musste vorsichtig sein, wenn sie tief Luft holte. Doch es hätte schlimmer kommen können. Sie hätte tot sein können. Er hätte tot sein können, mit einem Dolch im Nacken.

»Hallo Steph. Ich habe Informationen entdeckt, die belegen, dass der Kult möglicherweise weiterexistiert hat.«

»Wie kommst du darauf?«

»Ein Manuskript aus dem 15. Jahrhundert, geschrieben von einem Sunniten. Es geht um den Verfall des schiitischen Glaubens. Er erwähnt darin eine Splittergruppe der Hashashin, die in den Untergrund ging. Der Autor hasste sie. Er überlieferte Gerüchte von einem verborgenen Heiligtum oder einer Schule auf dem Gebiet des heutigen Pakistan. Er hat Gespräche mit Reisenden aus seiner Zeit abgezeichnet und gibt ein paar Hinweise auf den möglichen Standort.«

»Eine Schule für Assassinen?«

»Der Erzähler berichtet, dass sie glaubten, die einzig wahren Beschützer des Islam zu sein. Des ganzen Islam, nicht nur des schiitischen. Dabei wurden sie von den Schiiten verachtet. Sie hatten sich der Rückkehr zum wahren Glauben verpflichtet, so wie sie ihn sahen.«

»Wie wollten sie das anstellen?«

»Wenn die Zeit gekommen ist, wollte Allah sie zum Sieg gegen alle Feinde des Islam führen, im Inneren wie im Äußeren. Heiliger Krieg. Dschihad.«

»Und wann sollte die Zeit gekommen sein?«

»Es gibt keine konkrete Angabe. Es wird nur erwähnt, dass es ein Zeichen geben wird.«

»Wie in der Offenbarung? Der Mond wird blutrot? Diese Art von Vorzeichen?«

Selena wechselte das Telefon zum anderen Ohr.

»Stand da nicht.«

»Lass mich nochmal mit Nick reden.«

Selena gab Nick das Telefon zurück.

»Nick, die Wanze auf dem Lastwagen hat den Geist aufgegeben.« Er hörte aufmerksam zu. »Die letzte Position, die sie gesendet hat, kam aus dem Grenzgebiet zwischen Algerien und Mali, nördlich von euch, nicht weit von einem Ort namens Taoudenni entfernt.«

»Wann war das?«

»Heute Morgen. Er könnte immer noch dort sein, aber wir können ihn auf den Satellitenbildern nicht entdecken. Das Gelände ist sehr zerklüftet. Es gibt eine Menge Orte, an denen sie sich verstecken könnten und es gibt Routen nach Norden und nach Westen. Aber sie fahren immer nur bei Nacht.«

Carter dachte einen Moment lang nach. »Wir dürfen uns diesen Lastwagen nicht durch die Lappen gehen lassen. Ich denke, Selena und ich sollten danach suchen. Ein bisschen Aufklärung wäre jetzt ganz nützlich.«

»Ihr könnt nicht einfach hinfahren. Nicht ohne eine bewaffnete Eskorte.«

»Ich dachte ans Fliegen. Wir könnten hier ein Flugzeug samt Piloten mieten. Wenn wir den Lastwagen lokalisieren, können wir ihn weiter verfolgen. Wenn nicht, kommen wir hierher zurück und überdenken unsere Optionen. Sollten wir ihn finden, dann kehren wir zurück und entscheiden, wie wir ihn aus dem Verkehr ziehen.«

»Also Nick, ich weiß nicht …«

»Hast du etwa eine bessere Idee?«

Er hörte ihren Seufzer. »Nein, hab' ich leider nicht. Du bist vor Ort. Es ist deine Entscheidung.«

So sieht's aus, dachte er. »Wie geht es Ronnie und Lamont?«

»Bei Lamont ging die Kugel durch den Knochen. Er hat eine Menge Blut verloren. Trümmerbruch im Oberarm. Kann von Glück reden, es überlebt zu haben. Die haben ihn mit Schrauben und Platten zusammengeflickt. Ronnie kann seine Hand nicht benutzen, weil er sie sich zerschnitten hat. Könnte nach der Heilung steif bleiben.«

»Sag ihnen, dass manche Leute fast alles machen würden, nur um nicht arbeiten zu müssen.«

Stephanie lachte.

Carter legte auf.

Kapitel 12

Nick fragte sich am Flughafen durch und machte einen amerikanischen Piloten namens Harmon ausfindig. Harmon verabredete sich mit ihnen in einer Bar, seiner Aussage nach die einzige Kneipe in der Stadt, die kaltes Bier servierte. In Mali praktizierte man einen toleranten Islam, die Art von Glauben, der den Fanatikern ein Dorn im Auge war. Muslimische Länder waren generell nicht bekannt für ihre große Auswahl an Bars, aber ein paar gab es schon.

Der Laden wirkte wie ein Zeitsprung in die Dreißiger. Er war je zur Hälfte mit Einheimischen und Ausländern gefüllt. Der Bartender trug ein weißes Jackett, das schon bessere Zeiten gesehen hatte. An der Rückwand der Bar waren fleckige Spiegel und etwa ein Dutzend Flaschen in einem hölzernen Regal. Deckenventilatoren bemühten sich vergeblich, die stickige Luft in Bewegung zu versetzen. Zerkratzte Tische waren willkürlich im Raum verteilt. Ein altes Wandpiano stand neben einer kleinen Bühne. Ein fetter Weißer in einem hellen Anzug mit Panamahut lümmelte sich auf einem Barhocker. Das Einzige, was noch fehlte, waren Humphrey Bogart und jemand, der ein Stück von Cole Porter spielte. Hinter der Bühne erkannte Nick einen fadenscheinigen Vorhang. Er erwartete jeden Moment, dass Marlene Dietrich oder Amelia Earhart dahinter hervortraten und einen Song zum Besten gaben. In einer Ecke saßen vier Amerikaner in Zivil, alle mit breiten Schultern und verdächtig kurzen Haaren. Sie unterhielten sich. Er erkannte den Haarschnitt: Spezialkräfte, vermutlich Army Ranger. Die USA hatten Militärberater im Land. Mali war eine der neuen Fronten im sogenannten Krieg gegen den Terror. Französischer Euro-Rock malträtierte die Ohren aus krächzenden Lautsprechern in der Decke.

Niemand tanzte. Die Bar war bunt. Sie war laut. Sie war exotisch. Sie war deprimierend. Ein Kellner nahm ihre Bestellung auf. Die Getränke kamen an den Tisch. Carter nahm einen Schluck aus der Flasche und sah auf das Etikett. Castel, die selbsternannte ›Königin der Biere‹. »Nicht übel.«

»Willst du probieren?« Selena hatte einen Amarula, einen afrikanischen Likör, der wie Baileys und Khalua schmeckte, gemischt mit Schokolade. Wie ein alkoholischer Milchshake.

»Nein, danke. Da kommt auch schon unser Pilot.«

Ein Mann kam durch die Tür der Bar, nur eine Silhouette im gleißenden Sonnenlicht. Er war nicht groß, aber er strahlte Selbstvertrauen aus. Er hatte kurz geschnittenes, schwarzes Haar und wirkte wie ein Ex-Militär, dessen Dienstzeit noch nicht lange zurücklag. Er trug khakifarbene Kleidung, die aus einem Armeeladen oder einem L.L. Bean stammen mochte. Sein Name war Joe Harmon. Carter hatte Selena gebeten, ihn vorab zu überprüfen. Er war ein Pilot ohne Flugzeug. Das ausgebrannte Wrack, das sie bei ihrer Ankunft auf dem Timbuktu International gesehen hatten, war seine letzte Maschine gewesen. Harmon war in der Army gewesen, ein Hubschrauberpilot, der als WO-3, Chief Warrant Officer Cl. 3, den Dienst quittiert hatte. Kampferfahrung im Irak und in Afghanistan. Ein Mann nach Nicks Geschmack. Er hob die Hand. Harmon kam auf sie zu und setzte sich zu ihnen.

»Selena, das ist Joe Harmon.«

»Ist mir ein Vergnügen.«

Carter bemerkte, wie Harmon sie unauffällig musterte. Es überraschte ihn nicht. Jedes männliche Wesen, das noch etwas Leben in sich hatte, hätte sie abgecheckt. Er winkte den Kellner herbei und Harmon bestellte ein Bier. »War ziemliches Pech mit Ihrem Flugzeug.«

»Stimmt. Bin direkt in einen Haboob geraten. Die Motoren fraßen Sand und schon ging es abwärts.«

»Was ist ein Haboob?«, fragte Selena.

»Ein besonders übler Sandsturm. Der schlimmste, den ich je erlebt habe. Ich kam aus Burkina Faso mit einer Ladung Schweißzubehör. Hatte nicht genug Sprit, um einfach umzudrehen. Hätte es auch beinahe geschafft.« Er zuckte mit den Achseln, als wäre es keine große Sache. Aber Carter wusste, dass Harmon hier gestrandet war.

»Ihre Versicherung wollte nicht zahlen. Muss ein schwerer Schlag gewesen sein.«

»Woher wissen Sie das?«

»Wir haben Sie natürlich überprüft.«

»Sind Sie von der CIA?«

»Nein, aber wir haben gute Verbindungen und würden Ihnen gern ein Angebot machen.«

Harmon trank aus seiner Flasche. »Dann lassen Sie mal hören.«

»Wir brauchen jemanden, der uns nach Norden fliegt, nach Algerien. Wir wollen uns dort nur etwas umsehen und versuchen, ein bestimmtes Fahrzeug aufzuspüren.«

»Ist das Gebiet der AKIM.«

»Das Fahrzeug könnte Teil einer al-Qaida-Operation sein.« Carter wollte Harmon gerade genug Informationen geben, um ihn neugierig zu machen. Er hatte eine saubere Militärakte. Nick vermutete, dass ihm sein Land nicht egal war.

»Sie sind doch von der Agency«, sagte Harmon.

»Nein, aber so ähnlich. Es ist wirklich wichtig für uns, diesen Lastwagen zu finden. Wir müssen nichts weiter tun, als versuchen, ihn zu finden. Vom Boden aus geht das nicht. Wir brauchen den Blick aus der Luft. Und wir möchten keinen der Einheimischen einsetzen.«

»Die würden Sie da sowieso nicht hinbringen.«

»Können Sie ein Flugzeug besorgen?«

»Das kann ich tatsächlich.« Gedankenverloren zeichnete er mit seiner Bierflasche Ringe auf die Tischplatte. Carter wartete ab.

Selena beobachtete die beiden Männer. Sie vermutete eines dieser Männerrituale. Zwei Löwen, die sich umkreisten. Sie hielt sich lieber da raus.

»Hier in der Stadt soll es eine alte französische Maschine geben. Der Mann, dem sie gehört, ist Mechaniker. Hab sie mir noch nicht angesehen. Er sagt, sie sei in gutem Zustand, aber er kann sie selbst nicht fliegen. Er ist durch eine Augeninfektion erblindet, die er sich vor Jahren am Fluss geholt hat. Er würde mir die Maschine vermieten. Ist ein Viersitzer.«

»Ein blinder Mechaniker?«

»Genau.«

»Ein alter französischer Viersitzer?«

Harmon nickte.

Carter dachte nach. Ein altes Flugzeug und ein blinder Mechaniker. Irgendwie passend.

»Was würden Sie zahlen?« Harmon winkte den Kellner herbei.

»Fünfhundert pro Tag, ab heute. Sie fliegen uns da rauf. Wir sehen uns um. Wir fliegen zurück. Das war's.«

»Euro oder Dollar?«

»Dollar.«

»Wer zahlt für das Flugzeug, die Vorräte und den Sprit? All das kostet Geld.«

»Wir kommen für alles auf.«

Harmon spielte wieder mit seiner Flasche. »Vielleicht könnten Sie mir da bei einer Sache behilflich sein. Mit Ihren Verbindungen.« Carter horchte auf. »Es gibt da einen Bullen namens Samake. Ist beim Sicherheitsdienst, dem hiesigen Geheimdienst, aus Bamako.«

»Wir sind ihm begegnet.«

»Ich hatte zweihundert Flaschen Sauerstoff und Acetylen im Frachtraum, als ich abstürzte. Die Maschine fing Feuer. Ich rannte wie der Teufel und die Maschine ging hoch. Jetzt denkt Samake, ich hätte Material für Terroristen an Bord gehabt. Irgendwelchen Sprengstoff. Er hat meinen Pass behalten. Bis zum Abschluss der Untersuchungen, sagte er. Sie holen ihn mir wieder und mich raus aus diesem Drecksloch, dann sind wir im Geschäft.«

»Ich denke, das lässt sich arrangieren. Aber wir müssten uns zuerst das Flugzeug ansehen.«

»Klingt fair. Wie wäre es, wenn wir uns morgen vor dem Hotel de Colombe treffen und es uns anschauen? Sie wissen doch, wo das Colombe ist?«

»Wir wohnen dort.«

Harmon leerte seine Flasche. »Morgen früh um sieben. Bevor es richtig heiß wird.« Er deutete auf die leeren Flaschen auf dem Tisch. »Die gehen dann wohl auf Sie.«

Kapitel 13

Sie kehrten in ihr Hotel zurück und besorgten sich etwas zu essen. Sie waren in Carters Zimmer. »Ich möchte morgen noch einmal in die Bibliothek.« Selena saß auf einem der Betten. Sie ließ die Finger durch ihr Haar gleiten.

»Willst du dir nicht das Flugzeug anschauen?«

»Dafür brauchst du mich doch nicht. Es gibt dort eine Kopie aus dem 16. Jahrhundert, von einem Handelsjournal, das noch zu Lebzeiten von Mohammed verfasst wurde, die ich mir ansehen will.« Selena prüfte die dünne Matratze, auf der sie saß. »Diese Betten sind ziemlich schmal.« Nick stand dicht neben ihr. In ihren Lenden pulsierte die Erregung. »Aber vielleicht nicht zu schmal.« Sie griff nach seinem Hosenbund und zog ihn zu sich heran. »Komm her«, sagte sie. Selena löste seinen Gürtel und zog ihm die Jeans über die Hüften. Keine Shorts. Nick trug nie Shorts. Sie liebte es, ihn anzuschauen, wenn er erregt war, so ganz nah. Sie genoss die Vorfreude. Sie griff nach oben und nahm ihn in die Hand, knetete und rollte ihn zwischen ihren Handflächen.

Er wollte nach ihr greifen, aber sie schlug seine Hand weg. Nach einer Weile stand sie auf, begann ihre Bluse aufzuknöpfen und legte dann den Rest ihrer Kleidung ab. Er zog sie zu sich heran und ließ seine Hände über ihren Körper wandern. Er hatte raue, starke Hände. Sie spürte das Pochen ihres Herzens, seinen Atem auf ihrer Haut und die Wärme darin. Sie spürte das Narbengewebe an seiner Seite, seiner Hüfte und seinem Rücken. Sie begehrte ihn. »Gib auf meine Rippen acht«, wisperte sie. Sie küssten sich, ein hungriger, verzehrender Kuss. Sie biss in seine Lippe. Sie bewegten sich auf das Bett zu. »Auf den Rücken, Johnny.« Selena stieß ihn rücklings aufs Bett und senkte sich dann auf ihn herab. Sie hielt ihn unten, massierte ihn, setzte sich auf und begann ihn zu reiten. Sie warf den Kopf in den Nacken und ihr Becken tanzte, immer schneller, bis er aufschrie und sich entlud, tief in sie hinein. Sie stieß einen gutturalen Laut aus und kam mit ihm.

Schweißnass rollte sie sich von ihm herunter. Sie schmiegte sich an ihn und wartete darauf, dass ihr Puls sich beruhigte. Ihre Gedanken wanderten und sie begann über die Bibliothek nachzudenken. Sie setzte sich auf. »Dieses Manuskript, das ich mir ansehen will …«

Carter wandte sich ihr im Liegen zu.

»Was ist damit?«

»Das Original stammt aus dem siebten Jahrhundert. Mohammed gab einem seiner Feldherren eine Kiste. Er wies ihn an, sie weit wegzubringen und zu verstecken. Das Manuskript spricht von einer großen Höhle im Norden. Könnte der Ort sein, an dem sie den Lastwagen versteckt haben. Wo AKIM vielleicht eine Basis betreibt.«

»Was ist in dieser Kiste?«

»Das ist nicht bekannt. Aber die Dschihadisten würden alles haben wollen, was mit Mohammed in Verbindung steht. Ein solches Artefakt würde ihnen Respekt und Glaubwürdigkeit verschaffen.«

»Dazu müssen sie es erst finden. Wenn es überhaupt existiert.«

»Vielleicht ist es ein Mythos. Doch wenn es gefunden würde, dann wäre es ein Zeichen. Vielleicht ist es gefunden worden. Möglicherweise war das der Grund für die Assassinen, aus der Deckung zu kommen.«

»Wie finden wir diese Höhle?«

»Das Manuskript gibt Hinweise. Es ist von Salzminen die Rede. Das bedeutet, dass sie in der Nähe von Taoudenni sein muss. Steph sagte doch, dass sie dort den Kontakt verloren haben. Wenn wir vor Ort den Hinweisen folgen, dann finden wir womöglich auch die Höhle.«

»Nicht übel. Jedenfalls besser, als im Trüben zu fischen.« Er streckte den Arm nach ihr aus. Sie ließ sich hineinsinken.

Kapitel 14

Auf dem Treppenabsatz wartete Carter auf Harmon. Das Hotel de Colombe lag direkt an Timbuktus Variante des Times Square. Zwei breite Straßen aus festgebackenem Sand formten ein Y und rahmten den ungepflasterten Platz vor dem Hotel ein. Mehrere hohe Bäume wuchsen in dem Dreieck zwischen den Straßen. Flachdachhäuser und Ladenzeilen aus Lehmziegeln reihten sich an den Seiten auf. Eine magere Kuh stand reglos und mit hängendem Kopf mitten auf der Straße. Eine lange Reihe Holzpfosten, die sich in der Ferne verloren, trugen ein einzelnes Stromkabel. Kleine Staubteufel tanzten in der Morgenhitze. Die Sonne brannte auf seinen Kopf herunter. Ein großer, hagerer Mann in einem dunkelbraunen Kaftan und mit weißer Kufi stand wie verzaubert bei einem Haufen Lehmziegel an der Kreuzung. Ein Stück die Straße hinunter lehnte sich ein alter Mercedes schwer in seine durchgeschlagene Federung. Eine echt belebte Gegend. Ein zerbeulter weißer Peugeot hoppelte auf das Hotel zu, eine Staubwolke hinter sich herziehend. Er hielt vor ihm an. Ein junger, dunkelhäutiger Mann stieg aus dem Wagen und lächelte ihn an. Er trug einen langen Kaftan und eine einfache Kopfbedeckung. Carter ging die Treppe hinunter, als Harmon ausstieg.

»Wo ist Ihre Freundin?«

»Sie kommt nicht mit.«

»Das ist Moussa.« Harmon zeigte auf den Fahrer. »Moussa, das ist der Mann, der das Flugzeug deines Onkels mieten möchte.«

»Mein Onkel wird sehr glücklich sein.« Moussas Stimme war tief und freundlich.

Sie zwängten sich gemeinsam in das Auto. Moussa legte den Gang ein. Aus seinem Lächeln wurde ein Grinsen, sein Blick war starr auf die Straße gerichtet. Er sah aus wie ein Kamikaze-Pilot. Sie rasten durch die Stadt, über Schlaglöcher hinweg, um freilaufende Tiere herum und wichen einem wütenden Polizisten aus, der seinen Schlagstock nach ihnen warf. Zwanzig Minuten später hielten sie vor einem großen, dreistöckigen Lehmziegelbau am Rande der Wüste. Alle Ziegel waren mit einem einfachen, geometrischen Muster verziert, welches über das Mauerwerk mäanderte.

Carters verkrampfte Hände lösten sich von dem Sitz, an den er sich geklammert hatte. Die Vordertür des Gebäudes war aus verwittertem Holz und mit einer komplexen Anordnung von Metallbändern verziert. Ein eindrucksvoller, polierter Messingring diente als Türklopfer. Moussa klopfte an, öffnete die Tür für sie und verbeugte sich, als sie eintraten. Im Inneren war es kühl und dunkel. Sie befanden sich in einem Vorraum mit niedrigen Bänken, Kissen und einem kleinen Holztisch. Schwere Vorhänge aus tiefrotem Stoff trennten ihn vom hinteren Teil des Hauses. Die Vorhänge teilten sich für einen kleinen, dunkelhäutigen Mann, den Carter auf etwa siebzig schätzte. Sein Gesicht war wie die Borke eines knorrigen

Baumes. Er hatte kurzgeschnittenes, graues Haar unter einer hellen Kufi. Sein Bart war ordentlich gepflegt, seine Augen jedoch waren milchig weiß. Carter blickte auf seine Hände. Kräftige Finger mit dicken, kurz geschnittenen Nägeln, die Knöchel vernarbt und von Arthritis gezeichnet. Die Hände eines alten Mechanikers.

»Salaam Aleikum, Onkel.«

»Aleikum Salaam, Neffe. Du hast deine neuen Freunde mitgebracht?« Er sprach Englisch mit einem starken Akzent.

»Ja, Onkel.« Moussa stellte sie vor.

»Ich würde mir das Flugzeug gern ansehen«, sagte Carter.

Moussas Onkel blickte einen Moment lang in die Ferne, während der Jüngere auf den Boden starrte.

»Natürlich. Bitte folgen Sie mir.« Ibrahim verschwand hinter dem Vorhang.

»Das war unhöflich«, flüsterte Harmon ihm zu.

»Wieso das?«

»Niemand beginnt hier ein Gespräch mit dem eigentlichen Geschäft«, erklärte er. »Erst plaudert man bei Tee oder Kaffee. Dann kommt man zum Geschäftlichen.« Sie gingen durch den Vorhang und betraten einen kleinen, offenen Innenhof. Wasser plätscherte in ein kleines, gekacheltes Becken, das von roten Blumen eingerahmt war. In drei Richtungen zweigten Türen ab. Moussa und Ibrahim warteten auf sie. Carter ging zu dem alten Mann hinüber.

»Bitte verzeihen Sie meine schlechten Manieren«, sagte er. »Ich kenne Ihre Bräuche nicht. Danke für die Einladung in Ihr Heim.«

Ibrahim entspannte sich sichtlich. Er berührte seine Brust mit der rechten Hand. »Kein Grund, sich zu entschuldigen. Mein Haus ist Ihr Haus. Vielleicht etwas Tee, bevor wir das Flugzeug besichtigen?«

Harmon warf ihm einen warnenden Blick zu. »Wir wären geehrt«, antwortete Carter.

Nach einer halben Stunde bei süßem Minztee und Small Talk gingen sie durch eine weitere Tür in einen großen, höhlenartigen Raum auf der Rückseite des Gebäudes. Die beiden großen Flügeltüren, die nach draußen führten, standen offen. Das Flugzeug war nur ein dunkler Umriss im gleißenden Sonnenlicht. Harmons Blick wanderte über die unverkennbare Form der freitragenden Flügel.

»Hol mich der Teufel. Es ist eine Mousquetaire.«

»Mausketier? Was ist das denn?«, fragte Carter.

»Mousquetaire. Das bedeutet Musketier auf französisch. Es ist eine Jodel D-140, komplett aus Holz gebaut. Die wurden in den Sechzigern und Siebzigern als fliegende Lazarette genutzt. Kommen mit einer kurzen Startbahn aus. Vier bis fünf Sitze und ein ziemlich ordentlicher Laderaum. Ich kenne einen Kerl in den Staaten, der so eine restauriert hat. Bin sie mal geflogen. Gutes Flugzeug. Perfekt für die Wüste.«

Ibrahim nickte erfreut. Die französische Militärkennung war überpinselt worden, aber noch erkennbar. Das feststehende Landefahrwerk war für die Wüste modifiziert worden: Die Räder waren größer und die Radkästen waren entfernt worden. Dadurch war es möglich, auf Sandpisten zu landen. Sie gingen um das Flugzeug herum. Die Reifen waren alt, verwittert und voller Trockenfäule. Sie hielten noch die Luft, aber es wäre lebensgefährlich, mit ihnen zu starten oder zu landen. Das große Buckelcockpit reflektierte den Sand in allen Facetten. Das Flugzeug war einmal weiß gewesen, doch mittlerweile war der Anstrich fadenscheinig und verblasst und begann an einigen Stellen abzublättern. Harmon öffnete das Cockpitdach. Die Kabine wirkte sauber und aufgeräumt. Das Leder der Sitze war rissig und matt. Im Laderaum war eine aufgerollte Trage über einer rechteckigen Kiste mit Rotkreuzmarkierung befestigt. Eine Feldapotheke, aber mindestens vierzig Jahre alt. Harmon öffnete sie. Leer.

»Sehen wir uns den Motor an.«

Der alte Mann sagte etwas auf Arabisch und Moussa ging auf die andere Seite des Hangars, um eine hölzerne Arbeitsbühne zum Flugzeug zu rollen. Carter half ihm und sie stellten sie neben der Maschine auf. Harmon kletterte hinauf und öffnete die Abdeckung. Der vierzylindrige Lycoming hatte keine Leckagen, soweit er sehen konnte. Jemand hatte eine Menge Arbeit hineingesteckt. Ibrahim, der blinde Mechaniker.

Ibrahim seufzte. »Es ist ein altes Flugzeug, aber der Motor ist in Ordnung. Ein bisschen müde vielleicht, aber in Ordnung. Die Steuerung ist noch präzise, obwohl ich die Maschine nie geflogen bin.« Es lag ein Hauch von Traurigkeit in der Stimme des alten Mannes. »Sie gehörte einem Franzosen, der vor Jahren hier ein Geschäft besaß.

Ich habe sie für ihn gewartet. Wir sind oft gemeinsam über die Wüste geflogen. Als er starb, vermachte er sie mir. Seit zwanzig Jahren hat sie keiner mehr geflogen, aber ich habe sie in Schuss gehalten.«

Zwanzig Jahre. Eine lange Zeit. Harmon dachte an die 500 Dollar pro Tag. »Werfen wir sie an«, sagte er.

Der alte Mann kletterte mit geübter Leichtigkeit ins Cockpit. Er würde nie eine Maschine fliegen, aber er wusste, was er tat. Nick hörte das Pfeifen der Benzinpumpen. Dreißig Sekunden später krächzte der Anlasser und der Motor erwachte zum Leben. Der Luftstrom des Holzpropellers wirbelte Staub im Hangar auf. Nach einer kleinen Wolke aus schwarzem und weißem Rauch pendelte sich der Motor bei einem steten, kehligen Leerlaufgeräusch ein. Ibrahim betätigte die Pedale und den Steuerknüppel. Alles bewegte sich so, wie es sollte. Harmon verbrachte die nächste halbe Stunde damit, die Maschine zu checken. Das trockene Klima hatte das Flugzeug konserviert. Abgesehen von den Reifen war es flugtauglich. Aber ohne einen Probeflug konnten sie das nicht sicher sagen.

»Also?«, fragte Carter. »Was denken Sie?«

»Die Reifen taugen nichts. Wir brauchen neue. Die werden wir in Bamako bestellen müssen. Dauert ein bis zwei Tage. Ich werde etwa 1000 Euro brauchen.«

Carter musste nicht lange nachdenken. »Dann bestellen Sie mal die Reifen.«

Kapitel 15

Am späten Nachmittag des nächsten Tages trafen sich Carter und Selena wieder in der Bar mit Harmon. »Wir haben die Reifen. Ibrahim und Moussa bringen sie an. Danach kann ich die Maschine probefliegen.«

»Hätte nie gedacht, dass ich mal in einer Mausketier fliegen würde.« Carter nippte an seinem Bier.

»Musketier. So wie D'Artagnan und die anderen Kerle.«

Carter deutete mit einer Kopfbewegung zur Tür. »Und da kommt unser Freund vom Flughafen.«

Oberst Samake kam durch die Eingangstür. Er sah sich um und ging auf ihren Tisch zu. Er torkelte ein wenig. Der Oberst hatte schon einen gehoben. »Ich setz' mich zu euch.« Er roch sauer, nach Hitze, Schweiß und zu viel Schnaps. Er zog sich einen Stuhl heran. Der Kellner stand schon neben ihm, bevor er die Hand heben konnte. »Whiskey«, grunzte Samake. Der Kellner eilte davon und kehrte mit einem Doppelten in der Farbe von Bernstein zurück. Samake sah sie aus kleinen, blutunterlaufenen Augen an. Schweiß lief über seine Stirn. Er stürzte den Whiskey in einem Zug hinunter und winkte nach einem weiteren.

»Wohl vom Glück verfolgt, Harmon«, sagte Samake. »Haben zurzeit wohl wieder ein Flugzeug. Ich will nur eines wissen: Wohin soll es denn gehen?«

»Wir haben Mr. Harmon angeheuert, uns ein wenig herumzufliegen. Die Gegend ansehen.« Carter trank sein Bier. Er erinnerte sich an Samakes Warnung, was den Norden anging. Scheiß drauf. »Wir wollen uns ansehen, was im Norden so los ist.«

Der nächste Whiskey kam. Samake trank. »Ich kann Ihnen sagen, was dort vor sich geht.« Er stellte das Glas weg. Sein Arm fegte die Bierflaschen vom Tisch. »Armut zum Beispiel. Salz und Hitze. Terroristen und Drogen. Das geht dort vor sich. Was wollen Sie dort?«

Selena antwortete ihm. »Wir wollen die Salzminen besuchen.«

Samakes blutunterlaufene Augen wandten sich ihr zu. »Die Geschichte, die Sie mir über den Grund Ihrer Anwesenheit erzählt haben, überzeugt mich nicht. Was sagen Sie nun dazu?« Sein Ton war feindselig.

Carter gefiel dieser Ton ganz und gar nicht. »Machen Sie mal halblang«, sagte er.

Samake starrte ihn an. Er erinnerte Carter an eine Schlange. »Ich hab nicht mit Ihnen gesprochen. Unterbrechen Sie mich nicht noch einmal.«

Harmon legte eine Hand auf Carters Unterarm. Er schüttelte kaum merklich den Kopf. Samake bemerkte es und lächelte. Seine Augen lachten nicht mit.

»Vergesst eines nie: Ihr seid Fremde in meinem Land. Ich mache hier die Regeln. Sie können die Stadt tagsüber verlassen. Bei Einbruch der Nacht sind Sie wieder hier. Sie landen nicht in der Wüste. Wenn Sie während des Fluges ein Fahrzeug am Boden sehen, will ich sofort darüber informiert werden. Welcher Typ, wo Sie es gesehen haben und wohin es fuhr. Ist das klar?«

»Glasklar.« Carter blickte ihm direkt in die Augen. »Mit Honig fängt man Fliegen. Schon mal das Sprichwort gehört?«

»Honig und Fliegen?«

»Jedenfalls fängt man mit Honig mehr Fliegen als mit Essig. Sie sollten mal darüber nachdenken.«

»Bringen Sie mir erst mal den Honig. Dann werden wir sehen, welche Fliegen ich damit fange.« Er stand auf, starrte sie kurz böse an und stampfte dann davon.

Harmon winkte den Kellner heran. »Warum ist Samake so misstrauisch? Bei mir kann ich es ja verstehen. Aber warum bei Ihnen?«

»Er sagte uns, wir sollten nicht nach Norden gehen. Da will Samake uns aus irgendeinem Grund nicht haben.«

»Und Sie haben ihm jetzt erzählt, dass wir genau dahin wollen. Nur, um ihn zu reizen?«

»So ungefähr.«

Harmon schüttelte den Kopf und sah zu Selena hinüber. »Ist er immer so?«

»So ungefähr«, antwortete sie.

Kapitel 16

Am folgenden Nachmittag war das Flugzeug bereit. Die neuen Reifen waren schwarz und glänzend, ein totaler Kontrast zur verblassten und abblätternden Lackierung. Für Carter wurde es höchste Zeit, dass die Dinge in Bewegung kamen, denn der Lastwagen konnte mittlerweile über alle Berge sein.

Harmons Hand ruhte auf der Tragfläche. »Ich dreh' mal eine Runde.«

»Ich komme mit.« Carter zeigte auf das Flugzeug. »Betrachten Sie mich als Ballast.« Er wog knapp 200 Pfund. So abwegig war das nicht.

Harmon zuckte nur mit den Achseln. »Ist Ihre Beerdigung, wenn es in die Hose geht. Fassen Sie bloß die Steuerung nicht an.«

Sie stiegen ins Flugzeug. Ibrahim, Moussa und Selena gingen aus dem Weg. Mit einer kleinen blauen Rauchwolke erwachte der Motor keuchend zum Leben und fand zu einem gleichmäßigen Leerlauf. Harmon prüfte die Anzeigen und klopfte auf die Instrumente. Das machte er immer so. Das hatte er schon bei seinem ersten Auto gemacht, einem rostigen, alten Chevy. Seitdem klopfte er immer die Armaturen ab.

Alles funktionierte. Der Öldruck war gut. Beide Tanks halb voll. Er bewegte den Steuerknüppel und die Pedale, um ein Gefühl für die Steuerung zu bekommen. Dann blickte er nach hinten, ob sich die Klappen und das Ruder bewegten. Er trat auf die Bremse, erhöhte die Drehzahl und behielt dabei den Tacho im Auge. So weit, so gut. Harmon löste die Bremse und rollte aus dem Hangar hinaus ins helle Sonnenlicht. Er richtete die Maschine auf der freien Fläche hinter dem Gebäude aus, schob den Gashebel vor und begann zu rollen. Sie erhoben sich in die Luft. Eine Stunde später landeten sie wieder. Harmon parkte das Flugzeug, schaltete die Zündung aus und kletterte aus der Kabine.

»Und?« Selena stand neben dem Flügel.

»Sie ist in Ordnung. Ein bisschen müde, wie Ibrahim schon sagte. Nicht so viele PS wie ich mir wünschen würde, aber in Ordnung. Wir werden eben etwas langsamer unterwegs sein.«

»Wir können also nach Norden?«

»Ich sehe keinen Grund, es nicht zu tun. Aber heute ist es zu spät. Wenn wir nach Taoudenni wollen, sollten wir im Morgengrauen starten, dann haben wir den ganzen Tag vor uns.«

»Wie lange wird es dauern?«

»Sind etwa 450 Meilen. Ungefähr drei Stunden. Wir müssen dort nachtanken.« Er wirkte nachdenklich. »Was denken Sie, wo ist dieser Lastwagen?«

»In einer Höhle.« Selena strich sich eine Haarsträhne aus der Stirn. »Ich bin da auf ein Manuskript mit Ortsangaben gestoßen. Die wollen wir dort aufspüren.«

»Jetzt gibt es erst einmal Tee«, sagte Moussa. »Bevor ich Sie zurück in Ihr Hotel fahre.«

Carter erinnerte an den Höllenritt mit Moussa und wünschte sich insgeheim, es hätte etwas Stärkeres als Tee gegeben.

Kapitel 17

Die Sonne schien über dem Horizont zu explodieren, sie war ein böses, rotes Auge, das vor Hitze nur so waberte. Erst sechs Uhr morgens und schon fast 30 Grad. Die Musketier hatte eine Reichweite von 800 Meilen. Um nach Taoudenni und zurück zu gelangen, würden sie zusätzlichen Treibstoff brauchen. 50 Liter in Kanistern wanderten in den Frachtraum. Sie luden auch Trinkwasser und Trockenrationen ein, eine große Zeltplane, eine Luftpumpe und ein Reparaturset, falls es Schwierigkeiten mit einem der Reifen geben sollte. Dazu ein paar Werkzeuge, einen Erste-Hilfe-Kasten, eine Taschenlampe, einen Feuerlöscher und Schlafsäcke, nur für den Fall. Man flog nicht unvorbereitet in der Sahara herum. Nachts konnte es verdammt kalt werden.

Harmon hatte berechnet, dass ihr Gesamtgewicht innerhalb der Möglichkeiten des Flugzeugs blieb. Sie würden außerdem leichter werden, sobald sie Richtung Norden flogen und dabei Sprit verbrauchten. Ibrahim bot ihnen ein Gewehr mit einem Dutzend Schuss Munition an, ein Karabiner 8mm Mauser aus dem großen Krieg. Das Hakenkreuz und die Palme von Rommels Afrikakorps prangten noch auf dem Verschlussgehäuse. Ein Sammlerstück, blank geputzt, geölt, aber immer noch tödlich. Selena setzte sich nach hinten. Harmon startete den

Motor und wartete, bis jeder angeschnallt war. Er fuhr die Maschine aus dem Hangar, schob den Gashebel vor und eine Minute später waren sie bereits in der Luft, unterwegs nach Norden, in die Hochburg der Terroristen. Sie blieben auf 3000 Fuß. Die große Kanzel ermöglichte jedem von ihnen einen guten Ausblick auf die Erde unterhalb und auf den wolkenlosen, leuchtend blauen Himmel über ihnen.

»Wie ist es so in Taoudenni?«, fragte Carter.

»Lässt Timbuktu wie Miami aussehen. Aber dort wird das Salz für die Region abgebaut.« Harmon sah auf die Anzeigen. »Die Arbeiter graben es mit Keilhacken aus dem Bett ausgetrockneter Seen. Im Sommer ist es zu heiß für diese Art der Förderung, da klettert das Thermometer auf über 50 Grad. In dieser Jahreszeit kühlt es etwas ab, aber die Arbeiter schürfen noch nicht. Das gesamte Trinkwasser dort oben ist mit Salz kontaminiert. Niemand bleibt länger als sechs Monate, wenn ihm sein Leben lieb ist.«

»Das Wasser bringt sie um?«

»Die Nieren versagen.«

»Wie kriegen sie das Salz von dort weg, um es zu verkaufen?«

»Auf Kamelen, wie seit Hunderten von Jahren. Die Route nach Taoudenni ist eine der letzten noch aktiven Karawanenrouten. Ist zu einer Touristenattraktion geworden. Wird manchmal von Geländewagen angefahren.«

Sie flogen über eine Gruppe von sieben oder acht Kamelen hinweg, die von Männern in blauen Roben geritten wurden. »Das sind Leute vom Stamm der Touareg«, erklärte Harmon. »Knallharte Burschen. Die will man nicht zum Feind haben.«

Die Landschaft unter ihnen war eine Ödnis aus Sand, Felsplateaus und staubtrockenen Taleinschnitten. Vor langer Zeit war es einmal eine grüne Savanne voller Herdentiere gewesen. Von hier oben hatte es nicht den Anschein, als sei die globale Erwärmung ein neuzeitliches Phänomen.

Nach einer Weile fragte Harmon: »Wenn die Terroristen die Höhle regelmäßig benutzen, wie kommt es dann, dass niemand sie auf Satellitenbildern oder aus der Luft entdeckt hat?«

Carter sah auf das Panorama aus Sand und Fels hinunter, das sich unter ihnen erstreckte. »Die einzigen Patrouillenflugzeuge in Mali sind alte MIG-21. Die fliegen entweder zu schnell oder gar nicht. Außerdem ist die ganze Gegend ein Labyrinth aus trockenen Flussbetten, Abhängen und Geröllhalden, die in ein Gebirgsmassiv übergehen. Satellitenfotos haben nur ein grobes Raster. Sie sind nicht sehr genau, außer man weiß, wo man suchen muss. Ein schwieriges Gelände.«

Harmon machte eine leichte Kurskorrektur. »Nach welchen Geländemarkierungen suchen wir eigentlich?«

Selena antwortete: »Zwei Hügel, die wie kniende Kamele aussehen. Das ist der Wegweiser.«

»Zwei Hügel von … sagen wir … zweitausend?«

»Das Manuskript beschrieb, dass die Salzminen etwa eine Tagesreise von der Höhle entfernt lägen. Das wäre dann wohl Taoudenni mit seinen Abbaugebieten. Die beiden Hügel müssen irgendwo im Umland zu finden sein. Es gibt noch einen weiteren Anhaltspunkt, eine Felssäule in Form einer Pyramide. Wenn wir die finden, entdecken wir vielleicht auch diese Kamelhügel.«

Sie schwiegen eine Weile.

»Wie sind Sie hier hängengeblieben, Joe?«, fragte Carter schließlich.

»Ist 'ne lange Geschichte. Es gab nicht viel, zu dem ich in den Staaten hätte zurückkehren können.« Er seufzte. »Ich war verheiratet. Als ich nach einem Jahr aus dem Irak zurückkehrte, war sie im fünften Monat schwanger.«

»Oh.«

»So laufen die Dinge nun mal. Ließ sich auch nicht wieder kitten. Also reichte ich die Scheidung ein und meldete mich für ein weiteres Jahr. Hatte da unten einen Kumpel, der sich in Afrika gut auskannte und der mich davon überzeugte, sein Partner zu werden. Wir bekamen die Chance, ein Flugzeug zu kaufen, und nutzten sie. Ich plante, ein paar Jahre hier zu leben, etwas Geld zu machen, dann zurückzukehren und eine Charterfirma aufzumachen. Vielleicht im Westen, in den Rockies. Mein Kumpel gab nach einem Jahr auf. Ich blieb. Noch ein paar Monate und ich hätte genug zusammen gehabt.«

»Und jetzt?«

»Sobald Sie mir meinen Pass wieder besorgt haben, fliege ich nach Hause. Afrika steht mir bis hier oben.« Er machte mit der flachen Hand eine Bewegung quer über seine Kehle.

Zweieinhalb Stunden später näherten sie sich Taoudenni. Im Norden erhoben sich die ersten Ausläufer der algerischen Berge in den klaren, blauen Himmel. Im Westen erstreckte sich die endlose Weite des öden Taoudenni-Beckens. Sie flogen in geringer Höhe über das Dorf hinweg, einer armseligen Ansammlung von kleinen Hütten, Zelten und offenen Lagerhalden für das Salz, umgeben von einem Meer aus rötlich-braunem Sand. Die Salzebene war von tausenden Gruben durchlöchert. Carter sah kleine, kastenartige Salzhaufen, die von mit Seilen verzurrten Bretterverschlägen zusammengehalten wurden. Sie flogen über eine Gruppe Männer in blauen Umhängen hinweg, die dicht bei ihren Kamelen standen, und landeten auf der einzigen brauchbaren Sandpiste. Harmon ließ die Maschine bis zum Ende rollen, wendete und schaltete dann die Zündung aus. Er öffnete die Kanzel und ein Schwall Hitze traf sie wie ein Keulenschlag. Hier gab es keine anderen Flugzeuge, keine Fahrzeuge, keine Hangars oder Gebäude. Nur einen Streifen Asphalt in der Wüste. Nicht gerade LAX. Carter fragte sich, warum sich überhaupt jemand die Mühe mit der Landebahn gemacht hatte. Wenn Timbuktu mitten im Nichts lag, dann war Taoudenni das Ende der Welt. Carter hatte noch nie ein so armseliges und gottverlassenes Nest gesehen. Die trostlose, rötlich-braune Wüste erstreckte sich in alle Himmelsrichtungen. Kein Baum, kein Strauch, nichts Grünes, so weit das Auge reichte, nur nackter Fels und wandernder Sand. Ließ die Mojave-Wüste wie einen Golfplatz aussehen. Es war die Hölle auf Erden.

Sie kletterten aus dem Flugzeug. »Also hier gibt es sicher keine Milchshakes«, sagte Selena. »So muss es auf dem Mars aussehen.«

Carters Blick richtete sich auf den fernen Horizont. »Ein nettes Fleckchen.«

»Und da kommt auch schon das Empfangskomitee.« Harmon deutete auf zwei hochgewachsene Gestalten in blauen Umhängen, die auf Kamelen herangeritten kamen. Sie trugen dunkelblaue Turbane und schwarze Tücher verbargen die untere Hälfte ihrer Gesichter. Jeder Reiter trug ein AK-47 über der Schulter und hatte eine Schärpe quer über der Brust. Vor weniger als einhundert Jahren hatte man in dieser Gegend abgestürzte Piloten noch kommentarlos gefoltert und ermordet. Damals waren alle Ungläubigen vogelfrei gewesen, aber die Zeiten hatten sich geändert. Zumindest hoffte Carter das. Trotzdem behielt er seine Pistole in Griffweite.

Kapitel 18

Die Reiter der Tuareg überragten sie auf ihren Kamelen. Die Kamele stanken und Carter gefiel nicht, wie die Biester ihn beäugten. Das einzige Kamel, das ihn je ernsthaft interessiert hatte, war das auf den Zigarettenpäckchen gewesen. Er überlegte, wie es wäre, sich eine anzustecken. Seit vier Jahren rauchte er nicht mehr, aber er vermisste es immer noch.

»Salaam Aleikum«, sagte Selena. Der vordere Reiter schien überrascht, dass eine Frau ihn ansprach, aber er erwiderte den Gruß und danach brach ein Schwall Arabisch aus ihm heraus. Er sprach natürlich die Männer an. Frauenrechte wurden hier draußen nicht eben groß geschrieben.

Selena übersetzte: »Er fragt, warum wir hier sind und ob wir Salz kaufen wollen. Er sagt, sie hätten nur das beste Salz, das *schöne* Salz. Das beste, das es gibt, aus der Tiefe. Er bietet es uns zu einem guten Preis an. Oder willst du irgendwelchen Schmuck kaufen? Im Übrigen ist er ziemlich unhöflich. Normalerweise hätte er uns Tee angeboten. Sag was.«

Carter dachte nach. Er wusste, dass in der Gegend Höhlenmalereien gefunden worden waren, die Jahrtausende alt waren. Zu dieser Zeit war die Wüste noch grün gewesen. »Danke ihm und sage, dass wir vom Salz der Tuareg gehört haben, dem besten der Welt, sogar auf der anderen Seite des Ozeans, aber dass wir nicht deshalb gekommen sind. Sag' ihm, wir hätten von den Höhlenmalereien in den Bergen gehört.«

Selena übersetzte. Der Reiter grunzte nur.

Carter fuhr fort: »Sag ihm, dass wir für die Informationen bezahlen. Wir hätten gehört, dass sich die Höhlen in der Nähe einer Felsnadel befinden sollen.«

Die Augen des Touareg blieben ausdruckslos, seine Züge waren wettergegerbt und von der Sonne verbrannt. Seine Mimik blieb unter dem Mundschutz verborgen. Er begann, im örtlichen Stammesdialekt mit seinen Begleitern zu reden. Alle lachten. Er wandte sich wieder ihnen zu und sprach sie auf Arabisch an.

»Er sagt, er kann uns beschreiben, wo die Felssäule ist, aber es gäbe dort keine Höhlen. Für 15000 CFA zeigt er uns, wo es ist. Es zu weit zu laufen. Wir müssen das Flugzeug nehmen, aber es gäbe dort keinen Landeplatz.«

15000 CFA waren umgerechnet etwa 30 Dollar. Eigentlich gar nicht mal teuer. Carter nahm das Geld heraus, wobei er darauf achtete, dass sie nicht sahen, wie viel er bei sich hatte. Er reichte es dem Mann. Das Kamel, auf dem der Kerl saß, schnaubte und zog seine Lippen zurück, um große, gelbe Zähne zu zeigen. Ein Faden grünlichen Speichels hing ihm aus dem Maul. »Frag ihn, wohin es geht.«

Der Tuareg zeigte auf die Berge und stieß wieder einen Schwall Arabisch aus.

»Es sagt, es sei ein Tagesritt. Man müsse dem langen Tal folgen. Er sagt, die Felssäule sei sehr hoch, höher als die Moschee in Timbuktu und geformt wie der Turm einer Moschee. Er sagt, Allah hätte sie dort aufgestellt, um die Tuareg an seine Allmacht zu erinnern. Aber Höhlen gäbe es dort keine.«

»Frag ihn, ob er jemanden gesehen hat, der nicht von hier ist.«

Es folgte ein schneller Wortwechsel zwischen den Männern, gefolgt von noch mehr Arabisch.

Selena übersetzte wieder. »Jetzt, wo die Hitze nachlässt, kommen auch wieder Fremde. Aber wir seien die ersten Fremden, die nach der Hitzewelle gekommen sind. Davor kam nur eine Gruppe mit einem Lastwagen, doch sie hielten hier nicht und kauften auch kein Salz. Er sagt, dass sie nach Süden fuhren. Ich denke, er lügt.«

»Danke ihm. Ich glaube, wir sind hier fertig.«

Ein paar kurze Worte und die Stammeskrieger wendeten ihr Kamele und ritten davon.

Carter wischte sich den Schweiß ab. »Wir sollten auftanken und zügig wieder aufsteigen, für den Fall, dass unsere neuen Freunde wiederkommen. Die AKs machen sie in dieser Gegend zur Wüstenpolizei.«

Sie luden die Kanister aus und füllten die Tanks. Wenige Minuten später waren sie wieder in der Luft. Ein Tagesritt auf einem Kamel bedeutete ungefähr 15 bis 20 Meilen. Harmon flog in die Richtung, die ihnen der Reiter genannt hatte. Unter ihnen hob sich die Ebene dem Gebirge entgegen. Der Sand wechselte sich jetzt mit Geröllstreifen, Felsrinnen und ausgetrockneten Flussbetten ab. Harmon erspähte einen breiten Taleinschnitt und fiel nach links ab, um ihm zu folgen. Eine hohe, pyramidenförmige Felsformation erhob sich am anderen Ende.

»Das muss es sein«, sagte Carter. »Direkt vor uns.«

Sie flogen daran vorbei und umkreisten es einmal.

»Etwas gesehen, das nach zwei Kamelen aussieht?«

»Wir sollten diesem Einschnitt folgen.« Selena deutete aus der Kanzel. »Sieht nach dem einfachsten Weg durch die Berge aus.« Ein breiter, felsiger Pass führte tiefer ins Vorgebirge. Sie waren jetzt nahe der algerischen Grenze, vielleicht schon in algerischem Luftraum. Sie folgten dem Pass. Harmon hielt die Maschine 150 Meter über dem Boden. Der Einschnitt erreichte seinen höchsten Punkt.

»Seht doch.« Selena deutete nach draußen. Zwei steile Hügelflanken erhoben sich eine halbe Meile vor ihnen. Ihre Form war unverkennbar: Zwei Kamele, die sich anschauten. Sie flogen darauf zu.

»Da unten ist etwas«, sagte Carter. »Wo …«

Ein Cockpitfenster barst. Carter wurde hart von irgendetwas getroffen. Harmon schrie auf und sank gegen die Konsole. Blut spritzte quer durchs Cockpit. Das Flugzeug senkte die Nase und begann zu taumeln. Carter griff nach dem Steuerknüppel und zog ihn gegen Harmons Gewicht nach hinten. Ihr Flieger hob die Nase wieder und gewann ein wenig Höhe. Kugeln schlugen in den hölzernen Rumpf ein. Ein feiner Ölnebel strömte unter der Abdeckung des

Motors heraus. Er versuchte, die Maschine hochzuziehen, aber das Flugzeug weigerte sich. Er versuchte alles, um die Maschine in der Luft zu halten. Zum Teufel, aber er war nun mal kein Pilot. Vor Jahren hatte er mal ein paar Flugstunden gehabt. Carter versuchte, durch das von Blut und Öl bespritzte Cockpitfenster etwas zu erkennen. Der Fahrtwind zerrte an ihnen. Er suchte nach einem Landeplatz. Harmon war tot oder bewusstlos. Der Motor machte laute, metallische Geräusche. Sie zogen eine schwarze Rauchfahne hinter sich her. Vor ihnen erhob sich aus der Talsohle ein Hochplateau, einsam und weit oben. Die Oberseite war flach, mit Geröll und Felsbrocken bedeckt, doch groß genug für eine Landung, wenn er es bis dorthin schaffte. Der Motor stotterte und verreckte. Ohne Motor und ohne jede Möglichkeit, aufzusteigen oder abzudrehen, blieb ihnen nur das Plateau. Wenn die Maschine es nicht über die Kante schaffte, mussten sie sich sowieso keine Sorgen mehr machen. Das Flugzeug schrammte über den Rand des Plateaus, das Fahrwerk setzte hart auf dem Felsboden auf. Der Aufprall ließ seine Zähne aufeinanderkrachen. Er stand mit beiden Füßen auf der Bremse und sah das andere Ende der Hochebene auf sich zukommen. Eines der Räder traf einen Felsen und wurde abgerissen. Der Flügel auf dieser Seite senkte sich und grub sich in den Boden. Ihr Flugzeug drehte sich von der Kante weg und kam zitternd zur Ruhe. Sie waren gestrandet.

Kapitel 19

»Selena?«

»Mir geht es gut.«

Carter streckte den Arm aus und fühlte Harmons Puls. Bewusstlos, aber noch am Leben. Sein Hemd war blutbefleckt, die Oberschenkel seiner Hose von Blut durchtränkt.

»Wir müssen hier raus.« Carter löste seinen Gurt. »Weg von dem Flugzeug.« Er kletterte aus dem Wrack und stand in dem Winkel zwischen Rumpf und Tragfläche. Dann zerrte er Harmon aus seinem Sitz. Der war eine leblose Last, aber es gelang Carter, ihn nach draußen zu ziehen und auf dem Boden abzulegen. Selena folgte ihm. Treibstoff tropfte aus der abgestürzten Maschine.

»Nimm seine Füße.« Eilig trugen sie ihn zum anderen Ende des Plateaus und legten Harmon ab.

»Hier.« Selena gab ihm den Erste-Hilfe-Kasten. Sie hatte ihn auf dem Weg nach draußen mitgenommen.

Joe Harmon war von zwei Kugeln getroffen worden. Die erste hatte seine Lunge verfehlt und war vorn am Brustkorb wieder ausgetreten. Ein aufgerissener, blutiger Krater war an der Stelle, wo die zweite seinen Bauch direkt unter dem Rippenbogen durchschlagen hatte. Carter versuchte nicht zu viel nachzudenken, während er sich um ihn kümmerte. Druckverband gegen die Blutung. Antibiotisches

Pulver gegen eine Infektion. Wenn die Projektile eine Arterie auch nur gestreift hatten, würde Harmon sterben. Wenn er innere Blutungen bekam, würde er sterben. Und der Bauchschuss würde ihn sowieso umbringen, wenn er nicht bald professionelle Hilfe bekam. Ein Verband allein konnte da nichts bewirken. Harmons Augenlider flatterten. Seine Farbe gefiel Carter ganz und gar nicht.

»Was …?«

»Nicht sprechen. Wir sind wieder am Boden. Ich konnte die Blutung stoppen.«

»Wie schlimm?«

»Zwei Kugeln. Beides Durchschüsse. Eine oben, hat die Lunge verfehlt. Eine tiefer, im seitlichen Abdomen.«

Harmon wusste, was das bedeutete. »Diese Arschlöcher.« Seine Stimme war schwach und gurgelnd.

»Nicht sprechen.«

»Und das Flugzeug?«

»Ist hinüber. Aber wir sind heil herausgekommen. Machen Sie sich keine Gedanken, Joe. Versuchen Sie, sich zu beruhigen. Wir holen Sie hier raus.«

Harmon hustete. Blutige Bläschen bildeten sich zwischen seinen Lippen. »Tut ein bisschen weh.« Der Schmerz hatte noch nicht eingesetzt, würde aber bald kommen. Im Erste-Hilfe-Kasten war Morphium. Carter öffnete eine Ampulle und injizierte sie in Harmons Oberschenkel.

»Nicht einschlafen«, sagte Nick. »Machen Sie mir bloß nicht schlapp.« Er sah zum Flugzeug hinüber. Es brannte nicht. Das gab ihnen etwas Zeit. Wer immer auf sie geschossen hatte, konnte keinen Rauch aufsteigen sehen und würde sie auf dem Plateau nicht so einfach finden. Früher oder später aber würden sie kommen, so viel war sicher.

»Komm mit, Selena. Wir müssen retten, was wir können.« Sie näherten sich dem Flugzeug. Der Benzingestank machte sie ganz benommen. Es würde sich aber nicht entzünden, sonst hätte die Maschine längst in Flammen gestanden.

»Rauchen verboten, vermute ich?« Selena stieß ein nervöses Lachen aus.

»Du bleibst vor dem Flugzeug. Ich reiche dir die Sachen an.« Tageslicht strömte durch die Einschusslöcher im Rumpf. Nick warf die Zeltplane und die Schlafsäcke nach draußen. Die Taschenlampen funktionierten nicht mehr. Sein Telefon war zerstört. Wasserpfützen sammelten sich am Boden des kleinen Laderaums, aber drei Flaschen Trinkwasser waren noch intakt. Von den Notrationen waren nur noch einige Packungen trockener Riegel brauchbar. Die Benzinkanister waren durchlöchert. Er nahm die alte Trage aus ihrer Halterung und reichte sie nach draußen, dann nahm er die Mauser mit passender Munition und gab sie an Selena weiter. Er tastete nach seinem Holster, spürte zerfetztes Leder und zog die H&K heraus. Sie war defekt, der Rahmen verzogen, wo ein Projektil sie getroffen hatte. Er erinnerte sich: der Schlag gegen seine Brust im Flugzeug. Ihnen blieben also nur Selenas Pistole und der alte Karabiner mit zwölf Schuss Munition gegen eine unbekannte Anzahl von Gegnern mit automatischen Waffen. Keine guten Chancen. Sie trugen alles zu der Stelle hinüber, wo sie Harmon abgelegt hatten. Carter dachte über ihre Lage nach und seine Schlussfolgerungen behagten ihm gar nicht.

»Wie lange, bis sie uns finden?«, fragte Selena.

»Ich weiß es nicht. Wir haben uns etwa zwei oder drei Meilen von ihnen abgesetzt. Hier oben auf dem Plateau ist es sicherer als unten im Tal. Wir sind ein paar hundert Meter über ihnen. Ich glaube nicht, dass sie uns sehen können, wenn wir uns von der Felskante fernhalten.«

»Dann sind wir für den Augenblick sicher.« Sie wischte sich den Schweiß von der Stirn.

»Vermutlich. Ich weiß nicht, ob jemand überhaupt hier heraufkommen könnte, selbst wenn er es drauf anlegt. Ebenso wenig weiß ich, wie wir nach unten kommen sollen. Harmon ist nicht transportfähig.«

»Mal sehen, ob ich Hilfe rufen kann.« Sie holte das Satellitentelefon aus ihrer Tasche.

»Verdammt.«

Sie hielt es hoch.

Eine Kugel hatte es getroffen.

Ebenfalls nutzlos.

Kapitel 20

Jibril al Bausari saß im Schneidersitz im kühlen Schatten eines Felsüberhangs direkt am Eingang der Höhle. Die Nachmittagssonne warf lange Schatten über die versengte Landschaft. Bausari versuchte seinen Zorn zu kontrollieren. Junge Männer waren immer zu ungeduldig. Das Flugzeug war ein zu verlockendes Ziel gewesen. Drei seiner Männer suchten nach dem Wrack und etwaigen Überlebenden. Sie hatten den Flieger in Fetzen geschossen. Weit konnte er nicht gekommen sein. Was aber, wenn der Pilot vor dem Absturz noch einen Notruf abgesetzt hatte? Und warum, in Allahs Namen, mussten sie gerade jetzt auftauchen? Vielleicht war er nun gezwungen, komplexe Planabläufe zu ändern. Seine Krieger machten sich schon für den Abmarsch bereit. Er würde bei Einbruch der Dunkelheit weiterfahren. In zwei bis drei Nächten, so Allah wollte, würden sie die Küste Mauretaniens erreichen, wo die nächste Phase seines Plans begann. Bausari sorgte sich nicht wegen der Grenzpatrouillen. Sie waren nicht sehr zahlreich. Man konnte sie umgehen oder ausschalten. Aber die amerikanischen Satelliten konnten den Lastwagen immer noch entdecken, auch bei Nacht. Sobald sie die Küste erreichten, würde sich das alles ändern. Bausari wusste, dass die Zeit knapp wurde. Mit jedem Tag schritt seine Krankheit fort. Allah unterwarf alle seine Diener einer Prüfung, aber Bausaris würde bald vorüber sein. Die Jahre im Gefängnis, das schlechte Essen, die Folter und der unbarmherzige Wechsel von Hitze und Kälte forderten ihren Tribut. Seine alten Wunden schmerzten. Bausari massierte die verkrampften, steifen Finger seiner verkrüppelten linken Hand, ein Souvenir der Muktabharat, der ägyptischen Geheimpolizei. Afghanistan, Pakistan, Sudan, Libyen, Irak, Ägypten und Algerien – er konnte sich kaum noch an die vielen Höhlen und Gefechte, an jeden Flecken Sand, die Felsen und Gebirgsschluchten erinnern. Sie verschwammen zu einer endlosen Kette aus Entbehrungen und Qualen. Er hatte viel Ungläubige getötet, erinnerte sich aber nur an die wenigsten. Viele von ihnen hatte er nie zu Gesicht bekommen. Und so Allah wollte, würden es noch viele mehr werden. Wenn es Allahs Wille war, würde er sie dieses Mal so hart treffen, dass die Ungläubigen vor seinem gerechten Zorn erzitterten.

Die Höhle war ein perfektes Versteck auf dem Weg nach Mauretanien. Die AKIM nutzte sie als Lager für Waffen und Vorräte, außer Sichtweite dieser verfluchten amerikanischen Satelliten. Die AKIM hatte nicht geahnt, was in der Höhle verborgen lag, aber Bausari hatte ihr Geheimnis gelüftet. Er hatte keinerlei Interesse an den Vorräten der AKIM. Er hatte seine Männer vorgeschickt, um sicherzustellen, dass die Höhle bewacht wurde. Nach seinem Eintreffen hatten sie mit der Suche begonnen. Die geheime Kammer hatte sich hinter einem eingestürzten Durchgang verborgen. Im Inneren befand sich eine uralte Holzkiste unter einem brüchigen grünen Stoffgewebe. Bausari hatte sie geöffnet und war dankbar auf die Knie gefallen und hatte gebetet. Der Inhalt würde einem guten Zweck dienen, ganz im Sinne von Allahs großem Plan. So wie es prophezeit worden war, war alles ans Licht gekommen, da nun das Ende aller Zeiten bevorstand. Er hatte riskiert, eine Nachricht nach Kairo zu senden, um es sie wissen zu lassen. Er wusste nicht, dass seine Nachricht abgefangen worden war. Bausari erhob sich unter Schmerzen und reckte sich. Bald schon würden sich die Pforten des Paradieses für ihn öffnen und Allah ihn als seinen treuen Diener willkommen heißen.

Kapitel 21

Die Sonne tauchte den Himmel im Westen in blutrotes Licht. Der Blick von der Mesa zeigte eine weite, windzerfurchte Szenerie aus Sand und scharfkantigen Felsen, die sich bis zum fernen, glutroten Horizont erstreckte. Das Licht wandelte die Landschaft in ein Bildnis von erhabener und zugleich feindseliger Schönheit. Die Temperatur lag immer noch jenseits der 30 Grad. Sie hatten die Zeltplane zwischen zwei Felsblöcken gespannt, ein Stück von der Felskante des Plateaus entfernt. Carter hatte einen der Schlafsäcke aufgeschnitten, sodass er sich wie eine Decke aufklappen ließ, und ihn über der Bahre ausgebreitet. Sie hoben Harmon auf dieses provisorische Bett und trugen ihn in den Schatten, um sich dann selbst unter die Plane zu kauern. Zumindest war es hier kühler als unten im Tal.

»Wir müssen das Wasser rationieren«, sagte Selena. »Auch wenn wir jetzt etwas trinken sollten.«

»Nur kleine Schlucke.« Nick reichte ihr die Flasche. Sie trank. Nachdem sie ihm die Flasche zurückgegeben hatte, träufelte er etwas Flüssigkeit in Harmons Mund. Es war riskant, ihm Wasser zu geben, aber ohne würde er ohnehin sterben. »Langsam. Nur ein wenig.« Harmons Stirn fühlte sich heiß und trocken an. Carter nahm selbst einen Schluck und stellte die Flasche ab.

»Depp.« Harmons Stimme war schwach, ganz und gar nicht das Organ, mit dem er sonst in einer überfüllten Kneipe nach der Bedienung rief. Carter brauchte eine Sekunde, um sich an seine Tarnidentität zu erinnern. »Ja, Joe?«

»So eine Scheiße.«

»Stimmt auffallend.«

»Ich werde es nicht schaffen.«

»Nicht doch. Alles kommt in Ordnung.«

»Das glauben Sie doch selber nicht.« Er hustete. »Benachrichtigen Sie meine Verwandten.«

»Ach kommen Sie, Joe.«

»Versprechen Sie's. Sie müssen es mir versprechen.«

»Halten Sie die Klappe, wenn ich es verspreche?« Er nahm Harmons Hand und drückte sie. »Ich verspreche es Ihnen. Und jetzt liegen Sie endlich still.«

Harmon schloss die Augen. Seine Atmung war langsam und flach. Nick blickte auf Harmons graue Züge hinunter. Er hatte diese Blässe schon früher gesehen, schon viel zu oft. »Ich seh' mich mal ein bisschen um.« Er stand auf, ging auf die Felskante zu, ließ sich auf die Knie sinken und überbrückte die letzten Meter kriechend. Er spähte über die Kante hinweg. Der Fels fiel fast senkrecht ab, mindestens 60 Meter in die Tiefe. Da kam keiner hoch … oder runter. Er ging den gesamten Rand ab. Von drei Seiten war das Plateau unerreichbar. Nach hinten bildete der Fels einen steilen Abhang, der von losem Geröll bedeckt war. Hier war es möglich, ins Tal zu klettern. Und von dort aus konnte auch jemand zu ihnen hinaufsteigen. Das waren gute und schlechte Nachrichten, je nachdem, wer da kletterte und warum. Wenigstens wusste er, auf welchem Weg sie kommen würden, wenn sie kamen. Das Tageslicht schwand und die Temperatur fiel. Der Mond zeigte sich.

Harmons Hand zuckte und wanderte über den nackten Fels. Nick setzte sich neben Selena.

»Ich mach' eine kleine Aufklärungsmission. Jetzt ist die beste Zeit. Es ist beinahe Vollmond. So habe ich genug Licht.«

»Wo willst du hin?«

Er deutete nach unten. »Wo wir hergekommen sind. Kann nicht mehr als ein paar Meilen sein. Wir müssen herausfinden, was uns dort unten erwartet. Wir müssen jetzt handeln. Wir können nicht herumsitzen, bis sie uns finden. Oder bis die Sonne und der Wassermangel uns den Rest geben.«

»Was soll ich machen?«

»Halte an dem Felsabhang Wache. Wenn ich zurückkomme, gebe ich dir ein Signal, damit du weißt, dass ich es bin.« Er ahmte einen leisen Vogelruf nach, den er schon als Kind gelernt hatte. »Nicht auf den Vogel schießen, in Ordnung?«

»Wie lange wird es dauern?«

»Vier Stunden, vielleicht fünf. Kommt drauf an. So, jetzt ist es dunkel genug.«

»Es wird kalt.«

»Wir können kein Feuer riskieren. Iss einen Riegel, wenn du hungrig bist.«

»Was ist mit dir?«

Er klopfte auf seinen Bauch. »Ach, ich bin sowieso zu fett. Hab das schon oft durchgezogen. Mach' dir mal keine Sorgen um mich.«

Sie nickte. Er ging zum Abhang hinüber und begann seinen Abstieg.

Kapitel 22

Selena beobachtete Nick, als er den Abhang hinunterkletterte. Sie hörte ein paar Steine rollen, dann wurde es still. Die Nacht war klar, der Mond ging auf und der Himmel war ein dunkler Ozean voller Sterne. Für einen Moment konnte sie sich vorstellen, dass die ganze Gewalttätigkeit dieses Tages nur ein böser Traum gewesen war, eine Einbildung ihres Verstandes. Es schien hier so friedlich, so ruhig. Wenn sie zu den Sternen hinaufsah, dann fragte sie sich, wie jemand so viel Hass und Gewalt im Namen eines Gottes rechtfertigen konnte. Sie lebten doch alle unter demselben Himmel. Selena fröstelte in der kühlen Nachtluft. Wie schnell die Hitze des Tages verschwunden war. Sie wurde unruhig und sah nach Harmon. Er schlief oder war ohne Bewusstsein. Seine Stirn glühte. Sie befeuchtete ein Tuch mit ein wenig von ihrem kostbaren Wasser und kühlte seine Schläfen.

Danach setzte sie sich auf den harten Boden direkt oberhalb des Abhangs. Sie dachte über ihre Lage nach. Sie waren beinahe zwanzig Meilen von Taoudenni entfernt, also dem, was in der Gegend dem Konzept von Zivilisation am nächsten kam, wenn man dieses armselige Nest überhaupt als zivilisiert bezeichnen konnte. Wenn die Terroristen sie nicht fanden, konnten sie sich bis dorthin durchschlagen. Wasser hatten sie genug. Doch Harmon würde einen solchen Marsch nicht überleben. Er würde es womöglich nicht einmal hinunter ins Tal schaffen. Sie erkannte, dass sie bereits mit seinem Tod rechnete. Sie hatte dieselben Gedankengänge aus Nicks sorgenvollen Zügen gelesen, als er sich um Harmon gekümmert hatte. Sie hatte Sorge, Unsicherheit und eine erstaunliche Sanftheit in ihm gesehen. Beinahe Liebe. Er hatte heute ihr Leben gerettet, die Landung bewerkstelligt. Er hatte getan, was getan werden musste. So war er eben, ganz gleich, wie wahnsinnig die Welt um ihn herum sich gerade aufführte. Wenn man für das PROJECT arbeitete, dann gehörte das zum Alltag. Es ängstigte sie, wenn sie zu viel darüber nachdachte. Es würde Tage, sogar Wochen geben, die in trügerischer Ruhe vergingen, nur um sich urplötzlich wieder in einer Orgie der Gewalt aufzulösen. Nick hatte sie als Anfängerin bezeichnet. Es stimmte. Verglichen mit ihm war sie nur ein verlorenes Kind im dunklen Wald.

Aber Anfängerin oder nicht, sie hatte ihm schon mehr als einmal den Arsch gerettet. Das war ein beruhigender Gedanke. Sie blickte hinauf in die Sterne und dachte über die Liebe nach. Sollte es beim Glauben an Gott nicht um Liebe gehen? Warum vergaßen die Menschen das immer wieder und wurden im Namen ihres Gottes zu Mördern? Es musste da doch mehr geben als die üblichen Gründe, die man in diesem Zusammenhang hörte: Ungerechtigkeit, Armut und Neid. Alttestamentarisches Denken, dass sich bis in die Neuzeit fortsetzte. Vielleicht war es auch nur die nackte Angst, die Suche des Menschen nach

Kontrolle in einer unkontrollierbaren Welt. Das Bedürfnis nach einer Ordnung der Dinge. Der Wunsch, zu wissen, wo dein Platz im Universum ist und der der anderen Menschen. Das Wissen darüber, was man tun und was man lassen sollte, weil dir jemand sagte, dass dein Gott es so wolle. Selena wusste nicht, ob es einen Gott gab. Aber sie glaubte mit Sicherheit nicht an die selbstgerechten Regelwerke einer dogmatischen Religion. Kein Gott, der diesen Namen verdiente, würde von seinen Gläubigen einen solchen Wahnsinn verlangen. Das konnten die Menschen auch ganz gut allein. Dafür brauchten sie keinen Gott.

Zum dritten Mal vergewisserte sie sich, dass ihre Glock geladen war. Sie war es immer noch. Ein Geräusch ließ sie aufschrecken. Ein loser Stein? Ein Tier? Viele Tiere gab es hier draußen nicht. Sie hatte vom Wüstenfuchs gehört, dem Fennec, einer kleinen, vorsichtigen Kreatur, die tagelang ohne Wasser auskam und so irgendwie in dieser schrecklichen Ödnis überleben konnte. Sie hielt die Glock in beiden Händen und spähte in die Nacht hinaus. Der Mond tauchte alles in ein sanftes, einlullendes Licht, doch immer noch hell genug, um die Landschaft in lange Schatten zu tauchen. War das dort unten ein Felsen? Oder hatte er sich bewegt? Sie warf einen Blick auf ihre Uhr. Nick war erst seit zwanzig Minuten weg, vielleicht ein wenig länger, aber es fühlte sich an, als seien schon Stunden vergangen. Sie saß im blassen Mondlicht und klammerte sich an ihre Pistole. Sie musste sich eingestehen, dass sie sich fürchtete. Ihre Gedanken wanderten. Was erwartete sie vom Leben?

Wie war sie hierher geraten, in diesen Winkel der Erde, der der Hölle glich? Als kleines Mädchen hatte sie ihre Eltern mit Geschichten aus Tausend-und-einer-Nacht verblüfft. In ihren Fantasien war sie zu einer exotischen Prinzessin geworden, umgeben von Sklaven und riesenhaften Kriegern mit Schwertern, die sie beschützten. Sie genoss ungewöhnliche Speisen, trug Perlen und Juwelen und benutzte edle Parfüms. Das waren gute Erinnerungen. Doch dann waren ihre Eltern gestorben und auch ihr Bruder. Für eine lange Zeit hatte sie nicht mehr gelächelt. Ihre Fantasien enttarnten sich als das, was sie wirklich waren – nichts weiter als Illusionen. Ihr Onkel hatte ihr geholfen, zu genesen, hatte sie unterrichtet. Er hatte sie mit hinaus in die Welt genommen und ihr die Schönheit der Welt und ihrer Kulturen gezeigt, die gute Seite der Menschen. Ihr Onkel hatte ihr neben all der Schönheit auch die Armut und das Leiden in der Welt gezeigt. Es hatte sie geformt und den Wunsch in ihr geweckt, die Dinge zu verstehen. Um sie irgendwann, irgendwie, zum Besseren zu verändern. Dann war ihr Onkel ermordet worden und sie hatte Nick kennengelernt. Das war erst vor ein paar Monaten gewesen. Seitdem befand sie sich auf diesem Höllenritt, der einen intensiven Lebenswillen in ihr geweckt hatte. Sie brauchte diesen Adrenalinschub, den Geschmack der Angst und die Herausforderung; die Chance, wirklich etwas bewirken zu können. Doch gerade jetzt, wo sie fröstelnd auf einem Felsen im Herzen dieser tödlichen Ödnis hockte, mit einer Pistole in den Händen, fürchtete sie sich. Das war kein Vergnügen. Drei Stunden später hörte sie Nicks leisen Signalruf. Dann erst legte sich die Furcht ein wenig.

Kapitel 23

Sie saßen im Schatten der Felsen. Von Harmons behelfsmäßigem Verband stieg ein Geruch von Fäulnis auf. Er würde innerhalb eines Tages sterben, wenn sie ihm keine Hilfe verschafften.

»Ich hab die Kerle gefunden.« Carter sprach mit gedämpfter Stimme. »Sie lagern in einer Höhle, etwa zwei Meilen entfernt. Der Eingang liegt unter einem großen Felsüberhang verborgen. Deshalb haben wir sie aus der Luft nicht sehen können, bis es zu spät war.«

»Wie viele sind es?«

»Ich weiß es nicht. Ich habe zwei Männer gesehen, aber es müssen mehr von ihnen dort sein. Ich konnte hören, wie ein Lastwagen angelassen wurde und wegfuhr, also können wir mit ein paar Männern weniger rechnen. Es könnte genau die Höhle sein, nach der wir gesucht haben.«

»Viele Optionen haben wir nicht. Wir können ihren Standort nicht durchgeben. Wir brauchen ein Satellitentelefon.«

»Vielleicht gibt es in der Höhle eines.«

»Terroristen benutzen keine. Haben sie in Afghanistan gelernt. Die sind zu leicht zu orten.«

»Nicht, wenn es wie eins von unseren ist. Verschlüsselte Satellitenkommunikation, kurze Sendeimpulse und Nachrichten, die um den ganzen Globus geroutet werden.

Es ist ein Kinderspiel, das GPS zu deaktivieren. Diese Kerle müssen doch andere Kommunikationswege nutzen außer Kurieren. Wir müssen in diese Höhle rein.«

»Du willst dir aus der Höhle ein Satellitentelefon besorgen?«

»Ja.«

»Hast du den Verstand verloren?« Selena starrte ihn an. »Wie stellst du dir das vor? Sollen wir einfach hingehen und fragen, ob sie es uns borgen?«

»Harmon wird sterben, wenn wir nicht bis spätestens morgen einen Hubschrauber organisieren. Tragen können wir ihn nicht.«

»Ich weiß.«

»Wenn er überhaupt noch eine Chance hat, dann befindet sie sich in dieser Höhle.«

»Waffenmäßig sind sie uns überlegen. Ein Feuergefecht mit ihnen können wir nicht gewinnen.«

»Sie verlieren ihren Vorteil, wenn wir sie aus der Höhle herauskriegen. Wir könnten sie in einen Hinterhalt locken.«

»Und wie kriegen wir sie aus der Höhle?« Selena wischte sich mit Schweiß vermischten Staub von der Stirn.

»Schon mal von einem Japaner namens Miyamato Musashi gehört?«

»Der Samurai, der das Buch der Fünf Ringe schrieb?«

»Ja. Er galt als der größte Schwertkämpfer in der Geschichte Japans. In den Fünf Ringen geht es um Selbstdisziplin und Kampfkunst. Musashi schrieb, wenn man in der Unterzahl sei, so sollte man den Feind an einem Ort versammeln, denn man könne ihn nicht bekämpfen, wenn er sich aufteilt.«

»Und dann was?«

»Dann tötet man sie.«

»Sie sind schon an einem Ort. In der Höhle.«

»Ja, aber da kommen wir nicht an sie ran.« Carter dachte nach. Die Frage lautete: Wie bekommt man einen Haufen paranoider, religiöser Fanatiker aus ihrem Unterschlupf? Da kam ihm ein Gedanke. *Lass Gott die Arbeit für dich machen.*

»Wann sind die Gebetszeiten der Muslime?«, fragte Nick. »Kennst du sie?«

»Welche genau? Es gibt fünf Gebetszeiten.«

»Die nächste ab jetzt.«

Sie sah auf die Uhr. »Gegen sechs müsste das Morgengebet beginnen.«

»Und die Gebete sind wichtig für die wahren Gläubigen, nicht wahr?«

»Sehr wichtig sogar.«

»Kannst du einen Muezzin imitieren? Du weißt schon, einen dieser Kerle, die zum Gebet rufen.«

»Ich? Zum Gebet rufen? Du weißt schon, dass ich im christlichen Glauben erzogen wurde.«

»Ich glaube nicht, dass Gott sich daran stört. Kennst du den Wortlaut?«

»Ja, aber …«

»Lass mich ausreden. Sagen wir, du wärst ein muslimischer Terrorist und sitzt in deiner netten, kleinen Höhle.

Es gibt kein Minarett und keine Moschee im Umkreis von ein paar hundert Meilen. Du bereitest dich gerade auf dein Gebet vor und hörst plötzlich draußen den Ruf des Muezzins. Was würdest du machen?«

»Keine Ahnung. Ich würde vielleicht denken, dass es die Stimme Allahs ist.«

»Was würdest du also tun?« Er beobachtete sie, während sie es in Gedanken durchspielte.

»Ich würde aus der Höhle kommen. Ich würde herausfinden wollen, was da vor sich geht.«

»Was würdest du dabei denken?«

»Ich wäre verwirrt, aber vorsichtig. Die religiöse Konditionierung wirkt, aber ich wäre sehr misstrauisch.«

»Eine breite Geröllhalde führt zu der Höhle hinauf. Auf der einen Seite steigt sie zu einer etwa fünfzehn Meter hohen Felsleiste an, auf der große Felsbrocken liegen. Einige davon sahen mir recht wacklig aus.«

»Die willst sie rauslocken und die Felsen auf sie hinunterstürzen lassen?«

»Warum nicht. Ich erinnere mich an einen Western, in dem es die Indianer genauso machten, bevor sie eine ganze Kavallerieeinheit auslöschten.«

»Aber wir sind hier nicht im Kino. Du kannst sie nicht alle erwischen.«

»Nein, aber sie würden gar nicht wissen, wie ihnen geschieht. Wir beginnen zu schießen, sobald die Felsen rollen. Sie werden verwirrt sein. Es könnte klappen.«

»Klingt verrückt.«

»Hast du eine bessere Idee?«

»Was, wenn sie nicht alle rauskommen?«

»Darum kümmern wir uns, wenn es soweit ist.«

»Und was wird mit Harmon?« Sie deutete auf ihn. Seine Hand krallte sich in den Schlafsack, der ihn zudeckte, sein Gesicht wirkte im ersten Tageslicht schlaff und grau.

»Wir müssen ihn hierlassen. Wir kommen zurück und holen ihn. Wenn wir das nicht durchziehen, ist es sein sicherer Tod.«

»Also schön.« Sie murmelte etwas Unverständliches. »Mein Vater hat mir einmal gesagt, ich hätte eine Stimme, die Glas zerspringen lässt.«

Kapitel 24

Der Mond war mittlerweile verschwunden. Die Nacht wandelte sich zum Morgengrauen. Der Himmel im Osten war tiefblau und begann über der Bergkette orangerot zu glühen. Selena stand zwischen zwei kantigen Felsblöcken bereit, dreißig Meter vom Höhleneingang entfernt. Nick hatte sich hinter einen massiven, aber wackligen Felsbrocken geduckt, der direkt an der Kante lag. Weitere lose Felsbrocken auf dem Abhang darunter würden ihm folgen, wenn er aufschlug. Er war sich sicher, Cochise und Geronimo auf seiner Seite zu haben. Er hatte Ibrahims Gewehr neben sich auf den Boden gelegt, geladen und entsichert. Er legte seine Hände auf den Felsen und spürte einen Rest der Hitze des vergangenen Tages. Die Sonne würde bald aufgehen. Es war soweit.

Der unirdische Klang des Gebetsrufs hallte von den Felswänden wider. Obwohl Nick wusste, was auf ihn zukam, stellten sich seine Nackenhaare auf. Er spannte die Muskeln an und stellte sich breitbeinig hin, immer bereit, den Felsen auf jeden herabstürzen zu lassen, der aus der Höhle kam. Eine Minute lang geschah nichts. Selena setzte ihren klagenden Gebetsruf fort. Vielleicht klappte es doch nicht. Dann traten fünf Männer langsam aus dem Dunkel des Höhleneingangs heraus. Sie hatten buschige Bärte und trugen Gebetsmützen. Gekleidet waren sie in lange Hemden und weite Hosen. Sie hatten ihre AKs im Anschlag und sahen sich wachsam um. Sie versuchten, den Ursprung der Stimme zu lokalisieren. Ihr Anführer gab ihnen ein Zeichen und sie begannen die Geröllhalde hinaufzusteigen. Drei gingen vorn, zwei blieben ein wenig zurück. Sie warfen nervöse Blicke nach links und rechts. Carter wartete, bis der erste Mann seine Position passiert hatte, bevor er den Felsbrocken über die Kante stieß. Der große Stein stürzte nach unten und löste eine Gerölllawine aus. Die Felsen erfassten die beiden Männer hinter dem Anführer und begruben sie unter sich. Ihre Schreie hallten von den Felsen wider. Eine Staubwolke erhob sich, als das Rumpeln der Felsen verebbte. Carter nahm das Gewehr auf, zielte auf den Anführer und schoss, als der sich umwandte und nach oben sah. Er kippte nach hinten. Seine AK fiel ihm aus den Händen.

Carter hörte das kurze Bellen von Selenas Pistole, einzelne, scharfe Töne. Er lud den Karabiner nach. Die zwei hinteren Männer eröffneten das Feuer aus ihren Sturmgewehren und Steinsplitter flogen ihm um die Ohren, aber sie hielten zu hoch. Sie wussten nicht genau, woher die Schüsse gekommen waren. Carter traf den ersten in die Brust, betätigte den Hebel des Karabiners, zielte kurz und feuerte auf den letzten Mann, der noch auf den Beinen war. Sein Kopf zerplatzte wie eine reife Melone, bevor er zu Boden sackte. Das Echo der Schüsse verhallte. Carter bedeutete Selena, in Deckung zu bleiben. Er wollte abwarten, ob noch jemand aus der Höhle kam. Niemand zeigte sich, aber das musste nicht heißen, dass die Höhle wirklich verlassen war. Er harrte weitere fünf Minuten aus, dann lief er gebückt zu Selena hinüber. Sie hielt immer noch ihre Glock, der Verschluss stand offen. »Was für eine Stimme«, sagte er zu ihr. »Nachladen nicht vergessen.«

Sie war kreidebleich, warf das leere Magazin aus und schob ein volles in den Schacht. »Genau wie in der Carnegie Hall.« Sie versuchte zu lächeln, aber es misslang.

»Ich gehe jetzt rüber und hole mir diese zwei Gewehre. Sobald ich sie habe, laufe ich auf die Felsen dort drüben zu.« Er deutete auf zwei größere Felsbrocken am Fuß des Abhangs. »Wenn ich dort angekommen bin, gebe ich dir ein Zeichen und du folgst mir. Wenn nötig, gebe ich dir Deckung. Wir müssen von dieser Felskante runter. Weißt du, wie man damit umgeht?« Er hielt ihr die Mauser hin.

»Ja.«

Er nahm die Munition aus seiner Tasche und lud nach. Dann betätigte er den Verschluss und reichte ihr das Gewehr. »Gib mir Deckung. Achte auf den Höhleneingang. Wenn sich jemand zeigt, dann erschieß ihn. Wenn du ihn nicht triffst, ist es auch nicht schlimm, aber halte ihn beschäftigt.«

»Verstanden.«

»Ich mach' mich auf den Weg.« Nick kletterte den Steilhang hinunter, erreichte den Mann, den er zuerst erschossen hatte und hob im Vorbeilaufen seine Waffe auf. Er rannte zu der nächsten Gruppe, griff nach einem zweiten Gewehr und lief quer über den Abhang zu den Felsen. Von der Höhle aus fiel kein einziger Schuss. Er prüfte eines der AKs, visierte die Höhle an und winkte Selena zu sich. Sie schlitterte den Hang hinunter und rannte zu ihm hinüber. Er gab ihr das andere AK und sie stellte die Mauser ab. »Stell es auf Dauerfeuer. Einfach zielen und abdrücken.« Grundregeln im Gebrauch eines Sturmgewehrs.

»Ich weiß Bescheid.«

Er sah zu ihr hinüber und nickte. »Bleib hinter mir und sei feuerbereit.« Carter sprang auf und lief auf die Felswand beim Höhleneingang zu. Er konnte Selena direkt hinter sich hören. Er holte tief Luft, rannte auf den Eingang zu, sprang um die Ecke und hielt sich dabei dicht an der Felswand, das AK im Anschlag. Er suchte die Umgebung ab, wartete auf ein Anzeichen von Bewegung.

Die Höhle hatte eine hohe, unregelmäßige Decke und reichte so weit in den Berg hinein, dass der hintere Teil in völliger Dunkelheit lag. An einer Seitenwand waren Kisten und Kartons gestapelt. Schlafsäcke und Gebetsteppiche lagen davor auf dem Boden. Ein kleiner Campingkocher stand auf einem großen Holzkasten, der als Tisch diente. Kleinere Kisten waren im Kreis als Stühle aufgestellt. Wenn noch jemand hier gewesen wäre, hätte er längst auf sie geschossen. Carter begann sich nach dem Telefon umzusehen.

Kapitel 25

Die Höhle war ein Waffenarsenal. Die Kisten enthielten Gewehre und Munition. Sie fanden vier Raketenwerfer. Es gab auch zwei brandneue Stinger in einer Transportbox mit dem Logo der US-Army. Sie fanden Nahrung und Wasser. Außerdem entdeckten sie zwei große Paletten mit in Plastikfolie eingeschlagenen Päckchen, die mit einem weißen, kristallinen Pulver gefüllt waren. Carter schnitt eines davon auf. Er befeuchtete einen Finger und probierte. Seine Zunge wurde taub. Er spuckte aus. Kokain von den Kartellen, vermutlich mehrere Millionen Dollar wert. Irgendjemand in Bogota würde bald sehr unglücklich sein. Eines war sicher, der Fund würde einen ziemlichen Schlag gegen den Drogenhandel in Europa bedeuten. Ein Telefon fanden sie aber nicht. Carter ging nach draußen und durchsuchte die Leichen der getöteten Männer. Kein Telefon. Nick hatte das Gefühl, dass alles umsonst gewesen war. Er konnte immer noch keine Hilfe anfordern. Er sammelte die herumliegenden Waffen ein und ging zurück in die Höhle. Er setzte sich auf eine der Kisten und bemerkte dabei, wie müde er eigentlich war. Er musste an Harmon denken, oben auf dem Plateau.

Das Geräusch eines sich nähernden Fahrzeugs hallte den Abhang hinauf. Carter spähte nach draußen. Ein Toyota Land Cruiser in Wüstentarnung kam die Schlucht hinaufgefahren. Er stoppte, als der Fahrer die Leichen bemerkte.

»Ein Armeefahrzeug.« Selena sah sich den Geländewagen an. »Eine Grenzpatrouille? So weit draußen? Und woher wissen sie von dieser Höhle?«

»Können sie nicht wissen. Die Sache stinkt.« In diesem Augenblick öffnete sich die Tür. Eine vertraute Gestalt kam von der Beifahrerseite, gefolgt von zwei Männern in Tarnfarben. Als Carter sie zum letzten Mal gesehen hatte, hatten sie im Büro der Flughafensicherheit mit ihren Schlagstöcken herumgespielt. »Es ist Samake, mit zwei seiner Schläger. Wenn er von der Höhle wusste, dann ist er Teil des Ganzen. Deshalb wollte er uns nicht hier oben haben. Schnapp' dir dein Gewehr und verstecke dich hinter der Kiste da. Halt dich bereit, bis ich das Feuer eröffne.«

Selena wollte etwas sagen, überlegte es sich aber anders und verschwand hinter der Kiste. Sie stützte den Lauf ihrer Waffe auf, zielte und wartete ab. Samake sah sich um und brüllte Befehle. Die drei Männer rannten auf eine Deckung zu. Das war ein Fehler, denn sie entfernten sich damit vom Fahrzeug. Sie schnitten sich selbst den Fluchtweg ab. Carter wartete. Samake war am Zug.

Oberst Samake blieb am Fuß der Halde stehen und rief zur Höhle hinauf: »Meine Brüder, was ist passiert? Ich bin es, Oberst Samake.«

»Das war dann wohl der Beweis«, flüsterte Carter. Selena nickte. Sie blickte ernst und war sichtlich wütend.

»Kommt heraus, meine Brüder. Ich will euch sehen können. Ich bin gekommen, wie es abgesprochen war.«

Selena und Carter warteten. Noch waren Samake und seine Männer hinter den Felsen. Sie hatten kein freies Schussfeld. Samake wirkte unschlüssig, doch nach ein paar Augenblicken schickte er seine Männer los. Sie kamen gebückt und arbeiteten sich von Felsbrocken zu Felsbrocken zu ihnen vor. Sie näherten sich dem Höhleneingang. Nick gab Selena ein Zeichen: *Warte noch.*

»Ich kann niemanden sehen«, rief einer der Männer. »Die Höhle ist leer.« Er stellte sich aufrecht hin, ein deutliches Zeichen schlampigen Ausbildung. Er war nur ein Mann in einer Uniform mit einem Gewehr, aber kein Soldat. Auch der zweite Polizist richtete sich auf. Carter eröffnete das Feuer. Selena folgte seinem Beispiel. Eine AK-47 war eine ernstzunehmende Waffe. Eine ganze Serie von Projektilen traf die beiden Männer und zerfetzte sie regelrecht. Sie tanzten und drehten sich wie die Marionetten eines verrückt gewordenen Puppenspielers, bevor sie nach hinten kippten.

»Hallo, Herr Oberst«, rief Carter. »Warum werfen Sie nicht Ihre Waffe weg und kommen heraus?«

»Mr. Depp, sind Sie das?« Carter hörte Wut in der Stimme.

»Da staunen Sie, was? Kommen Sie raus, Sie Scheißkerl. Wir könnten hier zwar den ganzen Tag warten, aber dazu habe ich keine Lust. Wir haben hier einen Raketenwerfer. Die Deckung wird Ihnen nichts nutzen. Sie haben fünf

Minuten.« Nick ließ ihm Zeit, ein wenig nachzudenken. »Selena, hol eine von den RPGs.« Sie ging zu der Kiste hinüber, holte eines der Rohre und mehrere Ladungen heraus und trug sie zu seiner Position. »Behalt' ihn im Auge.«

»Mit Vergnügen.« Sie nahm Samakes Position von ihrer Deckung aus ins Visier.

Carter legte sein Gewehr ab und lud den Raketenwerfer.

»Ich bin Oberst des Geheimdienstes«, rief Samake. »Ich kam, um diese Terroristen zu verhaften. Und Sie haben zwei meiner Männer getötet. Nun ja, vielleicht waren sie in Panik. Hören Sie mit diesem Unsinn auf und reden Sie mit mir. Es ist noch nicht zu spät.«

Carter zielte auf einen Punkt hinter Samakes Deckung und feuerte. Die raketengetriebene Granate flog über Samakes Kopf hinweg und detonierte etwa dreißig Meter hinter ihm.

»Die Nächste trifft. Kommen Sie raus, Samake.«

Der Mann stand langsam auf.

»Werfen Sie Ihre Waffe weg.«

Samake ließ seine MP fallen. Er hatte noch ein Holster am Gürtel.

»Die Pistole auch. Schön langsam.«

Samake öffnete das Futteral, nahm die Pistole heraus und ließ sie auf den Boden fallen. Sein Gesicht war wutverzerrt.

»Guter Junge. Und jetzt nehmen Sie die Hände hoch und gehen Sie langsam auf die Höhle zu.«

Samake verzog das Gesicht, aber er tat, was von ihm verlangt wurde. Als er noch etwa zehn Schritte entfernt war, ließ Carter ihn anhalten.

»Das ist nahe genug.« Er setzte den Raketenwerfer ab, nahm seine AK auf und trat ins Sonnenlicht.

»Depp.« Samake streckte die Hände aus. »Sie und Ihre Freundin könnten reich werden. Lassen Sie uns verhandeln.«

»Wie können Sie sich das leisten, bei Ihrem Gehalt?«

Samake lachte, tief und polternd. »In dieser Höhle liegt weißes Gold, Mister Depp. Kokain. Genug, um uns beide sehr reich zu machen. Wir könnten uns beide an einem Ort zur Ruhe setzen, an dem es uns gefällt.«

»Ich muss darüber nachdenken. Sie haben nicht zufällig ein Telefon, Samake?«

»In meiner Hemdtasche.«

»Nehmen Sie es heraus und legen Sie es auf den Boden. Mit Ihrer linken Hand.«

Samake senkte den linken Arm und griff in seine Tasche. Er nahm das Telefon heraus und bückte sich, um es auf den Boden zu legen. Dann suchte er seine Chance. Er bewegte sich schnell für einen so großen Mann. Er ließ seinen rechten Arm sinken und griff hinter sich.

Selena schoss auf ihn. Die Kugeln ließen Samake nach hinten taumeln. Er fiel. Sie stand auf und senkte die Waffe. »Er hat nach einer Waffe gegriffen. Was für ein dummer, gieriger Mann.«

Samake lag auf der Seite im Staub, sein Mund war voller Blut. Nick ging zu ihm hinüber und rollte ihn auf den

Rücken. Eine Pistole fiel aus seiner Hand. Carter hob das Telefon auf und gab es Selena. »Ruf Stephanie an«, sagte er.

Carter ging zurück in die Höhle und suchte nach einer Taschenlampe. Er ging an den Paletten entlang, die voller Kokain waren. Er ging weiter, suchte nach etwas, das mit dem Laster aus dem Sudan gekommen sein konnte. Am Ende der Höhle entdeckte er einen Haufen loser Felsbrocken, die über den unebenen Steinboden verteilt waren. Dahinter war eine niedrige Öffnung. Er bückte sich und kletterte hindurch. Er fand sich in einer natürlichen Felskammer wieder. Auf dem Boden lagen halb zerfallene Stofffetzen in verblasstem Grün und ein paar Stücke alten dunklen Holzes. Es gab Schleifspuren am Boden. Und es war etwas in den Fels geritzt worden. Er kletterte wieder heraus und ging zum Eingang zurück.

»Stephanie schickt einen Helikopter zum Plateau«, sagte Selena zu ihm. »Es gibt in der Nähe eine Abteilung Army Ranger, wohl Militärberater.«

»Komm, sieh dir das an.« Nick führte sie in die Kammer. Er deutete auf die Schrift an der Wand.

القيامة

»Was bedeutet das?«

Selena sah sich die Inschrift an. »Jüngstes Gericht.« Sie hob ein Stück grünen Stoff auf. Es zerfiel in ihrer Hand. »Der Stoff ist sehr alt. Siehst du die Holzstücke? In dem Manuskript war von einer Reliquie Mohammeds die Rede. Die muss sich hier befunden haben.«

»Jetzt ist sie jedenfalls weg.«

»Sie könnte sich auf unserem LKW befinden.«

»Ein Grund mehr, ihn zu finden.«

Sie gingen zurück zum Eingang. »Sieh dich nach allem um, was uns nützlich sein könnte: Papiere, Notizen, alles aus dem wir Informationen ziehen können.« Sie suchten die Höhle ab. Carter fand einen Laptop und nahm ihn mit.

Selena rief: »Ich hab hier was. Pillenfläschchen, Verschreibungen für Bausari. Ein Krebsmedikament, denke ich.«

»Gut, nimm sie mit. Wir lassen es später analysieren. Sonst noch was?«

»Nein.«

Er sah hinüber zu dem ordentlich gebündelten Kokain und den Bergen von Waffen und Munition. Selena beobachtete ihn dabei. Fünf große Benzinkanister waren auf einer Seite der Höhle gestapelt worden. Carter öffnete einen nach dem anderen und goss Benzin über das Kokain, die Munition und die Kisten mit den Waffen. »Zeit zu gehen«, sagte er. Rückwärts laufend verließ er die Höhle, eine Spur von Benzin aus dem letzten Kanister hinterlassend, bis zum Fuß der Geröllhalde. Ein dunkles Rinnsal auf dem gelben Fels. »Steig' in den Toyota und starte den Motor.«

Selena kletterte in Samakes Fahrzeug. Der Schlüssel steckte. Sie ließ den Motor an, setzte zurück und stellte ihn mit der Nase zum Schluchtausgang ab. Nick schnippte ein brennendes Streichholz in die Benzinpfütze und sah zu, wie die Flammen sich hinaufarbeiteten. Er sprang in den Wagen.

»Los!« Er schlug mit der Hand auf das Armaturenbrett.

Selena legte den Gang ein und sie rasten den Pfad hinunter. Sie waren gerade um die erste Biegung, als die Höhle explodierte. Eine ganze Serie ohrenbetäubender Detonationen erschütterte die Umgebung, als die Munition hochging. Felsbrocken regneten auf den Geländewagen herunter. Sie fuhren mit Samakes Toyota zum Fuß der Hochebene und kletterten nach oben.

Harmon hatte seine Decke abgeworfen. Die Trage unter ihm war blutdurchtränkt. Er war weiß wie Schnee, seine Haut schien alle Farbe eingebüßt zu haben. Sein Atem ging langsam und rasselnd. Seine Augenlider zuckten.

»Oh Scheiße«, murmelte Nick. »Er verblutet.« Er sprach ihn mit lauter Stimme an. »Joe, sieh mich an. Mach die Augen auf, Kumpel. Komm schon. Der Hubschrauber ist unterwegs. Du musst durchhalten.«

Harmons Augen öffneten sich. Er drehte den Kopf und starrte Carter direkt in die Augen. Aber es war nicht Nick, den er dabei ansah.

»Dad«, sagte er. »Du bist es.«

»Ich bin hier.« Carter spürte, wie sich eine eisige Klammer um sein Herz legte. Seine Kehle wurde eng.

»Hey«, flüsterte Harmon, »wir hatten gute Zeiten zusammen.«

»Ja, die hatten wir. Und werden sie wieder haben. Halte durch.«

Harmon hustete schwach. »Gerade als ich dachte, ich käme aus der Sache …«, sagte er. Und dann: »Oh, verdammt.« Seine Finger lockerten sich und seine Hand fiel zur Seite.

In der Entfernung waren Rotorengeräusche zu hören. Carter sah auf Harmons Leichnam hinunter. *Was für eine Verschwendung*, dachte er. *Ein weiterer, sinnloser Tod in einem sinnlosen Krieg.* Es machte ihn so wütend. Er wäre jetzt gern irgendwo anders gewesen, nur nicht hier. Er wollte gern jedes verdammte Terroristenarschloch umbringen, das glaubte, es könne jeden abschlachten, der nicht an sein dämliches Märchen aus dem siebten Jahrhundert glauben wollte. Er wollte jeden einzelnen vom Angesicht des Planeten tilgen. Und er würde mit Bausari anfangen, sobald er ihn gefunden hatte.

Kapitel 26

Einen Tag später sprachen Nick und Selena über eine sichere Leitung aus der US-Botschaft in Bamako mit Stephanie. Carter hatte den Computer aus der Höhle schon nach Washington geschickt. Mit der nächsten Lieferung an die Botschaft würden sie ihre neuen Satellitentelefone erhalten.

»Der LKW fuhr weiter nach Mauretanien. Wir haben ihn kurz hinter der Grenze entdeckt, dann aber wieder verloren. Ich will, dass ihr ihn findet. Sie müssen unterwegs zur Küste sein.« Stephanie war jetzt ganz im Chefmodus.

»Was für eine Art Lastwagen ist es?«, fragte Selena.

»Das übliche. Siebeneinhalbtonner, quadratische Kabine, Wüstentarnung. Sieht aus wie ein Armeelaster. Offene Ladefläche mit Planenabdeckung. Keine besonderen Kennzeichen. Hatte Nummernschilder aus dem Sudan, aber das könnten sie geändert haben. Habt ihr eine Karte der Region?«

»Ja.« Carter breitete die Karte auf dem Tisch vor ihnen aus.

»Von Mali aus fuhren sie in westlicher Richtung nach Mauretanien. In dieser Gegend gibt es nichts außer Felsen und Sand. Aber die Wüste ist dort ziemlich eben und befahrbar. Es ist nicht weit bis zu einem Ort namens Bir

Moghrain. Das wäre für sie die erste Gelegenheit gewesen, auf eine halbwegs gute Straße zu kommen. Wenn sie erst einmal auf der Überlandstraße sind, würden sie gar nicht weiter auffallen. Besser, als mutterseelenallein in der Wüste. Nur ein weiterer LKW auf der Piste.« Carter zeichnete den Weg mit seinem Finger nach.

Stephanie fuhr fort: »Sie könnten die Straße aber auch verlassen haben und querfeldein in Richtung Ozean gefahren sein. Oder sie könnten der Straße bis zur Hauptstadt gefolgt und von dort aus nach Norden oder Süden entlang der Küste gefahren sein. Ein bereits vereinbartes Treffen mit einem Schiff irgendwo an der Küste wäre eine sinnvolle Erklärung. Sonst sind sie möglicherweise in Richtung Algerien weitergefahren. Sie könnten auch in Bir Moghrain abgebogen und der Straße in die westliche Sahara gefolgt sein, aber daran glaube ich nicht. Es gibt dort Grenzstreitigkeiten und deshalb viele Grenzposten und bewaffnete Patrouillen. Ich würde auf den langen, bequemen Weg tippen.« Stephanie dachte nach. »Die Region entlang der Nordküste ist ziemlich gefährlich, also passt auf euch auf, wenn ihr da rein fahrt. Dort gelten keine Gesetze, das Land ist unter Kontrolle der AKIM. Morde sind dort an der Tagesordnung. Niemand ist davor sicher.«

»Klingt nach einem wundervollen Urlaubsort.« Carter rieb sich das Ohr.

»Die meisten westlichen Länder haben für Mauretanien eine Reisewarnung ausgesprochen. Ich denke, ihr solltet in der Hauptstadt, in Nouakchott, mit der Suche anfangen. Von dort aus könnt ihr euch nach Norden oder Süden orientieren.«

»Wir brauchen Waffen. Zurzeit teilen wir uns eine Pistole.«

»Ich habe schon vorgesorgt. Fahrt nach Nouakchott und checkt in ein Hotel ein. Jemand wird sich dann mit euch treffen. Ihr bekommt Waffen und einen fahrbaren Untersatz.«

»Warum schicken wir nicht das Militär?«

»Mauretanien ist auf dem Weg in den Fundamentalismus. Die mögen uns nicht. Wenn wir unser Militär schicken, riskieren wir einen internationalen Zwischenfall. Das wäre inakzeptabel.«

»Für wen?«

»Inakzeptabel für das Weiße Haus. Reicht das?«

»Sonst noch etwas, Steph?«

»Nein, aber seid vorsichtig.«

Kapitel 27

Sie checkten in separate Zimmer in einem Hotel in Nouakchott ein, der Hauptstadt von Mauretanien. Der Portier beäugte sie dabei misstrauisch. Aber Geld überwand bekanntlich alle Grenzen. Carter fühlte sich, als wäre er in einen Zementmischer geraten, nur um danach noch von einem Bus überfahren zu werden. Er streckte sich auf dem schmalen Bett in seinem Zimmer aus. Erst wiederholtes Klopfen an seiner Tür entriss ihn dem Abgrund, in den er gefallen war. Es war kein Schlaf gewesen, eher so etwas wie Bewusstlosigkeit. Schlaftrunken sah er auf seine Uhr. Er war für fast sechs Stunden weggetreten gewesen. Sein Rücken war steif und schmerzte. Er stand auf und öffnete die Tür für Selena. Sie hatte Bräunungscreme aufgetragen und trug jetzt einen langen Rock und eine langärmelige Bluse aus dunklem Stoff. Eine Stofftasche hing über ihrer Schulter. Ein braunes Kopftuch lag locker um ihren Nacken und bedeckte die Schultern. Sie hatte eine kleine Kiste in der einen und eine dampfende Kanne Tee in der anderen Hand. »Du siehst aus, als hätte dich jemand in eine dunkle Gasse geschleift«, sagte sie. »Und einen guten Morgen wünsche ich. Oder ist es Abend?«

Er wandte sich um, ging zu einer Schüssel in der Ecke und spritzte sich rostfarbenes Wasser ins Gesicht. Er wartete noch darauf, dass sein Gehirn in die Gänge kam.

Selena reichte ihm Tee und setzte sich auf den einzigen Stuhl im Zimmer. Es war früher Morgen. Die Rufe der Händler auf der Straße unter ihnen drangen gedämpft durch die Vorhänge vor dem Fenster. Auf einer abgewetzten Kommode rasselte ein Ventilator. Er setzte sich auf das durchgelegene Bett. Ein Hilton oder Marriott musste von hier keine Konkurrenz fürchten. Er pustete über den heißen Tee. Selena stellte die Kiste auf dem Bett ab. Sie griff nach unten und richtete ihren Rock. »Was denkst du, werden sie tun? Was würdest du machen?«

»Ich würde so schnell wie möglich zu meinem Bestimmungsort fahren und mich unsichtbar machen.«

»Würdest du dafür bis in die Hauptstadt fahren?«

»Nur, wenn der Treffpunkt ganz in der Nähe liegen würde.«

»Wenn sie sich mit einem Schiff treffen wollen, könnte das überall entlang der Küste geschehen.« Sie ließ die Finger durch ihr Haar gleiten. »Wir wissen nicht wirklich viel, oder?«

»Nein. Wir können nur raten, außer es gelingt Steph, sie wiederzufinden.« Er sah aus dem Fenster. »Diese Terroristen. Sind wie ein Vipernnest. Man muss sie töten, um sie wirklich loszuwerden.«

»Das ist in manchen Kreisen kein populäres Konzept.«

»Es mag nicht populär sein, aber eine Viper bleibt eine Viper. Du könntest sagen, sie sei nur ein Tier und wüsste es nicht besser, du kannst darüber sinnieren, dass man sie nicht provozieren sollte, aber wenn sie droht, dann muss man sie töten, bevor sie zuschlagen kann.«

»Ich denke nicht, dass wir sehr viel Zeit haben, diese speziellen Vipern aufzustöbern.«

Nick erhob sich und begann in dem kleinen Raum auf und ab zu gehen. »Ich denke, dass sie so lange wie irgend möglich die Nebenstraßen benutzen. Sie wollen Grenzposten und Straßensperren umgehen. Sie sind gut informiert. Sie werden wissen, wo Kontrollen stattfinden. Auf der Straße verhalten sie sich unauffällig. Anonymität ist ihnen wichtiger als Schnelligkeit.« Carter unterbrach seinen rastlosen Trab. »Wir können nicht alle Möglichkeiten in Betracht ziehen. Also äußere ich mal ein paar Vermutungen.«

»Dann vermute mal los.«

»Annahme eins ist folgende: Sie sind auf dem Weg zur Küste, um ihre Ladung an ein Schiff zu übergeben. So wie Steph es schon andeutete. Nummer zwei: Es hat den Anschein, als sei die Operation lange im Voraus geplant worden. Also gab es einen festen Zeitplan für die Beladung und die Übergabe der Fracht, was auch immer das sein mag. Wenn ich so etwas planen müsste, würde ich mein Zeitfenster so wählen, dass eine Verspätung meine Pläne nicht durchkreuzt.«

Selena nickte. »Macht Sinn. Was ist Annahme Nummer drei? Du hast doch eine Nummer drei?«

»Annahme drei ergibt sich aus den ersten beiden. Wenn sie zusätzlich Zeit vor der Übergabe eingeplant haben, dann können wir die Ladung noch abfangen. Wenn wir sie finden können.« Er begann wieder seine Wanderung durchs Zimmer. »Wenn ich sie wäre, wo würde ich mich verstecken, bis ich meine Ladung an ein Schiff vor der Küste übergebe?«

Selena nahm den Faden auf. »Indem ich besiedelte Gebiete und Regionen mit Militärpräsenz meide.«

»Also Grenzgebiete, Städte und Häfen.«

Selena nickte. »Ja. Ich würde über Land fahren, um die Ballungsgebiete zu umgehen. Steph erwähnte doch, dass die Sicherheitsmaßnahmen erhöht wurden und dass befestigte Straßen kontrolliert werden. Die Küstenstraße ist eine der wenigen Verbindungen von Nord nach Süd und dazu noch befestigt.«

»Wohin würdest du dich wenden?«

Sie dachte darüber nach. »Nach Norden. Im Süden wäre ich schon bald im Senegal. Das bedeutet Grenzpatrouillen und Kontrollposten. Definitiv nach Norden.«

»Sehen wir es uns mal auf der Karte an.«

Sie griff in ihre Tasche, zog die Landkarte von Mauretanien heraus und breitete sie auf dem Bett aus. Viel gab es auf der Karte nicht zu sehen. Im ganzen Land gab es nur eine Handvoll Straßen.

»Wie weit nach Norden?«, fragte er.

Nick stand dicht neben ihr, spürte die Hitze ihres Körpers. Ihr Duft war präsent, etwas Schweiß und ein Hauch von etwas Dunklem. Er kämpfte gegen den Drang, sie an sich zu ziehen. Dafür war jetzt nicht die Zeit.

»Nicht ganz nach Norden«, antwortete sie. »Aus demselben Grund, aus dem ich nicht nach Süden gefahren wäre:

Mehr Patrouillen und Einheiten des Militärs, je weiter ich mich der Westsahara nähere. Die Beziehungen zwischen Mauretanien und Marokko sind nicht die besten.«

»Wenn ich etwas heimlich auf einen Frachter vor der Küste schaffen wollte, würde ich mich verstecken, bis es Zeit für die Übergabe ist. Sieh dir die Inseln vor dieser Landspitze an.« Er zeigte mit dem Finger darauf. »Sieht nach einer guten Stelle aus. Gute Verstecke und Zugang zum Meer. Der Rest der Küste ist ziemlich offen und ungeschützt.«

»Wir haben nur die eine Chance, sie zu finden, Nick.«

»Wir müssen irgendeine Entscheidung treffen. Ich schlage vor, wir versuchen es dort.«

Selena studierte die Karte. »Wir sollten Stephanie informieren, damit sie die Gegend überwachen lässt. Vielleicht haben wir Glück.«

Carter rief Stephanie an und brachte sie auf den neuesten Stand. »Ich denke, du liegst richtig«, sagte sie. »Nach Norden. Ich kann euch da ziemlich schnell hinbringen.«

»Wie das?«

»Ich habe ein paar Vorkehrungen getroffen. Und wir bekommen Unterstützung aus Langley. Ich weiß nicht genau warum, aber ich nehme, was ich kriegen kann. Ich denke, sie wissen mehr über unsere Ladung, als sie zugeben wollen. Jedenfalls werdet ihr da hochgeflogen. Ein Fahrzeug und Waffen stehen für euch bereit. Wenn ihr das Signal für die Extraktion gebt, werdet ihr wieder ausgeflogen.«

»Das ist ja hervorragend, Steph.«

»So langsam verstehe ich, wie Elizabeth die Dinge geregelt hat. Aber sei vorsichtig da draußen, Nick.« Stephanie legte auf.

Kapitel 28

Es war später Nachmittag am selben Tag. Das Flugzeug setzte sie in der Wüste ab, ein gutes Stück nördlich von Nouakchott und etwa drei Kilometer von der Küste entfernt. Es juckte unter Carters falschem Bart. Sein Rücken war wieder steif und schmerzte. Er trug ein loses, sandfarbenes Hemd, das ihm fast bis zu den Knien reichte, weite Hosen und eine der hiesigen Kappen, die ihm zu eng am Kopf saß. Selena hatte ihm die Haare geschnitten und seine Haut zu einem hellen Braunton geschminkt. Er würde nicht auffallen, solange er nicht den Mund aufmachte. Sie wurden von einem dunkelhäutigen Mann erwartet, der einen Toyota Pick-up fuhr. Er nannte seinen Namen nicht und Carter fragte auch nicht danach.

»Zehn Kilometer nördlich gibt es eine bewachte Straßensperre«, sagte der Mann. »Bevor Sie diese erreichen, biegen Sie nach Westen ab, fahren auf die Küste zu und folgen der Küstenlinie in Richtung Norden. Das bringt Sie an dem Kontrollposten vorbei. Jetzt ist gerade Ebbe, Sie haben also Zeit.«

Die beiden setzten ihn an der Straße ab, wo er in ein wartendes Auto stieg, das nach Süden davonfuhr. Sie fuhren etwa fünf Kilometer nach Norden und hielten dann nach Westen auf die Küste zu. Am Atlantik fuhren sie wieder Richtung Norden und folgten dem Küstenverlauf.

Der weite Ozean glitzerte in der Sonne. Am Horizont konnte man ein paar wenige Schiffe erkennen. Lange Wellen brachen an einem verlassenen Strand, der aus einer Broschüre über vergessene Paradiese hätte stammen können. In jedem anderen Teil der Welt wäre ein solcher Strand von Hotels gesäumt und voller Touristen. Hier konnte das Sonnenbad einem das Leben kosten. Während Carter weiterfuhr, dachte er über Afrika nach. Als die Kolonialmächte sich zurückzogen, hatten sie nicht viel übrig gelassen. Was blieb, war eine Geschichte voller Ausbeutung und Ressentiments, ein fruchtbarer Boden, auf dem die Saat des radikalen Islamismus aufgegangen war. Selena trug ein Kopftuch, dazu eine Sonnenbrille, die ihre violetten Augen verbarg. Carter sehnte sich nach seinen Ray-Bans. Hier gab es keine Anzeichen von Polizei oder Militärpräsenz. Am Strand war keine Menschenseele. Trotz ihrer natürlichen Schönheit wirkte die Landschaft bedrohlich und feindselig, als würde sie nur darauf warten, dass Unerwartetes geschah. Nick vermutete, dass das der Zustand war, den Gehirnklempner als Projektion bezeichneten, aber das änderte nichts an dem unguten Gefühl. Er legte die Hand auf seine AK, die an seiner Seite neben der Tür lehnte. Sie waren quasi im Indianergebiet. Hier würde kein John Wayne auftauchen, um sie mit der Kavallerie herauszuhauen, wenn sie überfallen wurden.

Sie kamen zu einer Landspitze, die ins Meer hinausragte wie der Bug eines Ozeanriesen, und folgten einem Pfad bis zum oberen Ende. Sie stiegen aus und streckten die steifen Glieder. Niemand war zu sehen. Die Sonne formte am Horizont in einer dunklen Wolkenbank einen rotgoldenen Lichthof. Bald würde es dunkel werden, aber für den Augenblick war die Aussicht atemberaubend. Nick hob das Fernglas an die Augen und suchte die Gegend ab. Von hier oben konnte er weit die Küste hinuntersehen. Die Inseln und Buchten lagen im leuchtenden Abendrot. Hier vermuteten sie irgendwo das Versteck der Terroristen. Fischerboote waren kleine, farbige Flecke auf der Meeresoberfläche. Einfache Holzhütten standen in vereinzelten Gruppen entlang der Küste. Weiter hinten lagen die rostigen Wracks zweier Frachter halb im Wasser, als Erinnerung daran, dass der Atlantik sich nicht immer so friedlich zeigte.

»Wir sind dicht dran«, sagte Selena.

»Sie würden keinen Ort wählen, an dem sie direkte Nachbarn haben. Die logische Wahl wäre ein alleinstehendes Gebäude, eine Fischerhütte. Außerdem brauchen sie ein Versteck für den LKW. Wir können also alles ausschließen, was nur zu Fuß zu erreichen ist. Sieh dich um.«

Er reichte ihr das Fernglas. Sie ließ den Blick schweifen. »Nichts Auffälliges.« Sie gab es ihm zurück. »Wenn wir anfangen, Fragen zu stellen, handeln wir uns Ärger ein. Und die Küste entlang gibt es eine Menge Holzschuppen.«

»Vielleicht hat Stephanie etwas für uns.« Carter holte sein Telefon heraus und gab den Code ein. Er schaltete den internen Lautsprecher ein. »Nick, wo bist du? Warte kurz, ich rufe deine GPS-Koordinaten auf.« Sie warteten.

»In Ordnung, ich hab dich. Ich denke, ich weiß, wo sie sind.«

»Tatsächlich?«

»Letzte Nacht haben wir eine Hitzesignatur entdeckt, nur ein Stück nördlich von euch. Sechs Personen, ein LKW und eine weitere Wärmequelle, vermutlich ein Lagerfeuer. Von dort, wo ihr steht, solltet ihr die Bucht sehen können. Die Küste macht einen Bogen und ragt unter euch ins Meer, sodass ein schmaler Durchgang zum Meer bleibt. Ihr steht direkt oberhalb davon.«

Nick hob das Fernglas. »Ich sehe es.«

»Da müsste ein Pfad auf der Landseite sein, der zu einem Schuppen am anderen Ende führt. Er steht allein, fast an der Wasserlinie.«

Nick suchte die Bucht ab. »Ich kann ihn sehen, Steph.«

»In der unmittelbaren Umgebung gibt es keine weiteren Fahrzeuge. Nachts tut sich in dieser Gegend gar nichts. Ist zu gefährlich. Sieht nach einem Terroristenversteck aus. Das könnten sie sein.«

»Steph, wir brauchen unter Umständen eine schnelle Extraktion, wenn die Schießerei losgeht. Sonst haben wir bald das ganze Land am Hals.«

»Ich kann euch im Morgengrauen einen Flieger verschaffen, östlich von eurer Position. Vorher kann ich nichts für euch tun. Ihr müsst da reingehen, müsst herausfinden, was sie geladen haben, und es, wenn möglich, auch zerstören. Aber versucht zu retten, was sie aus der Höhle mitgenommen haben.«

»Sollen wir auch von irgendwelchen Wolkenkratzern springen?«, fragte Carter sarkastisch.

»Wenn nötig«, erklang Stephanies Stimme vom anderen Ende des Ozeans. »Tut, was ihr könnt.«

Kapitel 29

Bausari beendete sein Abendgebet und erhob sich. Ein plötzlicher Schmerz ließ ihn nach Luft schnappen. Er hielt sich die Seite und taumelte. »Meister, geht es dir gut?« Einer seiner Männer war hastig aufgestanden und stützte ihn.

»Es geht mir gut, Aban. Ich bin nur zu schnell aufgestanden.«

Aban half ihm hinüber auf einen Stuhl. Bausari spähte durch die Fensteröffnung aufs Meer hinaus und lauschte dem Geräusch der Brandung unten am Strand. Die Sonne war verschwunden, die Hitze des Tages verging. Ein tiefes Abendrot erleuchtete noch den Himmel. Eine sanfte Brise vom Meer trug den Geruch von Salz und fauligem Fisch herüber. Ghalib betrat den Raum. »Meister, das Boot ist bereit.«

»Gut. Was ist mit dem Paket? Und der Kiste aus der Höhle?«

»Sind bereits an Bord.«

»Und das Schiff?«

»Direkt vor der Küste. Die See ist ruhig. Es wird eine schnelle Überfahrt, Meister.«

»Mit Allahs Segen sind alle Reisen leicht.« Bausari rieb seine verkrüppelte Hand. Seine Männer versammelten sich vor ihm. Aban und Ghalib würden ihn begleiten.

Die drei anderen würden zu ihren Brüdern in der Höhle zurückkehren. »Allah wacht über uns«, sagte Bausari. »So Allah will, wird bald die ganze Welt seine Herrschaft anerkennen.« Er sah die Männer an, die zurückbleiben würden. Gläubige Männer, Krieger der Wahrheit. »In diesem Leben werde ich euch nicht mehr begegnen. Aber wir sehen uns im Paradies.«

»In'sh'allah«, sagte Aban. Dann erinnerte er: »Meister, die Flut kommt.«

Bausari stand auf. Wie zum Segen legte er seine gesunde Hand auf die Schulter eines jeden seiner Männer. Er verließ den Schuppen und ging zum Wasser hinunter, ohne sich noch einmal umzusehen. Das Boot tanzte in der Brandung, ein grauer Umriss im tiefen Dunkel des Ozeans. Zwei Crewmitglieder des Frachters warteten an Bord. Das Paket lag in der Mitte des Bootes, ein vager, rechteckiger Umriss. Bausari watete durch das seichte Wasser, wobei er seinen weißen Burnus hochhielt. Aban half ihm in das kleine Boot. Es war jetzt fast vollständig dunkel. Das Boot verschwand wie ein Geist in der Nacht.

Kapitel 30

Völlige Dunkelheit. Der Mond ging auf, wurde zu einer großen, orangefarbenen Kugel am Horizont. Carter ließ den Pick-up mit abgeschaltetem Motor ausrollen und hielt hinter einer Gruppe von Felsen an. Der Schuppen lag unter ihnen, noch etwa einhundert Meter entfernt. Schwaches Licht fiel durch eines der Fenster. Ein Lastwagen mit Stoffplane war ein Stück von der Längsseite des Gebäudes entfernt geparkt. Carter sah keine Bewegung, aber das Licht bedeutete, dass jemand anwesend war.

»Bist du bereit?«

Er entsicherte seine AK.

Selena hob ihre AK an die Schulter und klopfte gegen das Magazin, um sicherzustellen, dass es eingerastet war. »Wie willst du es angehen?«, fragte sie.

»Wir gehen bis zu dem LKW. So haben wir Deckung und sind direkt neben dem Schuppen. Ich werfe einen Blick durch das Fenster ins Innere. Wenn jemand durch die Tür kommt und mich bemerkt, dann erschieß ihn. Der Schuppen ist aus Holz, alt und ausgetrocknet. Wenn du feuerst, dann halte die Waffe auf Hüfthöhe. Die AK schießt mühelos durch die Wände. Verpass' ihnen ein ganzes Magazin und lade nach. Danach gehen wir durch die Tür rein.«

»Und wenn keiner rauskommt?«

»Ich sehe mal, was ich am Fenster herausfinden kann, dann komme ich zum LKW zurück und wir überlegen uns die nächsten Schritte.«

Sie rückten im Schutz der Dunkelheit vor. Das Adrenalin strömte durch Carters Körper. Er konnte die gedämpften Laute ihrer Schritte auf dem harten Untergrund hören, die Brandung, wie sie zur Küste heranrollte, und die Brise, die vom Ozean her wehte. Arabische Musik war leise aus dem Schuppen zu hören. Über ihnen füllte sich der Himmel mit Sternen. Wäre einer davon heruntergefallen, dann hätte er auch das gehört. Sie gelangten zu dem LKW und duckten sich hinter die Stoßstange.

»Kennzeichen aus dem Sudan«, flüsterte Selena. »Ist der richtige Laster.«

»Gib mir Deckung.«

Carter kroch zum Fenster und riskierte einen Blick über die Brüstung. Es gab nur einen Raum. Drei Männer saßen an einem Tisch, spielten ein Brettspiel und unterhielten sich. Die Musik kam aus einem kleinen, batteriebetriebenen Radio. Einer rauchte eine Zigarette. Eine Flasche Fruchtsaft stand neben dem Radio. Jeder der Männer hatte sein Sturmgewehr griffbereit. Eine Kerosinlaterne sorgte für Licht. Dahinter konnte er durch eine offene Tür die Küste und das Meer sehen. Er schlich zu Selena zurück und kniete sich neben ihr hin. »Drei Männer mit AKs. Sie sitzen an einem Tisch. Wir könnten sie durchs Fenster erledigen.«

»Bausari?«

»Ist nicht hier. Und keine Spur von einer Kiste oder einem Behälter.«

»Vielleicht ist es doch nicht der richtige Ort.«

»Denkst du wirklich?«

»Eigentlich nicht, aber wir können uns nicht sicher sein. Wir sollten sie nicht töten.«

»Wieso nicht? Das sind mit absoluter Sicherheit keine Fischer. Und du hast selbst gesagt, dass es der richtige Laster ist. Nummernschilder aus dem Sudan. Das kann kein Zufall sein. Was sollten wir deiner Meinung nach tun?«

»Wenn Bausari hier gewesen ist, dann werden sie wissen, wohin er wollte. Wir sollten sie befragen und sehen, was sie wissen.«

»Sie sind zu dritt, wir nur zu zweit. Sie haben ihre AKs in Griffweite. Was bringt dich auf den Gedanken, dass sie kooperieren werden?«

»Etwas, das ich von dir gelernt habe: Wenn man in den Lauf einer Waffe blickt, ändert sich die Einstellung wie durch ein Wunder.«

»Gefällt mir trotzdem nicht. Wenn wir durch die Tür kommen, werden sie ihre Chance nutzen und nach ihren Waffen greifen.« Sie hätten vielleicht noch länger diskutiert, doch ein anderer traf für sie die Entscheidung. Einer der Männer trat ins Freie. Er ging ein Stück vom Schuppen weg, stellte sein Gewehr ab und urinierte. Als er sich wieder umdrehte, bemerkte er sie. Er brüllte eine Warnung und sprang zu seiner Waffe. Carter erschoss ihn. Aus der Hütte ertönten Schreie. Ein langer Feuerstoß kam aus dem Fenster und zerfetzte die Plane des LKWs, der ihnen Deckung gab. Kugeln hämmerten in das Chassis und ließen Glas und Metallsplitter durch die Luft spritzen. Die Sturmgewehre in Carters und Selenas Händen tanzten, als beide ihre Magazine leerten. Die Wände des Schuppens wurden durchlöchert. Licht aus dem Inneren fiel durch die Einschusslöcher nach draußen. Carter hörte Schmerzensschreie. Er lud nach und feuerte weiter. Als das zweite Magazin leer war, lud er erneut nach und wartete ab.

Auch Selena hatte aufgehört zu schießen. Die Kugeln hatten die Lampe auf dem Tisch zerschmettert und brennendes Kerosin im Raum verteilt. Breite Flammenzungen schlugen aus dem Inneren des Schuppens. »Das wird jeden im Umkreis anlocken wie die Mücken zum Licht. Es wird Zeit zu verschwinden, Selena.«

Sie lief zum Heck des Lasters und hob die Plane. »Hier ist nichts.«

»In Ordnung, lass uns abhauen.«

Sie liefen zu ihrem Toyota und sprangen hinein. Nick startete den Motor, legte den Rückwärtsgang ein, ließ das Lenkrad kreisen, während er zurücksetzte, warf den ersten Gang ein und preschte über den Pfad, der von dem brennenden Schuppen wegführte. Mehrere dunkle Gestalten kamen auf sie zugelaufen und sprangen aus dem Weg. Jemand schoss auf sie. Nick erreichte die befestigte Straße, bog scharf rechts ab und rutschte schleudernd an einem Pick-up voller bewaffneter Männer vorbei, der in die entgegengesetzte Richtung unterwegs war. Im Licht der Scheinwerfer sah er, wie sie zu ihnen hinüberstarrten. Dann leuchteten ihre Bremslichter in seinem Rückspiegel auf. »Sie halten an.« Nick behielt sie durch den Rückspiegel im Auge. »Sie wenden.«

»Fahr nach Osten. Runter von der Straße.« Selena zeigte in die Richtung.

Das Gelände war flach wie ein Brett. Es gab keinen großen Unterschied zwischen der Straße und der Wüste. Er lenkte scharf ein und fuhr direkt in die Einöde.

Kapitel 31

Carter schaltete die Scheinwerfer aus. Der Mond warf sein kaltes Licht auf die Wüste vor ihnen. Die gelegentlich aufragenden Felsformationen hockten wie außerirdische Kreaturen in einem silbrigen, von Schatten durchzogenen Meer aus Sand. Die Scheinwerfer hinter ihnen zeigten nicht mehr auf die Straße, sondern folgten ihnen. Das Reifenprofil pfiff auf dem festgebackenen Sand. Der Boden fiel jetzt leicht ab. Sie fuhren in eine Senke hinein und auf eine Felsformation zu, die aus dem Wüstenboden ragte. Für den Augenblick waren sie damit außer Sicht.

»Wir müssen sie in einen Hinterhalt locken«, rief Carter über das Brüllen des Motors hinweg. »Wenn sie uns auf freier Fläche erwischen, sind wir erledigt.«

Selena lud die beiden AKs nach. Nach vorn kippen, bis zum Anschlag, dann nach hinten und sanft einrasten lassen. Es wurde ihr langsam zur zweiten Natur. Carter brachte den Wagen schleudernd bei den Felsen zum Stehen. Plötzlich blitzten Scheinwerfer über den Rand der Senke hinweg und fanden sie. Er stieß die Tür auf und warf sich auf den Boden. Selena leerte ein Magazin in Richtung ihrer Angreifer. Der Wagen raste weiter auf sie zu. Ungezielte Feuerstöße kamen von der Ladefläche des Pick-ups. Querschläger prallten von den Felsen ab und ließen Sandfontänen hochspritzen. Etwas schnitt in Nicks Wange.

Er gab kurze Feuerstöße auf den Wagen ab, wobei er versuchte, einzelne Ziele auszumachen. Die Frontscheibe des Fahrzeugs zerbarst. Es schleuderte kurz, stabilisierte sich aber wieder und kam weiter auf sie zu. Zwei Männer stürzten von der Ladefläche. Die Beifahrertür öffnete sich und ein Mann mit Gewehr lehnte sich heraus. Selena schoss auf ihn. Carter rammte ein neues Magazin in seine Waffe und nahm den Pick-up unter konzentriertes Feuer. Es gab ein grelles Aufflammen, dann eine laute Explosion. Der Wagen stieg auf einem Feuerball in die Höhe und schüttelte dabei Leichen ab, wie ein Hund Flöhe. Die Trümmer regneten auf den mondhellen Wüstensand herunter. Die knisternden Flammen des brennenden Fahrzeugs war nun das einzige, was die Stille der Wüstennacht störte.

Sie rappelten sich auf. Ein kleines Rinnsal Blut lief über Carters Wange. Er tupfte sie mit seinem Ärmel ab. »Haben sich nicht sehr clever angestellt, was?«

»Nein. Zu unserem Glück.«

Er beobachtete sie, denn sie war so ruhig, als befänden sie sich auf einem Sonntagsspaziergang im Park. *Sie hat sich verändert*, dachte er. Das war nicht mehr dieselbe Frau, die vor ein paar Monaten in Harkers Büro spaziert war. Er wusste nur nicht, was er davon halten sollte.

Selena holte ihr Telefon heraus, drückte ein paar Tasten und sah auf das Display. »Wir sind ungefähr acht Meilen vom Evakuierungspunkt entfernt. Wir müssen nach Südosten.« Sie nickte in die ungefähre Richtung. Sie gingen zu ihrem Pick-up. Zwei der Reifen waren platt, die Scheiben gesplittert und ein Ölfleck hatte sich auf dem Boden darunter gebildet. Die Kabine war voller Einschusslöcher. Der Toyota war am Ende.

»Das war's dann wohl«, sagte er. »Hoffen wir, dass sonst niemand nach uns sucht.«

»Wir machen uns besser auf den Weg.« Selena hängte sich die AK um. Schweigend marschierten sie im Mondlicht unter dem Sternenhimmel. Nach einer Weile brach sie das Schweigen. »Ich habe darüber nachgedacht, was du über Vipern gesagt hast.«

»Und?«

»Vipern handeln instinktiv. Sie denken nicht nach. Terroristen schon.«

Carter schwieg.

»Denkst du nicht manchmal, es könnte eine Rechtfertigung für ihre Handlungen geben? Armut und Ungerechtigkeit zum Beispiel? Etwas, das ihr Verhalten womöglich entschuldigt?«

»Es gibt Milliarden Menschen auf diesem Planeten, die in Armut unter einem ungerechten und korrupten Regime leben. Davon sind eine Menge Muslime, aber sie sprengen keine Busse, Schulen oder Marktplätze in die Luft, nur weil sie einen miesen Tag hatten.«

»Es gibt also keine Entschuldigung? Für die Briten war George Washington auch ein Terrorist.«

»Das war etwas anderes. Es war eine Revolution, eine organisierte Rebellion gegen das Regime. Da kämpften Armeen gegen Armeen, Soldaten gegen Soldaten.

Washington jagte keine Zivilisten in die Luft, nur um ein Zeichen zu setzen. Er setzte überhaupt keine Waffen gegen Zivilpersonen ein, nicht einmal gegen die Loyalisten, die gegen ihn waren. Außer sie griffen zur Waffe. Dann waren sie natürlich Feinde.«

»Heute ist das anders. Nimm die Palästinenser. Sie haben keine Armee, keine Panzer oder Flugzeuge. Wie sollen sie kriegen, was sie wollen?«

»Es spielt keine Rolle, was sie wollen. Nichts rechtfertigt den Mord an Unschuldigen.«

»Auch wir töten Unschuldige. Wir nennen es nur *Kollateralschaden*, als wäre damit alles in Ordnung. Im Krieg sterben viele Unschuldige, Zivilisten und Unbeteiligte. Ist das nicht unmoralisch?«

»Krieg kennt keine Moral. Die Leute versuchen da nur, ihre moralischen Maßstäbe auf etwas anzuwenden, das von Natur aus unmoralisch ist. Es ist ein Widerspruch in sich.«

»Also heiligt der Zweck doch die Mittel?« Sie trug die AK jetzt auf ihrer Schulter.

»Das ist die eigentliche Frage, nicht wahr?«, sagte Nick. »Letztendlich geht es immer nur ums Überleben. Da gelten keine Regeln mehr. Denn Moral stoppt weder Kugeln noch Bomben.«

»Sie könnte«, schnaubte sie, »wenn es doch nur genug davon gäbe.« Die weichen Linien ihrer Züge kontrastierten im Mondlicht mit den harten Kanten der AK auf ihrer Schulter.

Sie liefen querfeldein durch die Wüste und erreichten den Treffpunkt zwei Stunden vor Morgengrauen. Carter ließ sich auf den harten Boden sinken. Selena nahm die Waffe von der Schulter und setzte sich. »Mein Gott, bin ich müde«, sagte sie. »Und kalt ist es.« Sie lehnte sich gegen ihn. Er legte den Arm um sie.

»Es ist doch schon fast Sonnenaufgang. Bald sind wir hier raus.«

Sie wandte sich ihm zu. »Wusstest du, dass deine Augen im Mondlicht leuchten?« Ihr Kuss war elektrisierend. »Nimm endlich diesen dummen Bart ab.«

Er riss sich den falschen Bart herunter. Der nächste Kuss war länger und intensiver, ihre Hände legten sich um seinen Kopf und zogen ihn zu ihr hinunter. Seine Hand fand ihre Brüste und sie seufzte. Sie zog ihn an sich. Ihre Brüste waren bleich im Mondlicht, ihre Brustwarzen reckten sich in der kühlen Nachtluft. Er küsste und stimulierte sie, wanderte zu ihrem Bauch, ließ seine Zunge in ihren Nabel gleiten. Er schob sich weiter nach unten und teilte ihre Schenkel. Sie roch nach Schweiß und Erregung. Er versank in ihr. Sie liebten sich auf ihren zerdrückten Kleidungsstücken im Sand. Für eine Weile gab es keine Terroristen mehr. Der Himmel begann die Farben zu wechseln. Selena löste sich von ihm. »Wir ziehen uns besser an. Ist schon fast Morgen.«

Sie schlüpften in ihre Kleider und hoben ihre Waffen auf. Selena blickte ihn schelmisch an. »Ist dir schon mal aufgefallen, dass es uns erregt, wenn jemand versucht, uns umzubringen?«

Nick sah ihr in die Augen. »So ist das Leben. Es ist das gute Gefühl, noch am Leben zu sein.«

»Gefühle. Manchmal fühle ich mich, als wäre ich eine Figur aus einem Film von Quentin Tarantino.«

»Selena …«

»Ich glaube, ich höre das Flugzeug«, unterbrach sie ihn.

TEIL ZWEI

ZUHAUSE

»Wir haben das Recht, vier Millionen Amerikaner zu töten, eine Million davon sollten Kinder sein.«

SULAIMAN ABU GAITH
Sprecher für al-Qaida

Kapitel 32

Lamonts Ellbogen stand im rechten Winkel zu seiner Schulter, sein ganzer Arm steckte in einem Gipsverband. Bei Ronnie war die linke Hand bandagiert. Selena und Stephanie saßen rechts von ihm.

»Immerhin wissen wir jetzt mehr als vorher«, sagte Nick bedächtig. »Der Mann, der uns in Mali angriff, war einer der Assassinen. Der Kult steht in irgendeinem Zusammenhang zu Bausari und dieser Höhle. Allerdings ist Bausari ein Sunnit. Die Assassinen waren schiitische Fanatiker. Sie würden niemals mit ihm zusammenarbeiten.«

»Wie kam er auf eure Fährte?«, fragte Ronnie.

»Er war in der Bibliothek und sah, wie Selena das Manuskript las.«

»Ich wüsste zu gern, was sich in dieser Höhle befunden hat.« Stephanie rückte Pistole und Pager an ihrer Taille zurecht.

»Es muss ein Relikt Mohammeds gewesen sein. Eine echte Reliquie in den falschen Händen könnte die ganze islamische Welt in Flammen setzen. Es wäre, wenn man so will, ein Zeichen besonderer Glaubwürdigkeit. Und das hat Bausari jetzt.« Selena schlug die Beine übereinander und versuchte, es sich bequem zu machen. »Was mich wirklich beunruhigt ist der Gedanke, dass es das göttliche Zeichen sein könnte, auf das die Assassinen seit

Jahrhunderten gewartet haben. Es könnte sein, dass sie deshalb wieder offen agieren. Wenn es wirklich die Hashashin sind.«

»Von was für eine Art Zeichen sprechen wir hier?«

»Wie sieht es mit deinen Kenntnissen über die Apokalypse aus, Lamont?«

»Die biblische Apokalypse?«

»Ganz genau. In der Bibel wird von einer Reihe von Vorzeichen gesprochen, so wie Erdbeben, Plagen, Hunger und Krieg, die alle das Ende der Welt ankündigen. All das bekommt man gerade geboten, irgendwo auf dem Globus. Dann verkündet Gott das Jüngste Gericht und alles geht zu Ende. Im Islam ist es ähnlich, aber es gibt Unterschiede, besonders in der schiitischen Lehre.«

»Welche denn?«

»Die Vorzeichen bedeuten, dass der Mahdi erscheinen wird, ein islamischer Messias, der die Gläubigen zusammenruft. Jesus Christus kehrt zurück und konvertiert alle Christen zum wahren Glauben des Islam. Jeder, der nicht konvertiert, ist erledigt. Danach beherrscht der Islam die Welt.«

Lamont rieb seinen Gipsarm. »Es juckt unter dem verdammten Ding. Und was heißt das jetzt im Klartext?«

»Jeder, der nicht konvertiert, fällt durch das Schwert. Kennst du die sieben Säulen des schiitischen Islam?«

»Nö.«

»Sie sind eigentlich ziemlich einleuchtend. In den ersten sechs Säulen geht es um die Reinheit, das Gebet, die

Mildtätigkeit, das Fasten, die Pilgerfahrt und die Einheit mit Allah. Es ist die siebte Säule, die Probleme macht.«

»Und die wäre?«

»Jihad. Der Kampf. Es gibt da zwei Interpretationen. Die eine ist friedlich. Man geht davon aus, dass mit Jihad das Ringen um ein besseres Leben, der Kampf um spirituelle Weiterentwicklung und das Streben nach dem Aufbau einer Gemeinschaft gemeint ist. Die meisten Muslime denken so. Die anderen glauben, dass es dabei um die Konfrontation mit allen Feinden des Glaubens geht. Für Ungläubige gelten keine Gesetze. Jede Gewalt ist gerechtfertigt. Ungläubige darf man töten.«

»Worauf willst du hinaus?«

»Wenn nun jemand, der den Jihad als heiligen Krieg versteht, ein Zeichen findet, das die Wiederkehr des Mahdi verkündet, und wenn dieser Person eine Organisation zur Verfügung stünde …«

Für einen Augenblick lauschten alle gebannt der Stille.

Nick kratzte sich am Ohr. »Wenn es dieses Vorzeichen gibt, dann müssen wir unbedingt erfahren, worum es sich dabei handelt.«

Selena strich sich eine Haarsträhne aus der Stirn. »Ich hab das ungute Gefühl, dass wir das sehr bald herausfinden werden.«

Kapitel 33

Die Kabine war nur eine von vielen Kajüten auf dem Schiff. Durch das Bullauge konnte man den Ozean sehen, eine schier endlose Wasserfläche. Es hätte praktisch überall auf den Weltmeeren sein können. Auch in dem Raum gab es nichts Verräterisches. Bausari saß im Schneidersitz auf einem Kissen, erhaben mit seinem Vollbart und in seiner weißen Robe. Er trug einen grünen Turban, der ihn als Hajji auswies, also jemanden, der die Pilgerfahrt nach Mekka unternommen hatte, so wie es von jedem Gläubigen mindestens einmal in seinem Leben erwartet wurde. Hinter ihm hing ein Banner in arabischer Sprache, weiße Schrift auf grünem Grund.

ويوم المحاكمة قريبا

»Ist alles bereit, Ghalib?«

»Ja, Meister.«

»Dann bring mir den Behälter.«

Aban wartete hinter der Kamera darauf, dass Ghalib die hölzerne Kiste zu Bausaris Füßen abstellte. Das Holz war im Laufe der Jahrhunderte nachgedunkelt. Sie war etwa einen Meter lang und mit Schnitzereien des Paradieses, von Früchten und Bäumen, bis hin zu Ranken und Flussläufen verziert. Die Kiste aus der Höhle. Das Relikt des Propheten.

Bausari nickte Aban zu. Der schaltete die Kamera ein. Sobald sie das Festland erreichten, würde es seinen Weg zu Al Jazeera und den vielen anderen Webseiten finden, die den Jihad gegen den Westen predigten. »Gelobt sei Allah, denn der Tag des Gerichts steht bevor. Mir wurde sein Zeichen gesandt und ich überbringe der Welt seine Warnung.« Allein diese Worte würden ihm die volle Aufmerksamkeit garantieren. Bausari beugte sich vor, hob das Relikt heraus und hielt es hoch. Ghalib und Aban knieten sich hin und berührten mit der Stirn den Boden. Die Kamera lief weiter, während Bausari sprach.

Später setzte er sich auf einen Holzstuhl mit gerader Lehne, den Ghalib für die nächste Phase ihrer Mission bereitgestellt hatte. Er versuchte, nicht auf das Haar zu achten, das herabfiel und sich zu seinen Füßen sammelte. Sein Gesicht erschien ihm nackt und fremd ohne seinen Bart. Er hatte diesen Bart wachsen lassen, seit er seinen Geist der Wahrheit geöffnet hatte. Er war neunzehn Jahre alt gewesen, ein Jurastudent im zweiten Jahr an der Al-Azar Universität in Kairo. Eines Tages hatte ihn sein Professor nach der Vorlesung zu sich gerufen. Der Mullah Gamal Hasani war bekannt für seine scharfe Rhetorik, die eine strikte Einhaltung des islamischen Rechts in Ägypten forderte. Jeder wusste, dass die Geheimpolizei ihn unter Beobachtung gestellt hatte. Bausari war nervös gewesen. Der Mullah war eine beeindruckende Persönlichkeit, doch Hasanis Stimme klang ruhig und einladend. »Ich habe dich im Unterricht beobachtet, Jibril. Du bist nicht wie die meisten anderen. Du bist aufmerksam und lernst mit großem Eifer.«

»Ja, Herr Professor. Ich will verstehen.«

Hasani nickte. »Gesegnet sind jene, die nach Erkenntnis suchen. Allah spricht zu uns allen, aber nur die wenigsten hören zu. Es ist schon fast Zeit für das Gebet. Begleite mich zur Moschee und wir werden gemeinsam beten.«

So hatte es begonnen. Hasani hatte ihn unter seine Fittiche genommen und ihm den Weg gewiesen, als er den Koran studierte. Er half Bausari, die wahre Bedeutung der Lehren des Propheten zu erkennen. Er öffnete ihm auch den Blick für die Bedrohung, die der Westen für den Islam darstellte. Hasani war für ihn zu einem zweiten Vater geworden. Dann verschwand Hasani eines Tages auf dem Weg zur Moschee. Studenten erzählten, zwei Männer hätten ihn zu einem Wagen geführt und seien mit ihm davongefahren. Es war Allahs Wille gewesen, dass Bausari ihn an diesem Tag nicht begleitet hatte. Eine Woche später wurde berichtet, dass Hasani an einem Herzanfall verstorben sei. An diesem Tag verschrieb sich Bausari dem Weg des Jihad. Des Heiligen Krieges.

»Ich bin fertig, Meister.« Die Worte rissen ihn aus seinen Erinnerungen. Mit einer schwungvollen Bewegung rasierte Ghalib die letzten Haare ab. Bausari stand auf und wischte sich die Haare von seinem Schoß. Die westliche Bekleidung, die er jetzt trug, erschien ihm unbequem. Die Hosen waren zu eng. Das Hemd fühlte sich steif und viel zu warm an. Die Schuhe an seinen Füßen waren wie

Folterinstrumente. Bausari blickte in den Spiegel. Ein Fremder starrte daraus zurück. Sein Haar war wieder schwarz, nur mit einem Anflug von Grau, auf moderne, westliche Art frisiert. Wenn er sich selbst kaum erkannte, würden auch die Amerikaner ihn nicht erkennen. Sie würden nicht glauben, dass er es wagte, ihr Land zu betreten. Und wenn sie es vermuteten, würden sie nach einem Mann suchen, der bekannt für seine weiße Djellaba, seinen grünen Turban und seinen stattlichen Vollbart war. Allah würde ihm vergeben. Es war erlaubt, sein Haar zu schneiden, wenn der Grund der Heilige Krieg gegen die Ungläubigen war. Alles war dann erlaubt. Das war etwas, das die Menschen in diesen dekadenten, westlichen Demokratien niemals verstehen oder begreifen würden. Dieser Mangel an Erkenntnis würde ihren Untergang beschleunigen und den Aufstieg des neuen Kalifats ermöglichen. Ihre langsame Reise über den Atlantik war beinahe vorüber. Bausari und Ghalib gingen nach oben auf Deck und marschierten an den Containerstapeln vorbei zum Bug. Ein paar Augenblicke lang beobachteten sie, wie die mexikanische Küste am Horizont näher rückte. In der Nähe ragte ein hoher, schneebedeckter Gipfel in den strahlend blauen Himmel. Die Sonne brannte auf Bausaris frisch rasierten Wangen.

»Wann werden wir eintreffen?« Bausari ließ seine gesunde Hand über die glatte Haut am Kinn gleiten.

»Wir erreichen Vera Cruz heute Nachmittag. Dann sind es noch elf Kilometer flussaufwärts nach Tuxpan. Dort erwartet uns ein Fahrzeug. Wir verladen heute Nacht. So Allah will, werden wir morgen früh nach Norden fahren.«

»Wurden unsere Brüder in Mexiko City von unserer Ankunft in Kenntnis gesetzt?«

»Ja, Meister. Ein Grund großer Freude. Es verlangt sie nach Eurem Segen.«

»Es ist Allah, der sie segnet, nicht ich.«

»Ja, Meister, aber Ihr seid sein Werkzeug.«

Bausari ging zurück zu einem der Container und klopfte dagegen. »Das ist Allahs Segen, Ghalib. Das eigentliche Instrument zu seinem Triumph.«

»Ja.« Ghalib wirkte bedrückt. »Es gibt Neuigkeiten von unseren Brüdern in Mali und in Mauretanien. Sie wurden entdeckt und starben als Märtyrer.«

»Ah, die Amerikaner?«

»Wir vermuten es. Möglich wäre, dass jemand aus dem Flugzeug um Hilfe rief, das wir abgeschossen haben. Die Höhle wurde gesprengt. Der Unterschlupf in Mauretanien …«

»Es gibt andere Höhlen und weitere Verstecke. Sie können sie nicht alle finden. Allah hat sicher die Pforten des Paradieses für die Unsrigen geöffnet, so wie er es auch für uns tun wird, Ghalib.« Bausari legte die Hand auf Ghalibs Schulter. Die beiden Männer sahen sich in die Augen.

»Man wird sich an uns erinnern, Meister«, sagte Ghalib.

»Ja, Ghalib, das wird man.«

Kapitel 34

Lukas Monroe arbeitete seit zwölf Jahren für die Agency. In diesen zwölf Jahren waren viele neue Sterne an der Gedächtniswand in Langley angebracht worden. Jeder davon stand für einen Agenten, der im Dienst gefallen war. Monroe war kein junger Mann mehr. Er hatte nicht die Absicht, der nächsten Stern an der Wand zu werden. Nach dieser Mission sollte er einen eigenen Schreibtisch in Anti-Terror-Zentrum im sechsten Stock bekommen. Nicht schlecht für einen schwarzen Jungen, der sich aus dem Getto bis in eine Ivy League Uni nach oben gekämpft hatte, wo er dann rekrutiert worden war. Monroe hatte Straßenerfahrung, war hochintelligent und ehrgeizig. Es war nicht immer einfach gewesen.

Die Mission erschien an der Oberfläche einfach. *Schnappen Sie den Mann, der in der luxuriösen, befestigten Villa dort unten wohnt.* Yuri Azhrakov verkaufte an jeden, der zahlen konnte, von Sturmgewehren bis hin zu Kampfjets. Ob man ein paar russische T-54, eine französische Mirage, die neueste Boden-Luft-Rakete oder zehntausend AKs haben wollte, man ging zu Yuri. Ihn zu töten wäre leicht gewesen. Monroe hätte ihn gern erledigt, aber Langley wollte ihn lebend. Sie wollten mit ihm über ein paar Dinge reden, irgendwo, wo sie ungestört waren. Sie wollten am liebsten sofort mit ihm reden. Es war eine Herausforderung. Monroe liebte Herausforderungen.

Das prachtvolle Blau des Comer Sees erstreckte sich jenseits der roten Dachschindeln und der hohen Natursteinmauern der Villa. Die Szenerie hatte sich nicht wesentlich verändert, seit Plinius der Ältere hier zu Caesars Zeiten ein Ferienhaus errichten ließ. Eine sanfte Brise vom See verlieh dem schattigen Olivenhain, in dem Monroe lag und die Villa beobachtete, eine angenehme Temperatur. Eine schnittige Jacht unter vollen Segeln kreuzte in einiger Entfernung. Doch Monroe achtete nicht auf das Postkartenpanorama sorglosen Reichtums. Er konzentrierte sich auf den von Mauern umschlossenen Hof unter ihm. Die schweren verzierten Eisentore der Villa waren geschlossen. Man bräuchte schon einem Panzer, um da durchzubrechen. Ein Wachhäuschen am Tor war rund um die Uhr besetzt. Die Wachen innerhalb des Geländes patrouillierten paarweise. Sie trugen tschechische Skorpion SA 391 Maschinenpistolen, die achthundertfünfzig Schuss Kaliber neun Millimeter pro Minute abfeuern konnten. Weitere Wachen kümmerten sich um die Villa. In den letzten zwei Tagen hatte Monroe mindestens dreißig Sicherheitsmitarbeiter gezählt. Sie alle sahen wie Serben oder Russen aus und bewegten sich mit der geübten Routine erfahrener Militärs. Monroe vermutete, dass sie ehemalige Spetznaz, also Mitglieder der russische Spezialeinheiten gewesen waren. Eine ziemlich beeindruckende Truppe. Die Mauer, die die Villa umgab, war von Spiralen aus NATO-Draht gekrönt. Man begann schon zu bluten, wenn man ihn nur zu lange anschaute. Monroe konnte mindestens vier Überwachungskameras sehen. Mit Sicherheit gab es noch ein paar verborgene. Das Tor war vorn der einzige Zugang. Hinten gab es eine in Terrassen angelegte Patio und eine große Rasenfläche mit Reihen italienischer Zypressen und Blumenbeeten, die sich zum See hin absenkte, wo sich ein Landungssteg ins Wasser erstreckte. Der war von einer weiteren hohen Mauer mit Beobachtungstürmen geschützt, deren Spitzen wie toskanische Kirchtürme aussahen. Innerhalb der mediterranen Architektur verbargen sich starke Suchscheinwerfer. Vermutlich befanden sich Wachen mit automatischen Waffen in den Türmen, von denen aus man ein freies Schussfeld hatte. Elegante Kopien klassischer Statuen waren geschmackvoll entlang der geschotterten Wege neben den Blumenbeeten platziert worden. Mit Sicherheit gab es auf der ausgedehnten, smaragdgrünen Rasenfläche Bewegungsmelder und Stolperdrähte. Alles sah sehr nett aus, aber es wäre Selbstmord gewesen, vom See her zu kommen. Ohne einen umfangreichen Militärschlag war das Anwesen unangreifbar. Vor dem Haus erstreckte sich ein breiter, gepflasterter Hof. Ein kreisförmiger Fahrweg aus Kopfsteinpflaster führte unter dem Säulenvorbau vor dem Eingang hindurch und umgab einen neoklassizistischen Springbrunnen, der schillernde Wasserkaskaden ins helle Licht der Nachmittagssonne aufsteigen ließ. Eine Garage mit fünf Stellplätzen befand sich links vom Haupteingang. Monroe sah, wie ein Mann aus der Garage kam, über den Hof ging und die Villa betrat. Unter den Säulen parkte eine auf Hochglanz polierte schwarze Mercedes-Limousine. Ein muskulöser Mann mit kurz geschnittenem blonden Haar lehnte sich gegen die Stoßstange und rauchte eine Zigarette. Er trug eine graue Chauffeur-Uniform. Der Mann hielt die Zigarette senkrecht zwischen Daumen und Mittelfinger. Sehr europäisch. Er wirkte gelangweilt. Monroe wusste, dass der Wagen gepanzert war. Schusssichere Reifen, Kevlar-Verstärkung und ein Zoll dickes Panzerglas. Ein turbogeladener Zwölfzylinder mit mehr als fünfhundert PS. Gepanzerte Türen, Seitenwände, Kofferraum und Benzintank. Nur schwere Waffen konnten ein solches Fahrzeug ankratzen. Sogar der Unterboden war vermutlich gepanzert. Aber es war nur ein Auto. Es war verletzlich. Monroe dachte über Azhrakov nach. Diese Dreckskerle waren alle gleich, ob sie nun mit Waffen, Drogen oder anderen Todesarten handelten. Sie verließen sich auf Mauern, volle Überwachung und auf einen Haufen harter Jungs mit schweren Waffen, um sich zu schützen. Unterwegs vertrauten sie auf gepanzerte Fahrzeuge. Vorhersehbar. Doch vorhersehbares Verhalten machte sie angreifbar.

Zwei Männer kamen aus der Villa, gefolgt von Azhrakov. Er trug eine Aktentasche. Ein massiger Mann, gebaut wie ein Bär. Er trug einen Kinnbart. Selbst von oben konnte Monroe das Gold an seinem haarigen Handgelenk und den seidigen Glanz seines teuren italienischen Anzugs erkennen. Für einen Mann, der für den Tod tausender

Menschen verantwortlich war, wirkte er bemerkenswert entspannt. Er stieg hinten in den Mercedes ein. Manchmal setzte sich der Waffenhändler gern auf den Beifahrersitz. Dass er hinten saß, machte es leichter für Monroe.

Monroe hatte genug gesehen. Es verließ vorsichtig sein Aussichtsposten und ging nach hinten, wo drei Männer auf ihn warteten.

Enzio kam aus Brooklyn. Er sprach fließend Italienisch. Louis war der Fahrer. Er konnte die schmalen Straßen am Comer See und in den nahen Alpen mit einem Tempo durchfahren, das einen Grand-Prix-Fahrer in Panik versetzt hätte. Eddie war für die Kommunikation, den Nachschub und den Sprengstoff zuständig. Er war in allen drei Dingen gleichermaßen gut. Azhrakovs Villa lag an der Südspitze des umgedrehten Ypsilons, das der See formte, nicht weit von Como entfernt. Sie lag etwa dreißig Fahrminuten nördlich von Milano, wo Azhrakovs Privatjet auf ihn wartete. Es gab nur eine Straße, die aus Como herausführte, aber es gab drei Wege, auf denen er in die Stadt gelangen konnte. Monroe war sich nicht sicher, welchen Azhrakov benutzen würde. Alle drei Routen führten nach Milano, aber zwei davon waren schlechte Straßen, gewunden, dafür aber mit schöner Aussicht. Azhrakov schien die Routen zufällig auszuwählen. Manchmal nahm er die Schnellstraße nach Süden, um dann nach Südosten weiter in die Stadt zu fahren. Das war die schnellste Route. Aber gelegentlich nahm er eine der anderen Straßen. Monroe hatte an jeder Straße ein Team in Position und dazu Vorposten, die melden sollten, welchen Weg der Mercedes einschlug. Die schnelle Route war dicht befahren und riskant. Es würde sich dort schwieriger gestalten und erforderte perfektes Timing. Außerdem gab es ein hohes Risiko, Kollateralschäden zu verursachen. Es gab einfach zu viele Unbekannte. Doch Monroe war auf alle Eventualitäten vorbereitet.

Er war ziemlich sicher, dass Azhrakov eine der sekundären Routen nutzen würde. In Milano würden die große Anzahl von Zivilisten und Azhrakovs Sicherheitsmaßnahmen einen Erfolg unmöglich machen. Auf der Straße sah Monroe die besten Chancen für einen Zugriff. Er sprach in sein Headset: »Alpha Eins an alle Einheiten. Zielobjekt ist in Bewegung.«

Seine Teams bestätigten. Monroe und seine Männer stiegen in einem Landrover Defender mit Militärlackierung. Die Kennzeichen begannen mit EI, was sie als eine Einheit die Carabinieri auswies. Die Carabinieri waren nicht länger nur eine Polizeieinheit, sondern professionell und schwer bewaffnet und somit letztendlich ein Bestandteil der italienischen Streitkräfte. Sie hatten einen gewissen Ruf. Niemand in Italien würde sich mit den Carabinieri anlegen. Louis setzte sich hinters Steuer. Er trug eine der üblichen Polizeiuniformen, dunkelblau, mit roten Streifen entlang der Hosenbeine, dazu schwarze, halbhohe Stiefel. Er hatte das Dienstabzeichen am Kragen und ein Schiffchen im Militärstil, mit dem Logo der Carabinieri. Ein weißer Ledergurt lief quer über seine

Brust zum Gürtel. Er trug ein schwarzes Standardholster der Carabinieri mit der vorgeschriebenen Dienstwaffe, einer Beretta 93R. Enzio trug eine identische Uniform. Eddie und Monroe trugen dunkle Freizeitkleidung. Enzio und Louis saßen vorn, Monroe und Eddie auf den Rücksitzen. Es hätte bei einem Schwarzen seltsam ausgesehen, wenn er die Polizeiuniform getragen hätte. Monroe störte das nicht. Damit konnte er leben. Zu seinen Füßen lag eine MP-5 Maschinenpistole, jedermanns Lieblingswaffe. Unter seiner Jacke trug er eine Glock Kaliber .40. Im Heck des Wagens lag ein Raketenwerfer, den Monroe eigentlich nicht benutzte. Sie wollten Azhrakov schließlich lebend. Monroe hatte noch ein anderes Spielzeug, um den Mercedes zu stoppen: Eine Barrett 82 A1 CQ, die auf Eddies Schoß ruhte. Kaliber .50, halbautomatisch, mit einem etwas über fünfzig Zentimeter langen Lauf. Es war ein Monster, aber der Griff oben auf dem Lauf half gegen den Rückstoß. Das schwere Kaliber würde sich um das kugelsichere Glas kümmern. Selbst Mercedes rechnet nur mit einer .45er, einer .357 oder einer Salve aus einer Uzi 9mm. Wenn ein Fünfziger etwas traf, dann schlug es dort mit über fünftausend Pfund pro Quadratzentimeter ein. Selbst ein Streifschuss mit einer Kaliber .50 würde einen Mann wie ein welkes Blatt wegschleudern, ein Volltreffer ihn zerfetzten. Eddie war einsneunzig groß und hundertfünfundzwanzig Kilo schwer. Er war gebaut wie ein Panzerschrank und er war Linkshänder. Er konnte die Barrett ohne Zweibein oder

Lafette benutzen. Doch wie lautete das Sprichwort? *Der Mensch plant, Gott lacht.* Monroe hoffte, dass Gott heute nicht lachen würde.

Kapitel 35

»Warum werden wir langsamer, Grigor?« Azhrakov sah von seinen Unterlagen hoch auf den Hinterkopf seines Fahrers. »Vor uns ist ein Unfall.«

Yuri war verärgert. Eigentlich hatte er die schnelle Route in die Stadt wählen wollen, aber dort hatte es eine Straßensperrung gegeben. Also war er auf seine zweitliebste Route ausgewichen. An sich hatte er nichts gegen die langsameren, landschaftlich schöneren Fahrstrecken, aber heute hatte er es eilig und wollte schnell zum Flughafen. Er hatte ein Treffen mit einem wichtigen Klienten in seiner Datscha am Schwarzen Meer. Es wäre unhöflich gewesen, ihn dort nicht persönlich zu begrüßen. Vor ihnen sah Yuri einen blauen Fiat mit eingedrückter Haube und Kühlergrill, der quer über beiden Fahrbahnen stand. Ein zweiter Wagen, ein roter Alfa, hing über der beschädigten Leitplanke. Kühler und Windschutzscheibe waren beschädigt und Wasserdampf quoll unter seiner Motorhaube hervor. Ein Motorradpolizist stand neben seiner BMW und sprach mit einem Mann in blutigen Bandagen, der sich den Kopf hielt. Ein Krankenwagen mit blinkendem Blaulicht stand hinter den Fahrzeugen. Die Unfallstelle lag in einer Kurve und vor einer Abzweigung. Zu ihrer linken verlor sich die Straße zwischen den Bäumen, dahinter lag ein steiler Abhang. Auf der rechten Seite erhob sich eine steile Klippe fast senkrecht nach oben. »Nun fahr schon drum herum«, sagte Yuri gestikulierend. Als der Mercedes anfuhr, hob der Polizist die Hand. Grigor bremste. Von hinten näherte sich ein grüner Landrover der Polizei mit Blaulicht. Dann schien die Welt zu explodieren. Eddie feuerte, als der Landrover auf gleicher Höhe war. Das Panzerglas zerbarst. Noch vor einem Augenblick hatte Yuri Grigors Hinterkopf angeschaut. Im nächsten Moment verschwand Grigors Kopf in einem roten Sprühnebel. Blut, Knochenstücke und Hirnmasse bedeckten Yuris teuren Anzug und sein sorgfältig frisiertes Haar. Das Fünfzigerkaliber war durch Grigor hindurchmarschiert, als wäre er gar nicht da. Es zerfetzte den zweiten Leibwächter auf dem Beifahrersitz, setzte seinen Weg durchs andere Fenster fort und bohrte sich schließlich in die Felswand. Der Mercedes schleuderte quer über die Straße und kam ruckartig zum Stehen. Sein letzter verbliebener Leibwächter hieß Alexei. Er stieß die Tür auf, sprang heraus und machte eine Hechtrolle. Er begann mit seiner Skorpion zu feuern, kaum dass er den Boden berührte. Der Motorradpolizist hatte seine Beretta gezogen. Die Skorpion mähte ihn nieder. Alexei wirbelte herum und hatte gerade noch genug Zeit, den dunkelhäutigen Mann zu bemerken, der eine Maschinenpistole auf ihn richtete. Er war das letzte, was er in seinem Leben sah. Enzio zog Yuri aus dem Auto und stieß ihn auf den Asphalt. Azhrakov spürte einen stechenden Schmerz, als ihm jemand eine Injektionsnadel in den Nacken rammte. Dann war da nur noch Dunkelheit.

Monroe sah auf den Mann hinunter, auf den Alexei geschossen hatte. Seine Weste hatte zwei Kugeln aufgehalten, aber eine dritte hatte seinen Hals getroffen. Er war tot. Eine Blutlache breitete sich unter ihm aus. »Schafft ihn zusammen mit Azhrakov in den Krankenwagen, schiebt das Motorrad den Abhang hinunter. Packt die anderen Leichen in den Mercedes und lasst ihn über die Kante gehen. Den Alfa auch. Und schafft den Fiat aus dem Weg.«

Die Fahrzeuge stürzten den Steilhang hinunter und krachten tief unten in den Wald hinein. Monroe stieg in den Landrover. Sie fuhren in Richtung Milano.

Kapitel 36

Carters rotes Telefon klingelte. Die Lampe für eine sichere Leitung nach Langley blinkte. Er hob den Hörer auf. »Ja.«

»Direktor Carter?«

»Am Apparat.«

»Bitte bleiben Sie in der Leitung, Ich verbinde Sie mit DCNS Hood.« Carter wusste, wer Hood war. Der Direktor des *National Clandestine Service*, einer der vier wichtigsten Abteilungen in Langley. Er überwachte alle verdeckten Operationen weltweit. HUMINT und Gott weiß was noch alles. Carter drückte einen Knopf, um Stephanie zu alarmieren.

»Direktor Carter, hier spricht Clarence Hood.« Die Stimme war freundlich und besaß den Hauch von einem Südstaatenakzent.

»Ja, Direktor, was kann ich für Sie tun?«

»Lassen wir doch einfach die Titel weg. Kann ich Sie Nick nennen? Nennen Sie mich Clarence. Dann ist es nicht so förmlich.«

Interessant, dachte Carter. »In Ordnung, Clarence.«

»Ich rufe wegen der Sache im Sudan an und wegen Ihren, äh, Abenteuern in Mali und Mauretanien.«

»Sie sind ja gut informiert.«

Hood gestattete sich ein leises Lachen. »Das gehört zu meinem Job. Ich würde mich gern mit Ihnen treffen.

Ein paar Informationen austauschen. Es wird Zeit für eine engere Zusammenarbeit.« Wenn die CIA ihnen eine Zusammenarbeit anbot, dann war irgendetwas Großes im Gange. Es bedeutete, dass Langley sich Sorgen machte. Nick dachte an das alte Sprichwort, sich vor den Griechen in Acht zu nehmen, die Geschenke brachten.

»Ich bin mir sicher, dass auch der Präsident eine Zusammenarbeit zu schätzen wüsste. Was schwebt Ihnen denn so vor?« Es war nicht verkehrt, Hood daran zu erinnern, wer hinter dem PROJECT stand.

»Wie wäre es bei uns im Siebten. Die Kantine bietet ein vorzügliches Ribeye an. Um eins, wenn Sie es einrichten können.«

Nick raschelte mit den Akten auf seinem Schreibtisch. »Das wird knapp. Wie wäre es gegen halb zwei? Das könnte ich einrichten.« Durch sein Bürofenster sah er Stephanie zustimmend nicken. »Dann halb zwei. Ich schicke Ihnen einen Wagen. Ich freue mich schon auf unser Zusammentreffen.« Hood beendete das Gespräch. Stephanie kam herein und setzte sich. »Donnerwetter, Nick. Willkommen bei den großen Jungs. Und dann gleich Ribeyes.«

»Yippie, ich freue mich auch schon so auf die Zusammenarbeit. Was denkst du, führen die im Schilde?«

»Sie sind in Sorge. Wenn sie uns den roten Teppich ausrollen, dann bedeutet das, dass sie etwas von uns wollen, das sie selbst nicht tun können.«

»Etwas, das sie in Schwierigkeiten brächte, wenn es publik würde?«

»Vielleicht. Oder sie brauchen einfach jemanden, der die Drecksarbeit für sie erledigt.«

»Darin sind sie ziemlich gut. Aber warum uns?«

»Ich denke, das wirst du schon bald herausfinden. Netter Schachzug mit den Papieren und der Terminänderung.«

»Sehen wir mal nach. Schau, hier steht, dass ich mich mit Ronnie auf ein Bier treffen wollte. Ich bin verplant.«

Stephanie lachte. »Mal im Ernst, pass auf, was du sagst. Das ist ein Besuch in der Höhle des Löwen. Niemand kennt sich besser aus mit Halbwahrheiten und Fehlinformationen.«

»Hood will über den Sudan reden. Erinnerst du dich noch, als du gesagt hast, dass du glaubst, sie wüssten mehr über die Sache, als sie zugeben wollten? Dann versorgen sie uns mit einem Flugzeug und Waffen. Plötzlich wollen sie kooperieren.«

»Sieh zu, ob du herausfinden kannst, warum. Was wissen sie, was wir nicht wissen?«

»Hey, ich bin nur ein Amateur. Das neue Kind an der Schule, nichts als ein Söldner. Ich vermute, sie glauben, dass mir die Sache über den Kopf wächst. Könnte ein Vorteil sein.«

»Schon möglich.« Stephanie spielte mit ihrem Armband. »Wäre nicht das erste Mal, dass dich jemand unterschätzt.«

Kapitel 37

Ein ernst wirkender Mann im dunklen Anzug begrüßte Carter bei seinem Eintreffen in Langley. Er stellte sich ihm als George Burch vor. Burch gab Carter einen Besucherausweis, wies ihn an, seine Waffe beim Sicherheitspersonal abzugeben und führte ihn dann durch die Lobby. Ihre Schritte hallten von dem polierten Granitboden wider. Sie gingen über das Siegel der CIA hinweg, eine Kompassrose mit sechzehn Zacken, die Schild und Adler umrahmte. An der Nordwand erinnerten in Reihen angebrachte goldene Sterne an Agenten, die in Erfüllung ihrer Pflicht ihr Leben gelassen hatten. An der Südwand stand eine lebensgroße Bronzefigur von William Donovan, dem Leiter des OSS im Zweiten Weltkrieg, die unermüdlich über die Eingangshalle zu wachen schien. Wild Bill wäre überrascht gewesen, was inzwischen aus seinem *Office of Strategic Services* geworden war. Sie gingen einen Korridor hinunter, der von den Bildnissen der früheren Direktoren der CIA gesäumt wurde. Am Ende des Ganges benutzte Burch seine Zugangskarte, um den Fahrstuhl in den siebten Stock zu aktivieren. Es war schon immer der *Siebte Stock* gewesen, mit zwei großen S. Das Geheimdienstimperium der USA wurde primär von hier aus geleitet. Jeder ehrgeizige CIA-Agent wollte es in den Siebten Stock schaffen. Burch brachte Carter zur Kantine des Führungsstabs und ging. DCNS Hood erhob sich aus einem der komfortablen Ledersessel und kam mit ausgestreckter Hand auf ihn zu. »Nick. Danke für Ihr Kommen.«

»Ist mir ein Vergnügen.«

Hoods Handfläche war nicht feucht und sein Griff gerade fest genug. Hood war groß und schlaksig, beinahe skeletthaft. Er hatte wasserblaue Augen. Er war vierundsechzig Jahre alt und mit seiner Gesundheit stand es nicht zum Besten. Seine Haut wirkte trocken und farblos. Er trug einen einfachen Anzug, der über seine tatsächliche Stellung hinwegtäuschte. Carter hielt Hood für brillant und kompetent, ein Fünf-Sterne-General in einem geheimen Krieg, der weit jenseits der Wohlfühlzone des öffentlichen Gewissens geführt wurde. Da ging es nicht mehr um richtig oder falsch. Er war ein gnadenloser Jäger der Feinde Amerikas. Der DCNS war ein Karrierist, genau wie sein Vorgesetzter. Doch anders als sein Chef war er viele Jahre im Außendienst gewesen, bevor er einen größeren Schreibtisch bekommen hatte. Und dann noch einen und noch einen. Er war in den schlimmen alten Zeiten bei den Fußtruppen gewesen, in Vietnam, in Ostdeutschland und während des Kriegs in Afghanistan gegen die Russen. Und so wirkte er auch. Ein alter Spion aus dem kalten Krieg, der sich dem Ende seiner Karriere näherte. Hood und Carter hatten da etwas gemeinsam. Niemand wusste wirklich, wie es in der Welt der verdeckten Operationen zuging, wenn man nicht selbst daran teilgenommen hatte. Jeder von ihnen wollte sein Land auf seine Weise schützen.

Nick konnte diesen Mann respektieren, aber er wusste nicht, ob er ihn mögen würde. Sie setzten sich an einen Tisch. Zwei weiße Leinengedecke, chinesisches Porzellan, Kristallgläser und Silberbesteck hoben sich von dem polierten Walnussfurnier ab. Eine Ordonnanz erschien, schenkte ihnen Kaffee und Wasser ein und servierte jedem von ihnen einen frischen Salat. Carter wartete ab, was Hood zu sagen hatte.

»Diese Sache in Afrika.« Hood nippte an seinem Wasser, kam direkt zum Geschäft.

»Ja, nochmals Danke für Ihre Hilfe, unser Team aus Khartoum herauszuholen.«

»Khartoum ist einer der Gründe, warum ich heute mit Ihnen sprechen wollte.«

Nick nahm etwas Salat auf seine Gabel. »Sie haben den Lastwagen ziemlich vehement verteidigt. Mein Team sah, wie sie etwas verladen haben, bevor das Feuerwerk begann. Wir vermuten, dass es sich um VX handeln könnte.«

»Eine durchaus vernünftige Annahme. Allerdings war es kein VX.« Hood wartete, bis die Ordonnanz ihnen je einen Teller mit zweifingerdicken Ribeyes servierte. Dazu junge Kartoffeln, Gemüse, frischen Meerrettich und einen Hauch Petersilie. Wirklich sehr appetitlich. Nick bemerkte die Pistole im Holster unter dem weißen Jackett der Ordonnanz. Der Mann verließ den Raum. »Wenn es kein VX war, was war es dann?«

»Bausari hat eine WD-54 SAM in die Finger gekriegt. Eine von den großen. Sechs Kilotonnen.« Nick legte seine

Gabel beiseite. Er hatte gerade jeglichen Appetit verloren. SAM. Nukleare Sonderwaffen.

»Eine Rucksack-Atommine? Eine von unseren?«

»Ja.«

»Hatten wir die nicht eingemottet?«

»Hatten wir, schon 1988. Aber ein paar davon wurden noch in Ramstein gelagert. 1993 ging eine davon verloren. Sie fiel einem Waffenhändler namens Yuri Azhrakov in die Hände. Wie wir erfahren haben, hat er sie der al-Qaida verkauft.«

»Warum zum Teufel wurden wir nicht informiert? Und warum haben sich Ihre eigenen Leute nicht dahintergehängt?« Nick fühlte seinen Blutdruck steigen. »Ihr habt uns gesagt, ihr wärt nicht interessiert und dass der LKW nicht wichtig sei.«

»Da wussten wir es noch nicht. Wir waren uns nicht sicher. Wir wussten nur, dass die Fabrik kein VX mehr herstellt.«

Jetzt war Nick wütend. »Also ließen Sie uns da reinstürmen, weil es, von Ihrer Warte aus, nur eine Verschwendung von Zeit und Geld war. Sie haben mein Team in Gefahr gebracht. Wofür?«

Hood zuckte mit den Achseln. »War nicht meine Entscheidung. Ich entschuldige mich, auch wenn das nichts ändert. Als Sie um Hilfe baten, haben wir alles Menschenmögliche getan. Wir sollten uns nicht mit Fehlern der Vergangenheit aufhalten. Wir stehen doch auf derselben Seite. Wir müssen nach vorn schauen und ab sofort zusammenarbeiten. Jemand hat die Bombe. Und dieser jemand mag uns nicht. Sie scheinen eine Spur zu haben. Wir brauchen jetzt Ihre Hilfe.«

»Weiß der Präsident Bescheid?«

Hood sah Nick an. »Nein. Direktor Lodge hat entschieden, dass wir mehr Informationen brauchen, bevor wir das Weiße Haus in Kenntnis setzen. Der DCI will ihn nicht unnötig beunruhigen.«

»Sie belieben zu scherzen.« Nick musste sich zur Ruhe zwingen. »Sechs Kilotonnen. Wenn so etwas in Washington oder New York hochgeht ...« Er ließ den Satz unbeendet.

Hood schnitt ein Stück von seinem Fleisch ab und begann zu essen. »Was haben Sie in Mali herausgefunden?« Nick setzte ihn ins Bild. »Und Sie denken, dass dieser Geheimbund mit von der Partie ist?«

»Es macht nicht viel Sinn, aber es scheint darauf hinauszulaufen.«

Hood nickte gedankenvoll. »Schiiten. Bausari ist Sunnit. Sie würden nicht zusammenarbeiten.« Nick trank etwas von seinem Wasser. »Dieser Kult verstand sich selbst als Wächter des reinen Glaubens. Wahre Gläubige. Die hielten jeden außerhalb der eigenen Reihen für Ketzer.«

»Ich hasse religiöse Fanatiker«, sagte Hood. »Machen nichts als Ärger. Außer natürlich, sie sind auf unserer Seite.« Hood unterbrach, als die Ordonnanz die Teller abräumte und Kaffee nachschenkte. »Das wäre dann alles, Robert.«

»Ja, Direktor.« Er verließ den Raum.

Hood fuhr fort: »Heute Morgen hat jemand Imam Ahmed Sahar in Kabul getötet. Man hinterließ eines dieser Siegel bei der Leiche.«

»Das sind schlechte Nachrichten.« Nick spielte mit seiner Gabel. »Er war unsere letzte Hoffnung auf Friedensverhandlungen in dieser Region. Alles steuert jetzt wieder auf einen Krieg zu.«

»Ganz genau. Wie ist Ihre Einschätzung der Lage?«

»Ohne weitere Informationen? Wenn eines der Siegel gefunden wurde, dann waren es die Assassinen. Den Imam auszuschalten war ein strategischer Schachzug. Die Ermordung von Senator Randolph und des britischen Ministers sollte wie eine Aktion des Iran aussehen. Offen gesagt, glaube ich, dass wir es mit einer bisher noch unbekannten Gruppe gut organisierter und finanziell breit aufgestellter Terroristen zu tun haben. Sie sind ziemlich gut darin, Öl ins Feuer zu gießen. Wenn sie mit Bausari zusammenarbeiten, dann sind sie eine noch größere Bedrohung als die verloren gegangene Kernwaffe.« Nick nahm seinen Kaffee, trank und stellte die Tasse wieder ab. »Wir glauben nicht, dass Teheran dahintersteckt. Es scheint eine absichtliche Täuschung zu sein, dass es sich hierbei um eine Operation des Iran handelt.«

Hood nickte. »Das war auch meine Einschätzung, aber wir zwei sind da in der Minderheit.« Er nippte an seinem Kaffee. »Dieses Artefakt aus der Höhle. Wissen Sie schon etwas darüber?«

»Noch nicht. Aber es handelt sich möglicherweise um ein Relikt Mohammeds. Nach allem, was wir über die Assassinen wissen, könnte es das Zeichen sein, auf das sie so lange gewartet haben. Eines meiner Teams arbeitet daran. Wenn es ein göttliches Vorzeichen war, so kündet es für die Assassinen von der Wiederkehr des Mahdi. Und das wäre eine schlechte Nachricht für alle Nichtmuslime.«

»Wie bei Chinese Gordon?«

»Gordon?«

»Der britische General, der im neunzehnten Jahrhundert das Kommando über die Garnison von Khartoum hatte. Er wurde schon belagert und die Idioten in London debattierten noch darüber, ob sie Verstärkung schicken sollten oder nicht. Er kämpfte gegen jemanden, der sich als Mahdi bezeichnete, einen Stammesfürsten mit einer Armee. Der eroberte Khartoum und schlachtete die Briten ab. Die Rebellion wurde später niedergeschlagen, aber für Gordon kam das ein wenig zu spät.«

»Wenn jemand mit einem Relikt Mohammeds auftaucht und verkündet, er sei der Mahdi, dann hebt das den islamischen Jihad auf eine völlig neue Ebene.«

Hood nickte. »Absolut richtig. Besonders dann, wenn er gleichzeitig eine Atombombe hat.«

Kapitel 38

»Eine Kofferbombe?« Stephanie erbleichte. Die Züge von Selena und Ronnie wirkten wie versteinert. Lamont war noch in Bethesda, aber Nick ahnte, dass er passende Worte finden würde, wenn er erst davon erfuhr.

»Mehr ein Rucksack als ein Koffer. Mit der Abschirmung wiegt er mehr als 150 Pfund. Nicht das übliche Handgepäck.«

»Und Hood ist da sicher?«

Carter bestätigte das mit einem Nicken. »Ja. Er wirkte ziemlich nervös.«

»Na, wen wundert's? Rice steckt seine Eier in einen Schraubstock, wenn er davon erfährt. Und wir müssen es ihm sagen.«

»Treffend formuliert, Steph. Und du hast recht, wir müssen Rice warnen. Aber was sagen wir ihm? Und wenn wir es ihm sagen, was wird dann aus unserer neuen Freundschaft mit Langley?«

»Wir müssen sie dazu bringen, ihn selbst zu informieren. So stehen wir nicht als die Verräter da.«

»Langley? Und wie kriegen wir sie dazu?« Stephanie schwieg für einen Augenblick. Sie schien nachzudenken. Carter wartete ab, was sie zu sagen hatte.

»Wenn wir Rice ein Problem dieser Größenordnung servieren«, sagte sie, »dann wird er eine praktikable Lösung von uns erwarten. Das könnte eine gemeinsame Operation mit der CIA sein. DCI Lodge könnte sich darauf einlassen. Rice wünscht sich sowieso mehr Zusammenarbeit zwischen den Agencys. Langley war lange Zeit ein schwieriger Kandidat. Lodge könnte ein paar Pluspunkte sammeln, wenn er zumindest den Anschein erweckt, mit uns zusammenzuarbeiten. Und es würde Rice gut aussehen lassen, weil er das PROJECT mit initiiert hat.«

»Jetzt hörst du dich schon wie Harker an.«

»Sie war eine gute Lehrerin.« Steph spielte mit ihrem Armband. »Ich hätte nichts dagegen, wenn sie wiederkäme.«

»Ich auch nicht. Aber jetzt haben wir die Sache am Hals.« Nick kratzte sich am Ohr. »Ich denke, Hood wird mitziehen, schon, um seinen eigenen Arsch zu retten. Gemeinsame Verantwortung bedeutet, dass sie die Sache nicht allein ausbaden müssen. Aber deshalb brauchen wir einen verdammt guten Plan. Und ein klares Missionsziel. Wie sieht unsere Mission aus, Steph?«

Stephanie setzte sich vor ihren Computer. »Spielen wir es doch mal durch. Was müssen wir zuerst tun?«

»Bausari und die Bombe finden. Herausfinden, wo die Assassinen sich verstecken. Wenn wir sie haben, dann wissen wir auch, was sich in dieser Höhle befand.«

»Und das gelingt uns, indem wir was …?«

Selena richtete sich in ihrem Stuhl auf. »Ich habe Hinweise über eine Zuflucht der Assassinen in einem der Manuskripte entdeckt. Wenn es einen solchen Ort gibt, dann liegt er in einem Gebirge im Nordwesten Pakistans. Wir könnten dort danach suchen.«

»Augenblick«, sagte Nick. »Mali war eine Sache, aber Pakistan ist eine ganz andere Nummer. Wir sprechen hier über den Hindukusch.«

»Hast du eine bessere Idee?«

»Diese Kerle verstecken sich seit Jahrhunderten«, sagte Ronnie. »Wie genau sollen wir die finden?«

»Es ist wie die Nadel im Heuhaufen, zugegeben. In den Manuskripten gab es nur ein paar vage Ortsbeschreibungen.«

Nick ließ sich das Ganze noch einmal durch den Kopf gehen. »Wir könnten von Afghanistan aus kommen, in Verkleidung. Wir meiden die Grenzposten. Selena kennt die Sprache. Ronnie und ich verstehen ein paar Brocken. Aber wir können nicht blind reingehen und ziellos herumirren.«

Die Stimme von Stephanies Assistentin erklang aus der Gegensprechanlage auf dem Schreibtisch. »Direktor, schalten Sie CNN ein. Das müssen Sie sehen.«

Stephanie schaltete den Bildschirm ein. Da saß Bausari im weißen Burnus und mit grünem Turban auf einer niedrigen Empore. Zu seinen Füßen ruhte eine dunkle Holztruhe, mit geschnitzten Darstellungen von Bäumen und Ranken. Der Kasten wirkte antik. Hinter ihm hing ein breites Banner.

»Was steht auf dieser Flagge, Selena?«, fragte Ronnie.

»Der Tag des Gerichts ist nahe.«

»Klingt nicht gut.«

»Meine Brüder«, eröffnete Bausari. Eine Übersetzung begann unten in der Leiste am Bildschirm mitzulaufen. »Ich spreche zu den wahren Gläubigen. Es ist an der Zeit, alle Streitigkeiten beizulegen, sie sind nur Schatten, die der Sheitan schickt, um uns zu verwirren und gegeneinander aufzuhetzen. Allah ist der Beschützer der Gläubigen. Aus der Dunkelheit wird er sie ins Licht führen. Die Führer jener, die den wahren Glauben ablehnen, sind die Bösen. Sie wird er in die Dunkelheit schicken. Sie werden Gefährten des Feuers und sollen für immer in der Hölle schmoren.«

»Das ist alles aus dem Koran«, sagte Selena.

Bausari griff in die hölzerne Kiste hinein und hob mit beiden Händen einen Gegenstand in die Höhe. Es war ein antikes Schwert, in fast perfektem Zustand, tödlich und schön zugleich. Die Klinge weitete sich in einem Aufwärtsbogen und endete in einer scharfen, tödlichen Spitze. Der Knauf war aus schwerem Silber gefertigt und mit fließenden Mustern verziert, die sich bis zur Klinge fortsetzten. Der Handschutz über dem Griff wirkte beinahe zierlich für eine so tödliche Waffe. Das Schwert machte den Eindruck, als könne es einen Kopf mit einem Hieb vom Rumpf trennen. Die Kamera zeigte die Klinge jetzt in Nahaufnahme. Ein Wort auf Arabisch war deutlich zu erkennen.

القيامة

Selena deutete auf die Inschrift. »Das stand auch an der Höhlenwand: Jüngstes Gericht.«

Bausari sprach weiter. »Jene, die den Glauben ablehnen und die Zeichen leugnen, werden den Flammen übergeben. Ich halte das Schwert des Propheten in meinen Händen, gesegnet sei sein Name.«

»Mohammeds Schwert?«, fragte Nick.

»Er hatte neun. Acht sind in der Türkei, eines befindet sich in einem Museum in Kairo.« Selena starrte noch immer auf den Bildschirm.

»Sieht aus, als wären es jetzt zehn. Sie müssen es in der Höhle entdeckt haben.«

»Das zehnte Schwert Mohammeds ist nur eine Legende. Das kann er nicht ernst meinen.«

»Psst«, sagte Stephanie und hielt den Finger vor die Lippen.

»Die letzten Tage liegen vor uns, meine Brüder.« Bausari stand auf und hielt das Schwert hoch. »Und die letzten Stunden werden nicht ohne Blutvergießen erreicht werden. Der Tag des Gerichts ist nahe. So habe ich es verkündet. Eilt in eure Moscheen und bittet Allah um Erleuchtung, denn wenn ihr reinen Herzens seid, werdet ihr seinem Ruf folgen. Dann wird Allah all unsere Feinde niederstrecken.« Die Übertragung war beendet.

»Hat er wirklich gesagt, was ich denke, dass er gesagt hat?«

Selena seufzte aus vollster Seele. »Ja, das hat er. Er glaubt, den Tag des Gerichts herbeiführen zu müssen. Viel von dem, was er sagte, waren Zitate aus dem Koran.«

»Und er hat ein Atombombe«, bemerkte Ronnie trocken.

Kapitel 39

Richard Hemmings war zufrieden. Das Meer war ruhig, die Sonne spiegelte sich im blauen Wasser des Pazifik. Der Zwillingsdiesel seines Charterbootes, der Mary Lou, rumpelte leise vor sich hin. Es gab keine Mary Lou in seinem Leben, aber das störte Richard nicht. Es war ein guter amerikanischer Name für ein Boot. In einer Stunde würde er in einem privaten Jachthafen in San Diego anlegen.

Er sah zu den drei Männern hinüber, die vorn am Bug saßen. Sein Herz war von Stolz erfüllt. Er sehnte den Tag entgegen, an dem er dem Vertrauen gerecht wurde, das man in ihn gesetzt hatte. Anfangs war man misstrauisch gewesen, bei ihm als Amerikaner. Das Training in Afghanistan war hart gewesen. Er hatte keine Freunde gehabt. Auch im Feld, wo er mit seinen Brüdern kämpfte, hatte er unter Beobachtung gestanden. Sein letzter Test war das Töten eines gefangenen amerikanischen Soldaten gewesen. Richard hatte nicht gezögert. Während die Kamera lief, hatte er den Kopf des schreienden Mannes abgetrennt. Hinter der Maske konnte ihn niemand erkennen. Danach hatte man ihn akzeptiert. Ein paar Monate später hatte er seine Instruktionen erhalten. Er sollte nach Amerika zurückkehren. Geld würde bereitgestellt. Er sollte ein Geschäft eröffnen und warten. Sich vorbereiten. Das war vor sechs Jahren gewesen. Seitdem hatte es nur wenige

Kontakte gegeben. Man hatte ihm eingeschärft, geduldig zu sein.

Jetzt hatte das Warten ein Ende.

Richard hasste die amerikanische Lebensweise. Für ihn war Amerika eine zügellose und gierige Gesellschaft, die mit allem, was sie tat, seinen Glauben beleidigte. Die schamlosen Frauen in ihren hurenhaften Aufmachungen. Die lose Moral. Die Glorifizierung von Drogen und Alkohol, die ständige Jagd nach materiellen Dingen. Seine Mutter und sein Stiefvater hätten ihm beigepflichtet, wenn sie noch am Leben gewesen wären. Man hatte Richard gesagt, er solle sich von der islamischen Gemeinde fernhalten, zu Hause bleiben und nicht in der Moschee beten. Der Imam hatte ihm dafür eine Genehmigung und seinen Segen erteilt. Er sollte wie einer der Ungläubigen erscheinen. Jeder kannte ihn nur als den Kapitän eines Charterbootes, und sein Bart war Teil der Rolle. Wie ein freundlicher Pirat, sagten manche. Seine Klienten hielten ihn für ein Original. Er scherzte mit seinen Kunden. Eine Einladung zum Trinken lehnte er mit Geschichten über seinen Vater, einen Alkoholiker, und seiner eigenen schlechten Gene ab. Die Sache mit seinem Vater entsprach sogar der Wahrheit. Die Geschichte zog immer. Die Amerikaner kannten sich mit Alkoholismus aus. Er war sogar als Teil seiner Tarnung der AA beigetreten. Die Wege Allahs waren wirklich mysteriös. Als vor einer Woche der Anruf kam, war es wie der Lohn für die Jahre des Wartens gewesen. Er nahm drei Männer mit auf eine Angeltour nach Süden. Und er kehrte auch mit drei Männern zurück. Es waren nur nicht dieselben, die in San Diego an Bord gegangen waren, auch wenn sie für einen flüchtigen Beobachter, der die Mary Lou im Hafen gesehen hatte, den Anschein erweckten. Richard machte regelmäßig Trips zu den reichen Fischgründen vor der mexikanischen Küste. Die Küstenwache kannte sein Boot und wusste, dass er kein Drogenkurier oder Menschenschmuggler war. Es hatte keine Probleme mit den Patrouillenbooten gegeben. Das Paket lag in einem großen Kühlbehälter unter Eis und Fisch verborgen. Seine Passagiere und der Kühler würden unbemerkt bleiben. Nur eine weitere erfolgreiche Angeltour. Es wurde schon dämmrig, als sie den Anleger erreichten. Bausari nahm Richard in der Kabine zur Seite. Er sprach leise auf Arabisch zu ihm. »Das hast du gut gemacht, Abdul.« Bausari sprach ihn mit dem Namen an, den er in Afghanistan erhalten hatte. »Allah ist wahrlich zufrieden. Achte auf die Zeichen.«

»Wonach soll ich Ausschau halten, Meister?« Richards Arabisch war stockend. Er hatte es seit Jahren nicht mehr gesprochen, hatte aber an seinem Computer geübt.

»Du wirst es erkennen. Hast du deine Gebete immer verrichtet?«

»Ja, Meister. Aber ich sehne mich nach der Gemeinschaft der Gläubigen und dem Frieden der Moschee.«

Bausari nickte. »Ich gebe dir die Erlaubnis. Allah ist dankbar. Du hast dir diese Belohnung verdient. Aber sei wachsam.«

»Ja, Meister. Ich danke euch.«

Bausari segnete ihn, wandte sich dann ab und ging nach oben auf das Deck. Von dort aus betrat er den Anleger. Und damit amerikanischen Boden.

Kapitel 40

Mike Bozeman, ein Special Agent des FBI, war gelangweilt. Er saß an einem Holztisch in einem schäbigen Apartment und spähte angestrengt durch ein schmutziges Fenster. Neben dem Tisch stand eine Videokamera mit Teleobjektiv auf einem Dreibein. Die Kamera zeigte auf das dreistöckige Gebäude gegenüber, das zu einer Moschee umgebaut worden war. Die Moschee lag in einem heruntergekommenen Viertel von San Diego, das Touristen nie zu Gesicht bekamen, weil es weit weg war von den luxuriösen Unterkünften am Meer, den Villen und den sonnigen Stränden. Bozemans unmaßgeblicher Meinung nach hätte man die ganze Gegend aufgewertet, indem man sie mit einem Bulldozer planierte. Und mit dem Gebäude gegenüber hätte man anfangen sollen. Moscheen sollten eigentlich Orte des Friedens und der Nächstenliebe sein, ein Ort des Zusammentreffens und des spirituellen Lebens. Doch in dieser Moschee fand man alles andere als Friede und Nächstenliebe. Der Imam predigte Hass gegen Juden, Amerika und den Westen im Allgemeinen.

Bozeman hatte nichts gegen Muslime oder den Islam, aber Jihadisten und ihre geistesgestörte Auslegung der Religion widerten ihn an. Er glaubte nicht, dass irgendein Gott, der diesen Namen verdiente, von seinen Gläubigen verlangte, Kinder zu ermorden oder junge Frauen zu verstümmeln, nur weil sie von zu Hause wegliefen. Die Luft in dem Raum war zum Ersticken. Andy Carlton, sein Partner, grub in den Tiefen einer Chipstüte nach dem letzten Cheeto. Er wurde fündig und stopfte es sich in den Mund. Seine Finger leuchteten in hellem Orange. Orangefarbene Krümel verteilten sich über die Vorderseite seines Hemdes, vorbei an der .40 S&W, die in seinem Schulterholster steckte. Carlton blickte seufzend auf die leere Tüte und begann sich die Finger abzulecken. »Verdammt, Andy. Hast du noch nie was von Servietten gehört?«

»Muss sie erst anfeuchten, damit die Farbe abgeht.« Carlton zerknüllte die Tüte und warf sie in einen Abfallkorb, der vor Verpackungen, Essenresten und Pappbechern fast überquoll. »Zehn Tage für nichts. Ich frage mich, wie lange sie uns hier hängen lassen.«

»Immer dieselben Gesichter«, sagte Bozeman. »Seit Tagen keine Veränderung. Selbst der Pizzabote ist immer derselbe.«

»Die essen Pizza?«

»Klar, nur ohne die Salami.«

»Erstellst du ein Profil, Mike?«

»Ich doch nicht. Ist mir egal, was die essen.«

»Aufgepasst«, sagte Andy. »Da steht ein Fahrzeug, das wir noch nicht kennen. Parkt ein Stück die Straße rauf.« Beide Männer setzten sich in ihren Stühlen auf. Vielleicht nichts, aber für sie das aufregendste Ereignis des ganzen Tages. Bozeman schaltete die Kamera ein. Sie beobachteten, wie ein Kaukasier mit einem Vollbart aus einem braunen Ford Taurus stieg. Er sah sich auf der Straße um, als wüsste er nicht, wohin er gehen sollte. Nach einigem Zögern ging er auf die Moschee zu. Er erreichte die in einer Nische liegende Eingangstür und duckte sich hinein.

»Sah mir nicht wie jemand aus dem Mittleren Osten aus«, sagte Carlton.

»Wer erstellt denn jetzt ein Profil? Der Kerl ist Amerikaner oder Europäer. Lass das Nummernschild durch den Computer laufen.«

Bozeman gab das Kennzeichen in seinen Laptop ein. Der Laptop war über den Großrechner im Hauptquartier direkt mit der nationalen Datenbank verbunden. Es dauerte nur ein paar Sekunden, bis die gewünschte Information auf dem Bildschirm erschien. »Richard Hemmings, Alter 36. Lebt auf einem Hausboot, das in einem der Jachthäfen vor Anker liegt. Mal sehen, was wir noch herausfinden.« Er drückte ein paar Tasten. »Bietet Touren zum Hochseefischen an. Arbeitet von demselben Hafen aus, wo auch sein Hausboot liegt. Ihm gehört ein eigenes Boot, ein richtig ordentliches, nicht eben billig. Aber er ist sauber, nicht mal ein Strafzettel.«

»Und was macht unser Fischer da drüben?«

»Gute Frage. Aber ich hab noch eine bessere: Was macht er in einer Moschee, in der der heilige Krieg gegen seine eigenen Leute gepredigt wird?«

»Vielleicht kennt er dort jemanden. Von seinen Fischtouren.«

»Vielleicht ist der Imam in Wirklichkeit auch Ernest Hemingway. Überprüf' mal seine Finanzen.« Bozeman antwortete nur Sekunden später. »Wells Fargo, seit sechs Jahren bei der gleichen Bank. Um die dreitausend Dollar Kreditschulden. Zahlt das Boot ab, 40.000 stehen noch aus. So wie es aussieht, hat er gleich im ersten Monat, bei Eröffnung des Kontos, zwei größere Einzahlungen gemacht, eine über dreißig- und eine über siebzigtausend.«

»Einhundert Riesen? Wo hat er soviel Geld her?«

»Der IRS sagt, er hätte alles ordnungsgemäß versteuert. Kam aus dem Verkauf eines Gebäudes, das ihm seine Mutter hinterlassen hatte.« Mike bearbeitete den Laptop. »Hemmings hat damit sein Geschäft finanziert und das Hausboot gekauft. Die Besitzurkunde über das von ihm verkaufte Gebäude … gehörte ursprünglich einer Import-Export-Gesellschaft. Rate mal, woher die kamen? Pakistan.« Die beiden Agenten warfen sich bedeutsame Blicke zu.

»Wie ist es in den Besitz seiner Mutter gelangt?«, fragte Carl.

»Wurde ihr vom Ehemann vererbt. Wurde dann vor sechs Jahren an Hemmings überschrieben. Sie starb drei Monate später.«

»Wirklich praktisch für unseren Fischer.«

»Allerdings. Könnten wir es hier mit einem Schläfer zu tun haben? Ich rieche faulen Fisch.« Er grinste. »Mensch, Mike. Wir sollten das weiterleiten.«

Als Richard Hemmings nach dem Abendgebet zu seinem Hausboot zurückfuhr, bemerkte er den betagten Ford nicht, der ihm drei Wagen weiter folgte.

Kapitel 41

»Bausari kam über Mexiko. Wir konnten das Schiff bis nach Tuxpan verfolgen. Von dort aus reiste er nach Mexiko-City und dann weiter an die Pazifikküste.«

»Woher stammen diese Informationen, Steph?« Selena fuhr sich mit der Hand über die Stirn.

»Tuxpan ist ein bekannter Umschlagplatz für illegale Waffen und Drogen. Die Federales überwachen dort alles. Manchmal sind sie zwar auf einem Auge blind und gelegentlich wird jemand bestochen, aber Terrorismus ist kein Drogenhandel. Da funktioniert die Zusammenarbeit besser. Die Mexikaner haben eine Zelle der al-Qaida in Mexiko-City ausgehoben. Bausari fanden sie nicht, aber er war dort gewesen. Die örtliche Anti-Terror-Einheit hat die Mitglieder der Zelle verhört, unter Beteiligung der CIA. Sie waren gesprächig.« Carter wollte sich gar nicht vorstellen, wie man sie verhört hatte.

Steph fuhr fort: »Bausari reiste mit zwei seiner Männer weiter zur Pazifikküste. Er hatte eine Metallkiste bei sich.«

»Die Atombombe?«

»Vermutlich. Aber nachdem er die Küste erreicht hatte, verlor sich seine Spur. Wir vermuten, dass er in der Nähe von Ensenada von einem Boot aufgenommen wurde.«

»Ziemlich dicht an der kalifornischen Küste«, sagte Selena.

»Wenn ich raten müsste: Er ist jetzt in den Staaten.

»Das sind schlechte Neuigkeiten.«

Selena rieb sich den Nacken. »Absolut. Aber wir haben womöglich einen Durchbruch erzielt. Das FBI beobachtete eine Moschee in San Diego, weil dort der radikale Islam gepredigt wurde. Sie konnten einen Amerikaner identifizieren, der zufällig auch Kapitän eines Bootes ist, das für Chartertouren verwendet wird. Vielleicht können wir da zwei und zwei zusammenzählen.«

»Werden sie ihn festnehmen?«, fragte Carter.

»Genau das ist die Preisfrage. Sie könnten, wenn sie wollten. Die Zusammenarbeit zwischen den Agencys ist nach wie vor holprig. Auch die Feds hüten ihre Pfründe. Sie wollen ihn nicht hochnehmen, weil sie hoffen, dass er sie zu den großen Fischen führt.«

»Was ist mit Bausari? Der Umstand, dass er über eine Atomwaffe verfügt, sollte doch alle Revierstreitigkeiten überschatten. Sie könnten sogar die Lorbeeren einheimsen, wenn er gefasst wird.«

»Sie glauben, dass der Verdächtige sie zu Bausari führen wird.«

»Das glaube ich jetzt nicht. Bausari wird sich hier nicht zur Ruhe setzen und sich auch sicher nicht in der Nähe einer Moschee sehen lassen. Sie müssen diesen Kerl zum Reden bringen. Die bösen Jungs haben ihm soweit vertraut, dass sie ihn Bausari einschmuggeln ließen. Grund genug, ihn festzunehmen.«

»Und wenn er unschuldig ist?«

»Was soll schon sein? Dann entschuldigen wir uns freundlich. Aber wenn nicht, dann müssen wir wissen, was er weiß.«

»Langley sieht das genauso. Sie werden das FBI daran erinnern, dass sich die Homeland Security um aktuelle Sicherheitsprobleme kümmert, nicht um zukünftige. Es wird ihnen nicht gefallen, aber sie werden ihn für uns festsetzen. Selena und Nick sollten dabei vor Ort sein. Aber erwartet kein herzliches Willkommen.«

»Was ist mit unseren Assassinen?«

»Langley sucht das Gebiet in Pakistan, das Selena markiert hat, nach Spuren von ihnen ab. Sie haben dort ohnehin eine Menge Überwachungsmaßnahmen vor Ort. Sie haben jetzt andere Zielvorgaben und ihre Analysten sehen sich die Daten aus einem neuen Blickwinkel an. Wenn sie auf etwas stoßen, bekommen wir vielleicht eine besser Vorstellung davon, mit wem wir es zu tun haben. Aber in der Zwischenzeit hat Bausari absolute Priorität.«

Und so fanden sich Selena und Nick noch am selben Nachmittag in einem Flieger nach Los Angeles wieder, mit Anschluss nach San Diego.

Kapitel 42

Richard war nervös. Dabei wusste er nicht einmal warum. Er fühlte sich wieder wie damals in Afghanistan, als er unter Beobachtung stand. Es war, wie er sich gefühlt hatte, bis zu dem Tag, als er mit dem Messer seinen wahren Glauben unter Beweis gestellt hatte. Seine Besuche in der Moschee halfen ihm. Wenn er dem Imam zuhörte, wie er gegen die Amerikaner und die Juden zu Felde zog, dann fühlte sich Richard, als wäre er zu Hause angekommen. Erst war man misstrauisch gewesen, genau wie in Afghanistan. Doch die anderen hatten schnell erkannt, dass er gläubig war und schätzten seine Kenntnis des Koran. Er wurde akzeptiert.

Er befand sich auf seinem Hausboot. Ein Fertigessen aus dem Tiefkühlschrank lag in der Mikrowelle. Dann ertönten schwere Schritte auf dem Deck und jemand klopfte laut gegen seine Tür. Sie wurde aufgerissen, bevor er es tun konnte. »Richard Hemmings?« Der Mann hielt eine Dienstmarke hoch. Ein goldenes Abzeichen mit einem Adler. »Special Agent Bozeman vom FBI.« Richards Herz setzte beinahe aus. Er schluckte. »Was wollen Sie von mir?«

»Sind Sie Richard Hemmings?«

»Ja, aber …«

»Ich nehme Sie gemäß der Statuten des Patriot Act vorläufig fest.«

»Unter welcher Anklage?«

»Es gibt keine Anklage. Sie werden verdächtigt, eine terroristische Vereinigung unterstützt zu haben. Carl, leg ihm Handschellen an.« Ein zweiter Mann drehte Richard den Arm auf den Rücken und fesselte ihn. Es tat weh.

»Moment mal, ich habe Sie schon mal gesehen. Sie haben heute Nachmittag in einem Wagen gegenüber der Moschee gesessen. Das ist Belästigung, Diskriminierung. Ich will einen Anwalt.«

»Daraus wird wohl nichts.«

Richard gefiel gar nicht, wie der Agent ihn dabei ansah.

Kapitel 43

Der Verhörraum im Büro des FBI in San Diego hatte ein großes, verspiegeltes Fenster, das fast eine ganze Wand einnahm. Aus dem Inneren des Raumes sah man nur den Spiegel. Ein Mann saß allein darin und trommelte mit den Fingern auf der Oberfläche des Metalltisches, der am Boden befestigt war. Zwei Stühle standen ihm gegenüber. Mikrofone und eine Kamera übermittelten alles, was in dem Raum geschah, zu Aufnahmegeräten und Monitoren draußen. Abgesehen vom Techniker an den Geräten waren neben Selena und Nick noch drei weitere Personen anwesend.

Die Agenten Bozeman und Carlton wollten gerade mit der Befragung beginnen. Die dritte Person war ein Mann von der CIA, ein Afroamerikaner, der sich als Lucas Monroe vorstellte. Monroe war knapp 1,80 und drahtig. Er erschien in einem dunkelblauen Anzug, mit schwarzem Hemd und dunkelblauer Krawatte. Er sah eine bisschen wie jemand aus, der als Kasinosicherheit in einem jener Kleinstaaten arbeitete, in denen noch alles erlaubt war. Sie schüttelten sich die Hände. »Wie lautet Ihr Auftrag?«, fragte Carter.

»Genau wie Ihrer, nehme ich an. Beobachten und beraten. Das FBI hat hier das Sagen.«

»Sie leiten diese Operation also nicht?«

»Natürlich nicht. Das ist Sache der Inlandsgeheimdienste.«

Klar doch, dachte Carter, *und gerade eben ist der Weltfrieden ausgebrochen.*

»Wir wären soweit«, sagte Bozeman. »Er hat lange genug geschmort.« Er wandte sich Nick und Selena zu. »Sie beide sind nur aus Gründen der Höflichkeit hier. Halten Sie sich also raus.«

Die beiden Agenten betraten den Verhörraum und schlossen die Tür. Sie setzten sich Hemmings gegenüber an den Tisch.

»Ist so ein Männerding«, sagte Carter.

»Was denn?« Selena schien verwirrt. »Er musste sein Territorium markieren.«

Monroe lachte. Für die nächste halbe Stunde sahen sie Bozeman und Carlton bei der Arbeit zu. Die beiden waren gut. Carlton führte das Gespräch. Bozeman beschränkte sich auf gelegentliche, unfreundliche Kommentare. Carlton war der Gute. Er war es, der für Kaffee und Sandwiches sorgte und übers Fischen sprach. Er erweckte den Eindruck, dass es sich bei der ganzen Sache nur um ein großes Missverständnis handelte. Natürlich gab es noch ein paar Fragen, die vorher geklärt werden mussten. »Warum sind Sie zum Islam konvertiert?«, fragte Carlton.

»Jetzt kommen sie zum Punkt.« Monroe verschränkte die Arme hinter seinem Rücken.

»Ich wurde dazu angeleitet.« Hemmings Finger spielten an einem der Nietnägel des Tisches.

»Angeleitet? Von wem?«

»Von Allah. Nur er kann unsere Herzen für die Wahrheit öffnen.«

»Aber Sie wurden doch im christlichen Glauben erzogen, oder nicht?«

»Christus war ein großer Prophet, aber er war nur ein Wegbereiter, so wie auch Moses.«

»Es scheint, ich stelle nicht die richtigen Fragen«, sagte Carlton. »Vielleicht hätte ich fragen sollen, was Sie vor sieben Jahren in Afghanistan gemacht haben? Sind Sie dort konvertiert?«

»Ich war noch nie in Afghanistan.«

»Ich schon«, sagte Carlton und sah ihm dabei in die Augen. »Genau wie du, Abdul.«

Hemmings versuchte, seinen Schreck zu verbergen. Carlton kannte seinen wahren Namen.

»Wie du siehst, haben wir dich gründlich durchleuchtet. Du warst im Laufe von zwei Jahren mehrfach in Pakistan, den Informationen unserer Freunde beim ISI nach.«

»Ja, ich war in Pakistan. Meine Mutter hatte ein Import-Export-Geschäft in Islamabad. Ist das ein Verbrechen? Ich war wirklich noch nie in Afghanistan.«

»Bist du zum Teil Pakistani?«

»Nein. Meine Mutter heiratete wieder, als mein Vater starb, einen Pakistani, der nicht mein leiblicher Vater war. Ich wurde hier geboren, in Amerika.«

»Dann ist deine Mutter gestorben und du hast ihr Geschäft geerbt?«

»Ja. Sie kam bei einem Autounfall ums Leben.«

»Dann hast du ihr Geschäft verkauft und dich der Fischerei zugewandt?«

»Ja. Ich mag die Fischerei und Touren zum Hochsee-angeln werden gut bezahlt.«

»Aber du warst nie in Afghanistan.«

»Nein, sag ich doch.«

»Wer ist dann dieser Kerl?« Carlton holte ein körniges Schwarz-Weiß-Foto heraus und legte es auf den Tisch. Ein Dutzend Männer starrten ihn an. Männer, deren Züge hinter ihren Bärten und unter den Turbanen fast unkenntlich waren. Nur Hemmings Züge stachen deutlich heraus. Im Hintergrund waren schneebedeckte Berge zu sehen. Alle blickten ernst. Sie trugen Armbinden und zeigten ihre AK-Sturmgewehre. Zwei Männer in der ersten Reihe hielten ein Banner hoch.

الموت لأميركا

»Weißt du, was da steht, Richard?«

»Ich weiß es nicht. Ich kann kein Arabisch.«

Bozeman schnaubte angewidert. »Du bist ein Lügner. Wir haben deinen Computer. Und auf dem Banner steht: *Tod den Amerikanern*, du mieser Verräter.« Carlton schob das Foto über den Tisch. »Das bist doch du, der dürre Kerl mit dem Bart. War vor sieben Jahren. Dieses Gebirge da hinter dir liegt in Afghanistan. Behauptest du immer noch, dass du nie da warst?«

»Ich hab das Foto noch nie zuvor gesehen. Ich weiß nicht, wovon Sie reden.«

Vor dem Verhörzimmer wandte sich Monroe Nick zu. »Kann er auch nicht. Wir haben es heute Morgen zusammengebastelt.« Er setzte seine Sonnenbrille auf und legte die Hand auf die Türklinke.

»Sonnenbrille, im Ernst?«

»Ich muss doch meiner Rolle gerecht werden.«

Monroe betrat den Verhörraum. Er baute sich schweigend gegenüber von Hemmings auf. »Wer sind Sie?«

Hemmings Fuß begann zu zucken und sein Knie hüpfte auf und ab. Monroe stand wie eine Statue.

»Stellen Sie die Aufzeichnung ab«, sagte Carlton.

»Aufzeichnung beendet«, ertönte die Stimme des Technikers aus dem Lautsprecher im Verhörzimmer. Vor der Tür liefen Kameras und Bänder weiter.

Carlton erklärte: »Der Mann ist hier, um dich in eine andere Einrichtung zu überführen.«

»Wohin?«

»Ach Richard, das willst du eigentlich gar nicht wissen. Du willst auch sicher nicht dorthin.«

»Wenn du meine Meinung hören willst: Wir sollten den kleinen Scheißer ausliefern. Er hat es verdient. Die kriegen ihn schon zum Reden.«

»Nun kommen Sie, Agent Bozeman, geben Sie Richard eine Chance. Er will doch kooperieren.« Carlton drehte sich zu Hemmings um. »Nicht wahr, Richard?«

»Warum sollte ich? Ich habe nichts Unrechtes getan.«

»Wir verschwenden unsere Zeit.« Monroe ergriff zum ersten Mal das Wort. Seine Stimme war leise und bedrohlich. Wie schwarzes Eis. Wie ein Versprechen von großem Leid. »Überlassen Sie ihn mir. Der Wagen wartet draußen.«

»Richard, Richard«, sagte Carlton kopfschüttelnd und seufzte. Carter hielt es für ein wenig zu theatralisch. »Kapierst du es immer noch nicht? Du weißt doch, wohin Terrorverdächtige überstellt werden. Wenn du nicht mitspielst, dann bringen sie dich an einen Ort, an dem andere Regeln gelten. Es würde dir dort nicht gefallen. Niemand wird wissen, wohin sie dich bringen. Wer weiß, ob wir noch einmal die Chance kriegen, miteinander zu reden. Vielleicht nie mehr.« Carter sah, wie die Erkenntnis einsickerte. »Ich frage noch einmal«, sagte Carlton, »ein letztes Mal. Willst du mit uns zusammenarbeiten?«

Hemmings sah Monroe an, der ihn angrinste. Es war kein freundliches Lächeln.

»Ich mache dir einen Vorschlag, Richard«, sagte Carlton. »Wir lassen dich für ein paar Minuten allein. Warum denkst du nicht über das Ganze nach? Rede mit uns und ich lege ein gutes Wort für dich ein, wenn du verurteilt wirst.«

»Verurteilt?«

»Aber klar, du fährst definitiv ein. Wir haben alle Beweise, die wir brauchen. Aber du kannst es dir leichter machen, wenn du uns ein wenig hilfst. Viel leichter. Ansonsten kann er dich mitnehmen.« Er nickte zu Monroe in seinem dunklen Anzug hinüber. Monroe starrte Hemmings an. Sein kalter Blick schien sich durch die Sonnenbrille zu bohren. »Dann gibt es keine mildernden Umstände.« Bozeman und Carlton standen auf und verließen gemeinsam mit Monroe den Raum. Von draußen beobachteten sie, wie Hemmings das Gesicht in seinen Händen vergrub.

»Er ist soweit«, sagte Carlton.

Kapitel 44

Hemmings aufgezeichnete Aussage überzeugte einen Richter, den Durchsuchungsbefehl auszustellen. Das FBI hatte nun freie Hand, die Moschee zu stürmen. Selena, Carter und Monroe saßen in einem schwarzen Crown Vic. Bozeman und Carlton waren vorgefahren und hatten ihren schwarzen Suburban hinter dem Bus des FBI-SWAT-Teams geparkt. Das Fahrzeug war groß, rechteckig und ohne besondere Markierungen, schwarz gestrichen und mit stahlverstärkten Seitenwänden. Es sah aus wie ein Kleintransporter auf Steroiden. Die Fahrzeuge standen außerhalb der Sichtweite der Moschee, aber Carter war klar, dass jemand aus der Nachbarschaft sie längst bemerkt haben musste und die Moschee vermutlich gewarnt war. Sie waren nur als bewaffnete Beobachter geduldet und sollten sich im Hintergrund halten. Dank Monroe waren sie mit Schutzwesten ausgestattet worden, aber niemand hatte ihnen eine der netten Jacken mit FBI-Logo spendiert, die man immer in den Filmen zu sehen bekam. Die Feds wollten sie eigentlich gar nicht dabei haben.

»Die Zeitungen werden es lieben«, sagte Carter. » Die ACLU und jeder Muslim im Land wird von Willkür und religiöser Verfolgung fabulieren. Jede Wette, dass es in den heutigen Leitartikeln um *Racial Profiling* durch die Regierung gehen wird?«

»Hier in Kalifornien vielleicht.« Monroe rückte seine Weste zurecht. »In anderen Teilen des Landes werden sie uns besser aussehen lassen.«

Der Kommandant der SWAT war ein großer, dunkelhäutiger Mann namens Johnson. Über ihre Headsets konnten sie seine Stimme hören. »Alles bereit? In Ordnung, bringen wir es hinter uns. Meine Frau wartet mit dem Abendessen. Ihr kennt alle die Regeln. Haltet die Köpfe unten.«

»Showtime.« Das kam von Monroe.

»Ich habe ein ungutes Gefühl bei der Sache«, sagte Selena. Der schwarze Van beschleunigte und nahm die Kurve eng, gefolgt von Bozeman und Carlton. Monroe blieb ihnen auf den Fersen. Der Van hielt direkt vor dem Eingang der Moschee und das SWAT-Team strömte aus der Hecktür. Sie waren schwarz gekleidet, trugen Helme und Körperpanzer und waren bis an die Zähne mit MP-5 Maschinenpistolen, Blendgranaten und weiteren Spielsachen bewaffnet. Niemand bei klarem Verstand würde sich mit ihnen anlegen. Sie stürmten durch die Türen der Moschee und verschwanden im Inneren. Carter hörte Schreie. Auf dem Bürgersteig gegenüber hielten Passanten an und blickten verwundert über die Straße. Selena, Nick und Monroe warteten im Wagen. Dann hörten sie das Feuer automatischer Waffen. Zwei Arten von Waffen. Die schnellen, kurzen Salven aus der MP-5 und das unverkennbare Bellen von AKs. Wer einmal eine AK gehört hatte, vergaß das Geräusch nie wieder.

»Scheiße«, sagte Monroe.

Zu dritt sprangen sie aus dem Wagen und liefen mit gezogenen Waffen auf die Moschee zu. Im unteren Teil des Gebäudes befand sich ein großer, offener Bereich. Der Boden war mit Teppichen mit geometrischen Mustern ausgelegt. Lüster aus geschliffenem Glas hingen in regelmäßigen Abständen von der hohen Decke, die von einer Reihe hölzerner Säulen gestützt wurde. Ein langes, grünes Banner in arabischer Schrift hing über einer Empore, auf der ein paar Kissen verteilt lagen. Der Sturm auf die Moschee war so geplant worden, dass er zwischen den Gebetszeiten stattfand. Der große Raum war leer, abgesehen von Carlton, Bozeman und einem Mitglied der SWAT, das mit dem Gesicht nach unten auf dem Boden lag. Eine Blutlache bildete sich unter dem Körper. Zwei Tote in weiten Gewändern lagen in verkrümmter Haltung weiter hinten im Raum. Carter hörte mehrere Schreie und Schüsse aus dem Obergeschoss. Ein Mann stürmte aus dem Korridor zu ihrer linken und feuerte aus einer AK. Es gab keine Deckung, nur die schmalen Holzsäulen. Carlton taumelte und fiel. Carter richtete seine H&K auf den Angreifer und feuerte dreimal. Der Schütze ging zu Boden. Ein weiterer Mann erschien auf der gegenüberliegenden Seite, das AK schon an der Schulter. Etwas traf Nick wie ein Hammerschlag und warf ihn gegen Selena. Sie stürzten gemeinsam zu Boden. Monroe und Bozeman feuerten auf den Mann, der samt seiner AK nach hinten gegen die Wand geschleudert wurde und daran herunterglitt. Sein loser weißer Kittel färbte sich rot von Blut.

Eine gewaltige Explosion erschütterte das Gebäude. Eine Wolke aus Rauch und Staub wurde durch das Treppenhaus geblasen. Ein Teil des zweiten Stockwerkes stürzte in einer Kaskade aus Mörtel und Holzträgern in sich zusammen und ein Körper in schwarzer Kleidung stürzte herab. Für einen Moment herrschte Stille, dann ertönten Rufe und Schreie. Der Raum war voller Qualm und Dreck. Nicks Schulter tat höllisch weh. Er konnte seinen linken Arm nicht heben. Selena stand auf. Carlton lag verkrümmt am Boden, Bozeman hatte sich aufgesetzt und schüttelte benommen den Kopf. Nick konnte nichts hören. Monroe und Selena redeten auf ihn ein, aber er schüttelte den Kopf und deutete auf seine Ohren. Sie halfen ihm auf die Beine und stützten ihn auf dem Weg nach draußen. Es gab eine tiefe Kerbe in seinem Körperpanzer, wo die Kugel aus einer AK abgeprallt war. Ein Sanitäter half ihm aus seiner Weste. Langsam kehrte sein Gehör zurück. »Carlton?«, fragte er. Monroe schüttelte den Kopf.

Vier Stunden später saßen Selena und Carter mit Monroe an einem dunklen Tisch in einer schummrigen Bar und tranken Whisky. Pur. Doppelte. Johnson und zwei seiner Männer waren gestorben. Vier weitere Teammitglieder waren mittlerweile tot geborgen worden. Carlton hatte es auch nicht geschafft. Dreizehn Zivilisten waren ums Leben gekommen. Der Kopf des Iman war in der Seitenstraße gegenüber gelandet. Er hatte immer noch seinen Turban getragen. Etwas hatte seinen Kopf sauber vom Rumpf getrennt und ihn so in einen makabren Fußball verwandelt. Das sagte Nick alles.

»Sprengstoffweste?«, fragte er nur.

»Der Drecksack hatte sie unter seiner Gebetsrobe.« Monroe trug ausnahmsweise keine Sonnenbrille. Seine Augen wirkten müde und traurig. »Hätte schlimmer kommen können.«

»Es war eine verdammte Katastrophe«, sagte Nick gereizt. »Was könnte schlimmer sein?« Sein linker Arm lag in einer Schlinge. Seine Schulter fühlte sich an, als hätte sie jemand mit Superkleber zusammengepappt und zur Sicherheit noch die Knochen aufeinander genagelt. Er konnte den Arm kaum über Taillenhöhe heben.

»Wenn wir alle umgekommen wären, das wäre schlimmer gewesen. Und es wäre übel gewesen, wenn wir keine Informationen geborgen hätten. Aber wir sind auf etwas gestoßen.«

»War es das wert?«, fragte Selena.

»Das werden wir morgen erfahren.«

»Acht von unseren Jungs«, sagte sie.

Monroe leerte sein Glas. »Es ist Krieg. Im Krieg sterben Menschen.« Er sah auf seine Uhr. »Hab seit dreiundzwanzig Stunden kein Auge zugemacht. Ich gehe in mein Hotel.«

»Was kommt als Nächstes?«, fragte Carter.

»Krisensitzung. Morgen um 0900 im Büro des FBI.«

»Werden sie etwas für uns haben?«

»Das waren ihre Jungs da in der Moschee. Sie werden etwas für uns haben.«

Kapitel 45

Bausari sinnierte über den Ausblick aus dem Fenster des Apartments. So viel Wasser. So ganz anders als die endlosen Sandflächen in der ägyptischen Sahara, in der er seine Kindheit verbracht hatte. Bevor ihm Allahs Wille offenbart worden war. Es war Zeit. Die Zeichen waren für jeden überdeutlich erkennbar, der ein Schriftgelehrter war. Selbst die Ungläubigen mussten sie bemerken. Sie sprachen davon, aber ihre Blindheit gegenüber den Lehren des Propheten und ihr Glaube an einen falschen Messias hielt sie davon ab, die Wahrheit zu erkennen. Es gab so viele Vorzeichen, dass der Tag bevorstand, wie es schon vor Jahrhunderten geweissagt worden war. Die Zerstörung und das Chaos in Bagdad. Der Bürgerkrieg und die Verwüstungen in Syrien. Erdbeben. Vulkanausbrüche. Fluten. Heftige Stürme. Fischsterben. Alles Vorzeichen des jüngsten Tages.

Bausari hatte das heilige Symbol des Gerichts aus einer Höhle in Afrika nach Amerika gebracht. Er hatte die Bombe aus dem Sudan mitgebracht. Jetzt war beides hier, in dieser gottlosen Stadt, in dieser großen Hure, die sie ein Land nannten. Schon bald würde die Welt es erkennen. Bald würde der Islam wie eine Flutwelle über sie kommen. Ein tausendjähriger Frieden würde beginnen, nachdem die Welt unter dem einen, wahren Glauben vereint worden

könnten sie die Sicherung umgehen. Wenn sie dabei einen Fehler machen und das Ding gleich hochgeht, wäre das Bausari vermutlich auch egal. Die Medikamente, die Selena in der Höhle fand, werden bei Patienten mit Krebs im Endstadium eingesetzt. Er ist praktisch ein toter Mann und das weiß er auch.« Das gab ihnen zu denken. Steph sagte: »Das Video ging viral. Die Islamische Welt ist in Aufruhr.«

»Mal wieder«, entgegnete Nick kopfschüttelnd. »Hatten wir doch gerade erst.«

Selena mischte sich ein. »Können wir denn sicher sein, dass das Schwert echt ist?«

Stephs Stimme kam klar und deutlich über die Satellitenverbindung. »Es erweckt zumindest den Anschein. Aber das spielt auch gar keine Rolle, denn die Leute glauben es. Und das macht Bausari sehr glaubwürdig. In islamischen Prophezeiungen symbolisiert das Schwert den roten Tod.«

»Roter Tod?«

»Wörtlich gesprochen, den Tod durch das Schwert. Man könnte sagen, es steht einfach als Symbol für den Tod.« Sie dachte nach. »Nick, du kannst L.A. nicht allein absuchen. Außerdem suchen dort schon ein Haufen Leute nach ihm. Ich denke, dass er weiter nach Norden ging, aber das ist nur so ein Gefühl. Ich finde, du solltest nach San Francisco gehen. Zwischen L.A. und dort gibt es nichts, was ein ausreichend großes Ziel darstellen würde. Ich habe euch einen Wagen geschickt. Euer Flieger geht in zwei Stunden und die Tickets sind am Schalter hinterlegt. Das mit euren

Waffen wurde bereits mit der Flugsicherheit abgeklärt. Bis ihr in San Francisco eintrefft, haben wir vielleicht schon genauere Informationen über seinen Aufenthaltsort.«

»Verrät das Video uns etwas?«

»Bisher nicht. Wurde auf einem Schiff gedreht, vermutlich auf dem, das Bausari nach Mexiko brachte. Langley arbeitet jetzt mit den Mexikanern zusammen. Sie versuchen herauszufinden, ob jemand aus der Terrorzelle mehr weiß, als er zugeben wollte. Das FBI bereitet gerade eine Razzia bei einer Terrorzelle in L.A. vor. Vielleicht finden sie dort etwas.«

»Dann hoffen wir mal, dass sie etwas finden«, sagte Nick.

Kapitel 47

Eine schwarze Lincoln Limousine brachte sie zum Flughafen. Sie sahen sich das Video von Bausari auf dem Fernseher hinten im Fond an. »Was hat es mit diesem Schwert auf sich?« Carter schaltete den Fernseher aus.

»Soweit wir wissen, besaß Mohammed neun Schwerter. Man kann sie sich in der Türkei und Ägypten ansehen, wo sie ausgestellt sind. Sie wurden im Islam wie Reliquien verehrt. Es ist so, als könntest du als Christ die Sandalen oder die Robe Jesu Christi besichtigen.«

»Woher weiß man, dass sie Mohammed gehört haben?«

»Es sind gut dokumentierte Überlieferungen, in Verbindung mit seiner Vereinigung der Wüstenstämme. Er erhielt sie als Geschenke oder Tributgaben. Mohammed war ein Kämpfer an vorderster Front. Er führte seine Truppen selbst und erschlug seine Feinde mit eigener Hand. Diese Schwerter waren in Blut getränkt. Sie sind wichtige Symbole des Islam. Nicht umsonst wird er manchmal als die Religion des Schwertes bezeichnet.«

»Konvertiere oder wir schlagen dir den Kopf ab?«

»Genau. Der Koran ist voller entsprechender Referenzen und Anweisungen, in denen Allah gebietet, seine Religion in jeder denkbaren Weise zu verbreiten. Das waren blutige Zeiten.«

»Du sprachst von neun. Welches davon hat Bausari?«

»Genau das hat alle so durcheinander gebracht. Es gibt die Legende von einem zehnten Schwert. Es sollte bis zum Tag des Gerichts und der Rückkehr des Mahdi im Verborgenen bleiben. Es wird immer mit einer Prophezeiung über Krieg und Aufruhr vor den letzten Tagen in Verbindung gebracht. Oft wurde es nur als eine Art Mythos betrachtet, in dem irgendein religiöser Führer sich dann als das zehnte Schwert bezeichnet, der alles erobert und die Ungläubigen erschlägt. Es gab im Indien des zehnten Jahrhunderts sogar einen Herrscher, der diesen Namen annahm. Aber niemand hat ernsthaft geglaubt, dass es wirklich ein zehntes Schwert gäbe, das dem Propheten gehört hat. In islamischen Prophezeiungen ist oft vom roten und vom weißen Tod die Rede. Der rote Tod ist der Krieg, das Gemetzel, symbolisiert durch das Schwert.«

»Und der weiße Tod?«

»Das sind die Seuchen. Denke einfach an zwei der vier apokalyptischen Reiter aus der Bibel und du hast das passende Bild im Kopf. Wir reden vom Ende der Welt.«

»Und Bausari glaubt, dass er den Stein ins Rollen bringt?«

»Stimmt. Er glaubt, dass er den Pfad für das Erscheinen des Mahdi und den Beginn der letzten Tage bereitet.«

»Mit dem zehnten Schwert?«

»Ja.«

»Das für Tod und Krieg steht. Wie die Zündung einer Atombombe.«

»So in etwa.«

»So eine Scheiße.«

»Das Schwert wird überall für Aufruhr sorgen.«

»Wann wird er es tun? Die Bombe zünden?«

»Bald, denke ich. Es gibt noch in diesem Monat eine Sonnenfinsternis und zwei Wochen später eine Mondfinsternis. In den Prophezeiungen wird es immer dann als Vorzeichen für die Rückkehr des Mahdi erachtet, wenn es sich im Monat des Ramadan zeigt. Eine Mond- und Sonnenfinsternis in einem Monat.«

»Aber es ist nicht Ramadan.«

»Nein«, stimmte Selena zu. »Aber es ist symbolträchtig genug für Bausari. Er wird bis zu einem dieser Termine warten, denke ich.«

»Dann sollten wir ihn besser vorher finden.«

Sie waren schon auf dem Flughafengelände. Keiner von beiden bemerkte den dunkelhäutigen Mann im schlecht sitzenden Anzug, der ihnen folgte. Sein Name war Neun. Er stand zwei Plätze hinter ihnen am Schalter, als der Mitarbeiter der Fluglinie ihren Flug und das Gate bestätigte. Neun löste sich aus der Schlange, ging zu den Fenstern hinüber und drückte die Schnellwahltaste an seinem Mobiltelefon. »Sie fliegen nach San Francisco«, sagte er.

»Auf welchem Flug?«

Neun übermittelte die Flugnummer. »Soll ich sie töten?«

»Es wird jemand auf sie warten.«

Neun klappte das Handy zu und ging zurück in den Smog von L.A.

Kapitel 48

Der Flug verlief ereignislos. Sie kamen über die Bay herein und landeten auf dem San Francisco International. Carter hatte den Ort in schlechter Erinnerung. Hier war Megan gestorben, am Ende genau dieser Landebahn, von der ihr Flugzeug gerade auf das Terminal zurollte. Er hatte in letzter Zeit nicht mehr oft an sie gedacht. Er wusste nicht, warum es ihm gerade jetzt wieder einfiel. Er schob den Gedanken vorerst beiseite, aber er wusste, dass die qualvolle Erinnerung früher oder später zurückkehren würde. Sie verließen das Flugzeug und gingen auf den Ausgang zu, wo ihr Auto schon auf sie wartete. Selena hatte ein Zimmer im Mark Hopkins für sie reserviert. Nicks Ohr begann zu brennen. Es war, als sei die eine Seite seines Kopfes in Brand geraten. Er blieb abrupt auf der Terminalebene stehen. »Hier stimmt was nicht. Lass' deine Tasche fallen. Und stell' dich Rücken an Rücken hinter mich.«

Sie zögerte keinen Augenblick. Sie stellte ihr Gepäck auf den Boden und stellte sich hinter ihn. Der Angriff erfolgte nur Sekunden später, unvermittelt und heimtückisch. Zwei Männer kamen aus verschiedenen Richtungen. Nick sah Stahl in den Händen der Männer aufblitzen. Sie hatten nicht die Zeit, nach ihren Waffen zu greifen. Nick blockte den ersten Dolchstoß und versuchte den Angreifer mit einem Handkantenschlag zu entwaffnen. Dafür fing er sich einen Treffer an seiner verwundeten Schulter ein, doch der Schlag verfehlte das Nervenzentrum. Adrenalin durchflutete seinen Körper und er glitt in die *Zone.* In der *Zone* verging die Zeit anders. Es war ein veränderter Zustand der Wahrnehmung, in der die Dinge um ihn herum in Zeitlupe abliefen. Es geschah nicht immer. Aber wenn es passierte, ging es meist um Leben und Tod. Es war, als würde er eine Dimension betreten, in der sich alles sehr langsam bewegte. Alles außer ihm. Jetzt konnte er die Schläge seines Gegners kommen sehen. Er war gar nicht mehr dort, wo der Schlag landen sollte, und konnte mit Leichtigkeit kontern. Der Mann war ein Profi, aber in der Zone war Nick im Vorteil. Er tauchte unter einem Rotationskick hindurch. Der Fuß des Angreifers trat ins Leere. Nick platzierte drei harte Treffer, direkt unter dem Solarplexus. Der Messerstich kam von unten, als der Mann sich krümmte. In diesem Ballett des Todes machte Nick eine fließende Bewegung zur Seite, verdrehte den Arm des Angreifers nach oben und zur Seite und brach ihn am Ellenbogen. Der Mann brüllte. Nick trieb eisenharte Finger gegen seinen Kehlkopf. Sein Gegner brach zusammen. Die Zeit beschleunigte sich wieder. Er wirbelte herum, wo Selena um ihr Leben kämpfte, blockte und austeilte. Es war wie in Mali. Sie blutete aus einer Wunde am Arm, wo das Messer sie verletzt hatte. Als Carter sich auf die Kämpfenden zubewegen wollte, trat sie aus der Drehbewegung und traf die Herzgrube des Gegners. Ihr Kontrahent taumelte. Sie stieß einen schrillen Kampfschrei aus, der in der

Flughafenhalle widerhallte. Mit wutverzerrtem Gesicht setzte sie nach. Dann war es vorbei. Die Leute um sie herum schrien und liefen in alle Richtungen aus dem Terminal. Carter sah, wie Männer vom Sicherheitspersonal auf sie zukamen. Er bückte sich und zog den Ärmel an der Jacke von einer der Leichen zurück. Er wusste bereits, was er dort finden würde. Das Ambigramm der Assassinen.

Später, in ihrem Hotelzimmer, betastete Selena den Verband an ihrem Arm. »Woher wusstest du es?«

»Das Ohr. Es lügt nie. Es brennt immer, wenn etwas wirklich Übles im Anmarsch ist. Es passiert dann meistens sofort oder kurz danach. Habe ich seit meiner Kindheit.«

Ihr Blick sprach von Anerkennung. Bewunderung. »Du bist eben über dich hinausgewachsen. Ich hatte es noch nie mit Kämpfern wie diesen zu tun. Die waren Weltklasse.«

»Ich war in der *Zone*. Sonst hätte er mich gehabt. Kennst du die *Zone*?«

»Hab es zweimal im Wettkampf erlebt. Niemand kann dich in diesem Zustand besiegen. Nicht, wenn du weißt, was du tust.«

»Wir melden uns besser zurück und lassen Stephanie wissen, was geschehen ist. Ich frage mich, warum sie hinter uns her waren. Und woher wussten sie, wohin wir wollten?«

»Vielleicht war es die Rache für Mali.«

»Könnte sein. Oder sie glauben, dass wir wissen, wo sich Bausari befindet. Aber wir wissen rein gar nichts. Wir wissen noch nicht einmal, wohin er unterwegs ist.«

»Erinnerst du dich, wie wir es in Afrika gemacht haben?«

»Wir stützten uns auf plausible Annahmen.«

»Dann lass' uns mal was annehmen. Wir wissen, dass er nach Norden ging.«

»Nein, wissen wir nicht. Wir wissen, dass Hemmings Bausaris Begleiter sagen hörte, dass sie nach Norden gehen wollten.«

»Aber irgendwo müssen wir doch anfangen.« Selena strich sich die Haare aus den Augen. »Wenn er nicht nach Norden gegangen ist, sind wir sowieso in Schwierigkeiten.«

»Na toll«, sagte Nick. »Dann hätten wir ja nur 1200 Meilen Küste und das Inland. Bausari könnte überall sein. Da es nördlich von San Diego sein muss, können wir die zwölf Meilen bis zur mexikanischen Grenze abziehen. Auch keine große Hilfe.«

»Hemmings glaubte, es ging um eine längere Fahrt.«

»Das stimmt. Sollte das der Wahrheit entsprechen, wäre Annahme Nummer eins, dass Bausari nicht anhält, bis er in der Nähe von San Francisco ist. Wenn er an der Küste bleibt.«

»Bausari ist nicht einfach nur ein Terrorist mit einer Bombe. Er hält sich für den Wegbereiter des Mahdi. Er will einen Krieg auslösen. Und er ist todkrank. Die Zeit läuft ihm davon. Ich glaube nicht, dass er weit ins Inland reist, wenn er so viele lohnende Ziele hier im Westen hat.« Selena rieb an ihrem Verband, ertappte sich dabei und ließ die Hand sinken. »Angenommen, du wärst Bausari. Was würdest du tun, um mit deiner Bombe den größtmöglichen Schaden anzurichten?«

»Ich würde versuchen, möglichst viele Menschen zu töten. Ich würde versuchen, etwas Symbolträchtiges hochzujagen.«

»Der rote Tod.«

»Genau. Annahme Nummer zwei wäre also, dass er einen massiven Gegenschlag unserer Regierung provozieren will. Genug, um uns einen Kriegsgrund zu liefern. Aber mit einer Kernwaffe kann er das praktisch überall.«

»Er wird eines der Ballungszentren auswählen«, sagte Selena stirnrunzelnd. »Das wäre sein Stil. Vielleicht versucht er gleichzeitig, einen Militärstützpunkt anzugreifen. Eine große Militärbasis.«

»Aber er schafft es nicht aufs Gelände. Auch der militärische Luftraum wird überwacht. Er kann nicht einfach drüberfliegen und ihnen die Bombe vor die Tür werfen. Alle wichtigen Standorte werden bewacht.«

»Wo könnte er uns am meisten schaden? Wo gibt es eine Kombination aus Militärstandorten und vielen Zivilisten?«

Nick stand auf und begann im Raum auf und ab zu laufen. Wieder und wieder. »Los Angeles und San Diego. Aber die hatten wir schon ausgeschlossen. Vielleicht sollten wir eine Karte aufhängen und mit Pfeilen drauf werfen.«

»Vielleicht sollten wir das wirklich.«

»Was ist mit Washington?«

»Washington? Das Kapitol?«

»Nein, der Staat. Da gibt es eine Menge Standorte, Air Force und Navy. Die meisten Basen drängen sich um Seattle herum, nahe am Hafen. Dort gibt es auch Boeing und andere Rüstungsunternehmen. Und eine große Marinebasis. Sie haben auch die *Space Needle*. Der Aussichtsturm ist ziemlich symbolträchtig.«

Sie sahen einander an. Carter bekam eine Gänsehaut. Es könnte wirklich Seattle sein. Es fühlte sich nach Seattle an. Es war eine spontane Eingebung und eine gute dazu. Sein Ohr juckte. »Die Bombe hat eine Sprengkraft von sechs Kilotonnen. Genug für die Marinebasis und die Innenstadt. Seattle hat mehr als eine halbe Million Einwohner.«

»Mehr als genug.«

Er holte sein Telefon heraus. »Ich rufe Stephanie an.«

Sie antwortete beim ersten Rufton. Carter erzählte ihr, was sie besprochen hatten.

»Ihr liegt richtig«, sagte sie. »Er ging nach Seattle.«

»Was? Woher weißt du das?«

»Das FBI hat ihn ausfindig gemacht. Aber das hilft euch nicht weiter. Denn uns ist jemand zuvorgekommen.«

»Was soll das heißen?«

»Es ist einfacher, wenn ich euch ein Foto schicke.«

Sie warteten, bis sich das Bild aufgebaut hatte. Selena erbleichte. Drei Leichen lagen auf dem Boden eines Apartments. Die Köpfe waren abgehackt und auf dem Tisch aufgereiht worden. Überall war Blut. Durchs Fenster konnte Nick eine große Wasserfläche erkennen. Einer der Köpfe gehörte Bausari. Sein Haar war dunkel gefärbt, sein Bart abrasiert. »Die Feds haben eines dieser Siegel gefunden.«

Mehr brauchte sie nicht zu sagen. Nick rieb sich sein Ohr. »Was ist mit der Bombe?«

»War nicht dort. Wir müssen davon ausgehen, dass die Assassinen sie jetzt haben.« »Rice will uns vor Ort haben«, sagte sie nach einer Pause. »Wir sollen uns an ihre Fersen heften.«

»Und wie sollen wir das anstellen? Wir wissen nicht, wo sie sich verstecken.«

»Langley hat da vielleicht etwas für uns.«

TEIL DREI

DER TAG DES JÜNGSTEN GERICHTS

Kapitel 49

Satellitenfotos waren über Stephs Tisch verstreut. Carter, Stephanie, Selena und DCNS Hood saßen gemeinsam in ihrem Büro. Nick rieb sich seine Schulter. Sie tat immer noch höllisch weh. Er konnte den Arm benutzen, aber das ging nicht ohne Schmerzen. Er hatte wieder mit Tai-Chi-Übungen begonnen, in der Kampfform mit Schwertern, um gegen den Schmerz anzukämpfen. Carter übte nicht auf die langsame, elegante Art, wie man sie oft bei Vorführungen sah. Er übte anders, auf die harte Art. Schnell, effektiv und auch im waffenlosen Nahkampf nützlich. Es ging nicht um die Schwerter. Es war die Kunst der schnellen, instinktiven Abwehr, um eine Attacke zu kontern und mit tödlicher Wucht zurückzuschlagen. Aber jetzt tat sein Rücken weh. Sein Magen rebellierte und sein Ohr juckte wie verrückt. Und was Hood zu sagen hatte, machte die Sache auch nicht besser.

»Es ist schwieriges Gelände.« Hood zeigte auf die betreffenden Fotos. »Das Zielobjekt liegt jenseits der afghanischen Grenze, auf der pakistanischen Seite. Wir sind ziemlich sicher, dass es der Ort ist, nach dem wir suchen.«

»Ziemlich sicher? Was soll das denn heißen?«

Hood wirkte verärgert. »Ich meine es, wie ich es sage. Auf keinen anderen Ort passt die Beschreibung. Die Landmarken passen zu dem, was in dem Manuskript aus Mali stand.« Carter studierte das Foto. Ein Gebäude, bestehend aus treppenartigen Steinreihen am Ende einer gewundenen Schlucht, verborgen in einem Gebirge aus schwarzem Gestein. Auf drei Seiten erhoben sich steile Felswände und schützten das Bauwerk auf natürliche Weise. Die Vorderseite war durch eine hohe Steinmauer geschützt, die über die ganze Breite der Schlucht reichte. Vor dem Gebäude erstreckte sich ein großer, offener Vorplatz. Der Eingang war ein von Säulen eingefasstes Holztor. Das Tor war verschlossen. Die Enden von massiven Holzstützen ragten in regelmäßigen Abständen aus den Steinwänden des Bauwerks. Schmale Fenster mit hölzernen Läden gewährten einen Blick in die darunterliegende Schlucht. Es glich einer antiken Festung. Bis auf das verschlossene Tor wirkte es verlassen. Einige der Fensterläden standen offen, andere waren abgefallen. Der Innenhof war von Trümmern übersät. Der dritte Steinring war teilweise eingestürzt. Herabgestürzte Steinblöcke lagen auf den Ringen darunter.

»Sieht wie ein buddhistisches Kloster aus.«

»Das war es auch, vor etwa tausend Jahren. Es ist, als ob es in einem Sperrgebiet läge. Selbst die Haqqani trauen sich nicht dorthin. Es ist, als ob jeder in der Gegend beschlossen hätte, einen Bogen um den Ort zu machen. Wir hätten ihn auch nie gefunden, wenn wir nicht gezielt danach gesucht hätten. Der Satellit muss sich direkt über dem Ziel befinden, um es sehen zu können, so wie das Gebirge und die Schlucht beschaffen sind. Sehen Sie diesen Schatten?« Hood deutete auf einen unscharfen dunklen Fleck bei den Ruinen des dritten Rings. »Das ist eine Satellitenschüssel. Ich glaube nicht, dass die Buddhisten schon sowas hatten.«

»Sieht nach einem idealen Kandidaten für eine Reaper-Drohne aus.«

»Wäre es, wenn wir sicher sein könnten, dass es sich um die Basis der Assassinen handelt. Wir müssen das verifizieren.«

Carter ahnte, was nun kommen würde. »Und Sie wollen, dass wir uns dort umsehen?«

»Richtig.«

»Aber das ist eine Aufgabe für ein komplettes Einsatzkommando. Wofür brauchen Sie uns? Sie haben doch Ihre Leute vor Ort.«

»Hatten wir«, sagte Hood mit grimmiger Miene. »Jetzt haben wir zwei Sterne mehr an unserer Gedenktafel. Sie haben hier ein gutes Team. Denken Sie daran, was Sie in Tibet erreicht haben und an diese unangenehme Geschichte hier in Washington. Sie sind die Richtigen für diese Aufgabe. Langley sichert Ihnen dabei komplette logistische Unterstützung, Transport und eine schnelle Extraktion zu, alles was Sie brauchen.«

Und wenn etwas schiefläuft, dachte Carter bei sich, *dann hat Langley eine weiße Weste.*

»Warum schickt ihr nicht die SEALS? Wie damals bei Osama?«, fragte Stephanie.

»Können wir nicht. Die Pakistanis machen mittlerweile ein ziemliches Aufheben um solche Aktionen. Was, wenn der Bau nur eine Religionsschule oder ein spiritueller Rückzugsort ist, eine Madrassa? Es steht auch so schon schlimm genug. Wir können uns keine Fehler mehr leisten. Und wir haben nicht genug Informationen, um eine präsidiale Verfügung zu erwirken. Aber Sie sind andererseits …«

»Ersetzbar«, vervollständigte Nick den Satz für ihn.

Hood gab sich Mühe, wenigstens ein bisschen betroffen zu wirken. »Ja, das auch.«

»Ich weiß nicht recht.« Stephanie hob eines der Fotos auf und legte es wieder hin. »Wir haben unsere eigenen Methoden, solche Dinge zu regeln. Mit unseren eigenen Teams. Wer leitet die Operation?«

»Sie natürlich.« Hood sah zu Nick hinüber. »Wir unterstützen Sie nur. Wie ich schon sagte: Sie bekommen alles, was Sie brauchen. Der Präsident ist auch damit einverstanden.«

»Was ist mit Ihrem Boss? Ich traue ihm nicht und er mag uns nicht.«

»Der Präsident machte seinem Missfallen mit deutlichen Worten Luft, als der DCI ihn über die Bombe informierte. Rice gab dieser Operation die höchste Priorität. Sie werden also direkt mit mir reden, nicht mit Direktor Lodge.« Hood versuchte nicht einmal, Lodge zu verteidigen. Vielleicht hatte er ein Auge auf dessen Job geworfen. Nick legte den Gedankengang vorerst zu den Akten. Er musste sich auf Afghanistan und Pakistan konzentrieren. Er hatte weder das eine noch das andere Land je wiedersehen wollen. Aber die Dinge liefen eben nicht immer so, wie man es sich wünschte.

»Ich habe nur noch eine Frage. Nach welchen Spielregeln soll das ablaufen?«

Hood sah Nick ausdruckslos an. »Die Regeln bestimmen Sie.«

Kapitel 50

Das Team saß in einem Halbkreis vor dem großen Bildschirm. Ein Satellit überwachte das Ziel rund um die Uhr, Langley sei Dank. Das Gebäude und die umliegende Landschaft waren schneebedeckt. In den Bergen war es Winter. Einmal kam jemand heraus und ging quer über den Hof. Er trug eine Kapuzenrobe wie ein Mönch. Davon abgesehen sah er aus wie jeder andere in diesem Teil der Welt. Und er war unbewaffnet. Das war ungewöhnlich in einer Region, die von Soldaten und Terroristen überlaufen war. Das Bauwerk lag auf über 4000 Meter Höhe. Eine Straße gab es nicht. Ein steiler, schneebedeckter Serpentinenpfad führte am Boden der Schlucht für mehrere Meilen nach unten, bevor er auf einer Hochebene endete. Selena, Ronnie und Nick waren für einen Transport nach Afghanistan um 0200 am nächsten Morgen eingeplant. Lamonts Verletzungen waren zu schwer, er würde die Operation gemeinsam mit Stephanie aus der Ferne überwachen müssen. Wirklich glücklich war er darüber nicht. Nick ging es ebenso. Sie hätten Lamont gut gebrauchen können. Carter wusste nur zu gut, wie schnell so ein Einsatz in einer Katastrophe enden konnte. Die kalte Witterung war eine zusätzliche Komplikation. Sie mussten sich nähern, ohne bemerkt zu werden. Sie mussten in das Gebäude eindringen. Sie hatten keine Ahnung, was sich im Inneren befand, mit wie vielen Gegnern sie rechnen mussten und über welche Bewaffnung diese verfügten. Es war allerdings vernünftig, davon auszugehen, dass jeder dort ihnen feindlich gesonnen und bis an die Zähne bewaffnet war.

»Durch das Tor kommen wir nicht rein«, sagte Ronnie. »Es ist gut einzusehen und es könnte Wachposten geben. Wir kämen nicht einmal in die Nähe. Gefällt mir nicht, Nick.«

»Stimmt. Ein Hubschrauber wäre nett. Könnte uns direkt auf dem Hof absetzen. Aber daraus wird wohl nichts.« Nick erhob sich und ging zum Bildschirm. Er zeigte auf etwas. »Seht ihr diesen Vorsprung in der Schluchtwand, links vom Innenhof? Er ragt hinein. Wenn wir ihn von der anderen Seite erreichen könnten, würden wir uns von dort abseilen und stünden direkt vor ihrer Haustür. Sind nur 60 bis 90 Meter nach unten.«

»Entschuldigt mal«, sagte Selena und hob die Hand. »Könnte mir mal jemand erklären, warum wir zu dritt versuchen sollen, in einen Stützpunkt voller ausgebildeter Assassinen einzudringen, die glauben, das Ende der Welt stünde bevor. Klingt das für euch nicht ein wenig gewagt?«

»Gewagt, aber nicht unmöglich. Tu einfach so, als wärst du Tom Cruise. Wir gehen da rein, weil es der Präsident so will, weil Langley uns den Rücken freihält und weil wir entbehrlich sind.«

»Oh, das erklärt natürlich alles. Jetzt fühle ich mich doch gleich viel besser.«

»Willkommen auf der nächsten Stufe deiner Ausbildung.« Nick setzte sich wieder. »Es gibt auch ein paar Dinge, die für uns sprechen. Wir haben das Überraschungsmoment. Sie werden uns nicht erwarten. Wenn wir erst mal im Gebäude sind, verfügen wir über die nötige Feuerkraft. Wir können Verwirrung stiften. Wir haben bisher nur eine Person ausgemacht, müssen aber davon ausgehen, dass es noch mehr gibt. Zumindest nehmen wir das an.«

Stephanie vergrößerte den Ausschnitt des Satellitenfotos. Sie sahen sich die Geländebeschaffenheit an. »Wir könnten euch hier absetzen lassen, auf afghanischem Boden.«

Nick markierte eine ebene Fläche jenseits der Grenze, etwas mehr als sechs Kilometer vom Zielgebiet entfernt. »Sechs Klicks. Wir nähern uns von Westen.«

Stephanie bewegte den Ausschnitt auf die westliche Seite der Schlucht und vergrößerte den Ausschnitt. Ein steiler, schneebedeckter Steig aus schwarzem Fels führte von dem Felsvorsprung über dem Innenhof hinauf. Der scharfkantige Felsvorsprung, den Nick erwähnt hatte, war gut zu erkennen. Nick sah sich das Ganze an. »Sieht so aus, als könnten wir da runterklettern.«

Der Steig war nur nackter Fels. Sie hatten keine Deckung.

»Annäherung bei Nacht«, sagte Ronnie. »Ich stimme zu. Ist der einzige Weg.«

Nick rieb sich den Hinterkopf. Da waren Kopfschmerzen im Anmarsch. »So wie ich das sehe, müssen wir uns Zugang verschaffen und dann improvisieren. Wenn es nur eine Religionsschule oder ein Kloster ist, na fein. Wir verschwinden einfach wieder. Wenn nicht, dann richten wir soviel Schaden an, wie wir können, verschaffen uns soviel Informationen wie möglich und nehmen die Beine in die Hand.«

»Gefällt mir nicht.« Stephanie sah zu Nick hinüber. »Wir wissen gar nichts über unser Ziel.«

»Deshalb gehen wir ja da rein. Um herauszufinden, was dort drin ist.«

Kapitel 51

Das Flugzeug vibrierte im pulsierenden Rhythmus seiner Motoren. Zum zweiten Mal in ihrem Leben saß Selena auf der einfachen, orangebespannten Sitzbank im geräumigen Bauch einer C-130. Und zum zweiten Mal in ihrem Leben trug sie Tarnkleidung, war ausgerüstet mit einer Pistole, einem K-BAR-Messer und einer MP-5. Der Tarnanzug hatte diesmal eine andere Farbe, ansonsten war es wie ein Déjà-vu. Aber bei ihrem ersten Flug in so einem Flugzeug war sie abgelenkt gewesen. Sie hatte sich auf die Übersetzung eines alten Textes konzentriert, und sie hatte auch nur eine sehr vage Vorstellung davon gehabt, was sie erwartete. Die Waffen und die Ausrüstung waren ihr noch ein wenig surreal erschienen. Sie hatte nicht gewusst, was es bedeutete, in einem Kampfeinsatz zu sein. Sie hatte keine Vorstellung von dem ohrenbetäubenden Kampflärm gehabt oder von den spontanen Entscheidungen, die oft den Unterschied zwischen Leben und Tod ausmachten. Wie es sich anfühlte, zum Schutz des eigenen Lebens auf jemanden schießen zu müssen. Jetzt hatte sie keine Illusionen mehr. Sie wusste genau, was alles geschehen konnte. Und das machte ihr eine Höllenangst. Sie waren unterwegs zum Luftwaffenstützpunkt Bagram in Afghanistan. Von dort aus würden sie zu ihrem Einsatzgebiet an der Grenze weitertransportiert werden. Danach lag alles bei ihnen.

Nick döste. Ronnie hatte sich mit dem Rücken gegen die Aluminiumhülle des Flugzeugs gelehnt. Seine Lippen bewegten sich. Er hielt seinen Medizinbeutel in der Hand, rezitierte immer wieder eine alte Navajo-Zeremonie, um sich auf den Kampf vorzubereiten. Um in Harmonie mit dem Universum zu bleiben. Selena wusste, dass das Volk der Navajo einmal gefürchtete Krieger gewesen waren. Wenn Ronnie ein typischer Navajo war, dann waren sie es immer noch. Sie wünschte sich, auch so ein Ritual zu haben. Eigentlich wünschte sie sich zurück in ihren Vorlesungssaal in Stanford. *Nein, tust du nicht,* sagte eine Stimme in ihrem Kopf. Die Erkenntnis schoss wie eine Leuchtkugel durch ihren Verstand. Ein Ritual wäre wirklich eine gute Sache. Aber eine Rückkehr in das Alltagsleben, das sie vor dem PROJECT gekannt hatte, kam nicht infrage. Vor Nick. Sie war trotz allem in ihn verliebt, obwohl sie das gar nicht gewollt hatte. Sie wusste nicht einmal, wann es eigentlich geschehen war. Vielleicht in seiner Hütte, nach Tibet. Vielleicht später. Es spielte keine Rolle. Was sie verunsicherte, war, dass sie nicht wusste, ob er genauso fühlte. Manchmal schien es so. Er hatte einige Andeutungen gemacht. So wie er sie ansah, mit ihr sprach, sie berührte, nur um Körperkontakt herzustellen. Als ob er sich versichern wollte, dass sie wirklich da war, dass sie echt war. Aber er hatte ihr es nie gesagt. Bei anderen Gelegenheiten wanderte er durch eine Welt, in die ihm niemand folgen konnte, an einen Ort in seinem Kopf, der so fremd und unerreichbar für sie war wie die Oberfläche des Jupiter. Ein Ort, gefüllt mit namenlosen Feinden. Ob sie auf der Straße oder in einem Restaurant waren, plötzlich würde er nach seiner .45 greifen, die er immer bei sich trug. Eine streunende Katze. Ein Obdachloser mit einem Einkaufswagen. Ein Wagen, der dicht vorbeifuhr. Ein Kellner mit einem Tablett. Er war immer angespannt. Er beobachtete alles und jeden. Übervorsichtig. Aber er brachte auch eine animalische Sexualität in ihr zum Vorschein, die sie so noch nicht erlebt hatte. Er war leidenschaftlich. Er genoss ihre Ekstase ebenso sehr wie seine eigene. Er wusste, wann er wild und wann er sanft sein musste. Er war alles, was man sich von einem Liebhaber erhoffen konnte. Sie wollte mehr davon. Seine Ehrlichkeit schürte zugleich Hoffnung und Zweifel in ihr. Sie hatte noch nie einen Mann kennengelernt, der so brutal ehrlich war wie Nick. Es ging nicht nur darum, dass er nie jemanden hereingelegt oder betrogen hätte, um sich einen Vorteil zu verschaffen. Er hatte diese Art von Ehrlichkeit, die einfach und direkt war, beinahe schon naiv. Angesichts seiner Arbeit war das mehr als erstaunlich. Er sagte immer, was er dachte. Er konnte taktvoll, aber auch plump sein, sich manchmal auch unverständlich ausdrücken, aber er sagte nie etwas, dass er nicht auch so meinte. Wenn er es irgendwann fertigbrachte, ihr die berühmten drei Worte zu sagen, dann würde er es ernst meinen. Aber es war bisher nicht geschehen. Je länger sie mit ihm zusammen war, desto deutlicher sah sie die Dämonen, mit denen er täglich rang. Er hatte ihr einmal gesagt, er habe Schlangen in seinem Kopf. Er umgab sich selbst mit einem Panzer, geschmiedet aus Schmerz und Verlust, aus dem Bedürfnis, sein Innerstes zu schützen, gegen eine Welt, in der hinter jeder Ecke Gefahr lauerte. Sie verstand das. Sie hätte ebenso gehandelt.

Selena dachte über ihr Ziel nach, über die Mission. Was hatte er noch zu ihr gesagt? Willkommen auf der nächsten Ebene deines Trainings. Wenn das noch Ausbildung war, dann kam jetzt wohl das Examen. Sie beobachtete Nick. Er schlief unruhig. Vermutlich hatte er einen seiner Albträume, dachte sie. Nick träumte.

Er war irgendwo in einer großen Stadt. Es war bewölkt und grau. Die Szenerie waberte, war von einem blassen Licht durchflutet. Menschen rannten vorbei, in Mäntel, Pullover und Schals eingepackt. Ihr Atem kondensierte in der Luft. Da war ein hohes Gebäude, ein gesichtsloser Klotz mit vielen Fensterreihen. An der Ecke ragten Straßenlaternen über eine Barriere auf dem Gehsteig hinaus. Auf der Absperrung stand etwas. Eine Ziffer in einem Kreis. Er starrte sie an, versuchte sie zu erkennen. Sieben. Es war eine Sieben. Da war etwas, das er hätte tun sollen, aber er konnte sich nicht erinnern, was es war. Er war beunruhigt, weil er seine Waffe nicht finden konnte und weil etwas geschehen würde. Etwas würde geschehen. Es war wichtig, aber er erinnerte sich einfach nicht. Das machte ihm Angst.

Carter schreckte hoch. Der Laderaum des Flugzeugs war unverändert. Seine Schulter schmerzte. Die Motoren dröhnten. Er hasste diese Träume. Es hatte angefangen, als er zwölf Jahre alt gewesen war. Eine Woche vor ihrem Tod hatte er seine irische Großmutter besucht. Sie hatte ihm erzählt, dass er über etwas verfügte, dass man den *Blick* nannte. Er zeigte sich durch prophetische Träume, die von einem eigenartigen Licht begleitet wurden, so wie eben. Er hatte nicht gewusst, was sie meinte, bis er den ersten Traum erlebte. Die Träume verhießen nichts Gutes. Vermutlich waren es auch die Gene seiner Großmutter, die sein Ohr jucken ließen. Damit konnte er leben. Aber auf die Träume hätte er gern verzichtet. Früher hatte er oft von Megan geträumt, aber sie war gegangen. Er vermisste sie. Die Träume waren alles gewesen, was von ihr geblieben war, abgesehen von einem verblichenen Foto in seiner Brieftasche.

Sie landeten auf dem Bagram Luftwaffenstützpunkt und stiegen aus dem Flugzeug. Sie wurden von eisigem Wind und Temperaturen unter dem Gefrierpunkt empfangen. Er war also wieder da. Er sog die Luft ein und wusste, dass sich nichts verändert hatte. In dieser traurigen Geschichte von einem Land würde es das vermutlich auch nie.

Kapitel 52

Selena, Nick und Ronnie lagen auf dem harten, gefrorenen Boden und blickten auf den Innenhof des Zielobjekts unter ihnen. Ein beißend kalter Wind wehte über den Felsvorsprung hinweg und trug Schleier von Eiskristallen in den Nachthimmel. Ronnie blickte durch sein Zielfernrohr. Grüne Anzeigen mit Angaben an vertikalen und horizontalen Linien flackerten vor seinem Auge, als er die Waffe bewegte. »Der Messung nach sind es 69 Meter nach unten, mehr oder weniger.«

Es war drei Uhr morgens. Ronnie war nur ein dunkler Umriss in der Nacht. Die Wintertarnung, die sie alle trugen, machte sie zwischen Schnee und Felsen praktisch unsichtbar. Ihre Gesichter waren ebenfalls bedeckt, nur die Augen waren zu sehen. »Keine Anzeichen für Wachposten. Ich sehe auch keine Kameras.«

Carter suchte den Hof mit seinem Infrarotfernglas ab. »Das ist zu einfach.«

»Kein Strom.«

»Aber sie brauchen doch Strom für die Satellitenschüssel. Sie müssen einen Generator haben. Ich höre ihn aber nicht laufen.«

»Sie fühlen sich hier draußen wohl ziemlich sicher.« Selenas Stimme war leise. Ihr Mund fühlte sich ganz trocken an.

»Schon möglich. Vielleicht ist auch keiner zu Hause und ich gewinne morgen in der Lotterie. Überprüft eure Ausrüstung.«

Sie sahen nach ihren MP-5, den Granaten und den Handfeuerwaffen. Es knackte in ihren Headsets. Stephanies Stimme erklang über die Satellitenverbindung. »Kommen, Nick.«

»Ich höre.«

»Ich sehe euch auf dem Schirm. Aber ich kriege kein klares Infrarotbild vom Zielobjekt. Es muss eine Art Abschirmung geben. Das erklärt wohl auch, warum Langley es nicht schon früher entdeckt hat. Ich kann euch nicht sagen, mit wie vielen ihr es zu tun bekommt.«

»Verstanden.« Keine große Hilfe.

»Wie ist euer Status?«

»Wir sind einsatzbereit.«

»Lamont sagt, ihr sollt auf eure Hintern aufpassen.«

Nick lachte. »Verstanden. Ich halte die Verbindung offen. Over.«

Ronnie befestigte das Seil an dem Vorsprung aus dunklem Stein. Er zog prüfend daran.

»Kann losgehen.«

»Ronnie, du gehst vor. Dann geht Selena, dann ich. Sobald wir den Boden berühren, laufen wir zu der Wand neben der Tür. Passt auf die Fensteröffnungen auf.«

Ronnie hakte sich ein und ließ sich über die Felskante gleiten. Sekunden später war er am Boden. Er sprintete zur Tür. Selena folgte ihm mit pochendem Herzen. Auch

Carter spürte, wie sein Adrenalinspiegel stieg. Er hakte sich ein und seilte sich an der Schluchtwand ab. Weniger als eine Minute später standen sie alle an die Wand neben der hölzernen Tür gepresst. Die Tür war alt, stabil und grün gestrichen. Sie bestand aus dicken Holzplanken, die von rostigen Eisenbändern zusammengehalten wurden. Ein einfacher Metallriegel hielt sie verschlossen. Es gab keine Anzeichen für ein Alarmsystem. Aus keinem der schmalen Fenster drang ein Lichtschein. Das einzige Geräusch war das Knirschen ihrer Schritte im gefrorenen Schnee und das leise Heulen des schneidend kalten Windes, der über den Hof fegte. Das Gebäude ragte über ihnen auf, ein massiger Umriss vor dem schwarzen Bergmassiv.

Carter griff hinüber zu dem Riegel und hob ihn an. Er konnte spüren, wie sich das Gegenstück auf der anderen Seite bewegte. Er gab das Zeichen und öffnete die Tür einen Spalt. Er war feuerbereit. Nichts. Sie schlichen in das Gebäude und verteilten sich. Ronnie schloss die Tür hinter ihnen. Sie befanden sich in einer großen Halle mit hoher Decke. Im Inneren war es wärmer. Die Fenster waren von innen mit Läden verschlossen. Der Boden war mit Stein gepflastert. Auf einer Seite standen Reihen von hölzernen Übungspuppen und ein Gestell mit Stäben, wohl Hilfsmittel für Kampfsportübungen. Einige wenige Kerzen brannten in Nischen entlang des Raums. An der Decke kreuzten sich dunkle Holzträger. Reste roter Farbe hingen noch an den hölzernen Säulen, die die Decke und eine Empore an der Rückseite stützten. An den Wänden zeugten Farbreste von Wandmalereien, die Buddha und Szenen aus der buddhistischen Lehre gezeigt hatten, aber sie waren alle zerkratzt und beschädigt worden. Ein Wandgemälde war geblieben und dominierte die östliche Wand über einer niedrigen Sitzbank. Es war groß, kreisrund und bestand aus tiefgrünen Buchstaben auf kränklich gelbem Grund. Es war sehr alt.

Die Luft war abgestanden und erdrückend, die Atmosphäre feindselig. Die Halle schien Boshaftigkeit auszudünsten. Selena erschauderte.

»Ich denke, wir sind hier richtig.« Ronnies Stimme klang gedämpft. »Bereitet mir eine Gänsehaut.«

Eine Treppe mit Handlauf führte ins obere Stockwerk und auf die Empore. Darunter, am Ende des Raumes, führte eine dunkle Passage tiefer ins Innere.

Nick hob eine Hand. »Da ist doch was faul.« Sein Blick wanderte über den Boden. »Dort.« Er zeigte darauf. Ein dünner, schwarzer Draht war quer über die Mitte des Raumes gespannt, etwa 15 Zentimeter über dem Boden und beinahe unsichtbar. Er folgte dem Draht bis zur Wand und von dort weiter bis zur Decke. Eine mehr als 1,5 Meter lange rasiermesserscharfe Klinge war dort aufgehängt, um von der Decke herunterzuschwingen, sobald der Draht ausgelöst wurde. Zu schnell, um ihr ausweichen zu können. Konnte einen Mann in zwei Hälften schneiden. »Eine Falle. Deshalb haben sie keine Wachen. Ziemlich dreist, die Mistkerle.«

»Wo sind sie?«, flüsterte Selena fragend.

»Schlafen vermutlich oben. Seht euch hinten um. Passt auf den Draht auf.«

Sie stiegen über den Draht und gingen zum hinteren Ende der Halle. Selena hatte die Schulterstütze der MP-5 an der Schulter, hielt den Lauf aber noch gesenkt. Es war ihr schon beinahe vertraut. Der gebückte Gang, der Rausch des Adrenalins, der kalte Stahl in ihrer Hand und der kupfrige Geschmack in ihrem Mund. Sie trat in den Durchgang, die Waffe auf Dauerfeuer gestellt und mit dem Finger am Abzug. Im Einsatz hatte man keine Zeit für Sicherheitsbestimmungen wie auf dem Schießstand.

Ein Korridor führte in einen weiteren großen Raum. Tische, Waschbecken, ein Gasherd, eine Feuerstelle mit ein wenig Glut und Vorräte auf Holzregalen. Niemand war hier. Sie legte die behandschuhten Finger auf den Herd. Er war kalt. Ein großer Topf, der darauf stand, enthielt Essensreste, die bereits geronnen waren. In einem kleinen Nebenraum entdeckte sie einen ausgeschalteten Generator. Sie ging zu den anderen zurück. »Nichts, nur die Küche und der Generatorraum. Der Herd ist kalt. Der Rest des Abendessens steht noch drauf. Es war noch Glut in der Feuerstelle.«

»Dann müssen sie oben sein.« Nick zeigte auf die Treppe. Die Empore reichte von Wand zu Wand. In der Rückwand dahinter war eine dunkle Öffnung zu erkennen. »Wenn es ein einzelner, großer Raum ist, halte ich einen Finger hoch, wenn es getrennte Räume sind, halte ich fünf Finger hoch. Schießt auf alles, was sich bewegt.«

Selena starrte ihn an. »Und wenn sie unbewaffnet sind? Wenn sie schlafen?«

»Na, was wohl?« Er sah sie mit harten Augen an. Jetzt war er in seiner eigenen Welt, in der er keinen an sich heranließ. »Wir sind nur zu dritt. Wir wissen nicht, wie viele es sind und wir haben es mit Profis zu tun. Wenn du zögerst, wird das hier ein Desaster. Ich werfe eine Blendgranate und dann fangen wir an zu schießen. Vielleicht machen wir Gefangene, aber vielleicht auch nicht. Verstanden?«

Auf Schlafende schießen. Sie wusste nicht, was sie sagen sollte. Dann dachte sie an den Angriff in Mali. Die Augen des Mannes waren seelenlos gewesen, ohne Gnade und Reue. »Verstanden. Mach dir keine Sorgen.«

Carter nickte. Sie stiegen die Treppe hinauf.

Kapitel 53

Hassan-i Sabbah hatte den Namen des Ordensgründers angenommen, so wie es ihm traditionell zustand. Im Augenblick war der Imam der Assassinen frustriert. Zwar waren seine Männer im Grunde genommen austauschbar. Sie wurden nicht umsonst *Fida'i* genannt, also die, die sich selbst opfern. Nichtsdestotrotz war es jemandem gelungen, drei von ihnen zu töten. Das war frustrierend. Noch nie in der Geschichte war etwas Ähnliches geschehen. Natürlich würden andere ihren Platz einnehmen. Trotzdem frustrierend. Bald schon würde der Mahdi sich ihm offenbaren, nach Jahrhunderten im Verborgenen. Er würde der Welt Frieden und Gerechtigkeit bringen, den Triumph des Islam. Hassan war sich dessen sicher. Denn der Mahdi war ihm in einer Vision erschienen, flankiert von Engeln mit leuchtenden goldenen Flügeln, so strahlend hell, dass Hassan die Augen abwenden musste. In der einen Hand hielt der Mahdi den Koran und in der anderen Hand das flammende Schwert. Der Gesang der Engel erklang aus der Ferne, der Ruf des Paradieses. Er fühlte sich geläutert, von diesem Glanz erfüllt. In der Vision war er auf die Knie gefallen und hatte demütig das Haupt gesenkt.

Hassan hörte keine Worte, aber die Anweisungen des Mahdi waren eindeutig gewesen. Hole das Schwert.

Entzünde das Feuer. Ein großes Glücksgefühl hatte ihn durchflutet. Es verschwand nur langsam. Es war nicht seine erste Vision gewesen. Er hatte sie seit seiner Jugend, manchmal begleitet von schlimmen Kopfschmerzen, die über Tage anhielten. Sein ganzes Leben lang hatte er sich auf diesen Augenblick vorbereitet. Hassan warf sich auf den kalten Steinboden seines Zimmers und betete. Als er sich erhob, wusste er, was zu tun war.

Und jetzt hatte er alles, was nötig war. Das Schwert. Das Feuer. Jene, die ihn suchten, vermuteten ihn am falschen Ort. Wenn sie nur geahnt hätten, wie nahe sie ihrem Ziel eigentlich gewesen waren. Bausari hatte ihm einen großen Dienst erwiesen, indem er das Relikt gefunden und es der Welt gezeigt hatte. Jetzt lag es vor Hassan, in seiner Holzkiste. Allah würde dem Sunni seinen Frevel vergeben, denn er hatte nur Gottes Willen ausgeführt. Es war notwendig gewesen, ihn zu töten, doch sein Märtyrertod garantierte ihm den Eintritt ins Paradies. Es war an der Zeit, die Muslime zu vereinigen. Damit hatte Bausari recht gehabt. Selbst Hassan konnte das erkennen. Nur Allah war wichtig, allein sein Wille zählte. Alles andere war nur menschliche Eitelkeit. Bausaris Video hatte den gewünschten Effekt erzielt. Obwohl manche die Nase rümpften, leugneten und debattierten, füllten sich dennoch weltweit die Moscheen. Manche beteten um die Rettung ihrer Seelen. Andere beteten um Erlösung. Doch viele, schon jenseits der Furcht, beteten aus Dankbarkeit. Gewiss musste Allah zufrieden sein.

Hassan wartete nur noch auf das göttliche Zeichen der Sonnenfinsternis, um das Feuer freizusetzen. Er würde dabei umkommen, aber das spielte keine Rolle. Das Feuer musste kommen. Und wenn die Reinigung vorüber war, wenn alle Ungläubigen vernichtet waren, würde auf ewig Friede herrschen. Allah war gerecht.

Kapitel 54

Carter stieg die Stufen zur Empore hinauf, die die dunkle Halle überspannte. Er hielt eine Blendgranate in der einen und die MP-5 in der anderen Hand. Selena und Ronnie folgten ihm. Nick hob die Hand und wies sie an, zu warten. Er schob sich leise an der Wand entlang, bis zu dem Durchgang, den sie von unten gesehen hatten. Er konnte den schweren, gleichmäßigen Atem schlafender Männer hören. Der Geruch ungewaschener Körper verpestete die Luft. Nicks Puls pochte hinter seinem linken Auge. Sein Ohr brannte. Er warf einen schnellen Blick durch den Türbogen und zog sofort den Kopf wieder zurück. Eine einzelne Kerze am anderen Ende des Raumes tauchte alles in ein schwaches Licht. Der Boden war voll mit formlosen Gestalten unter Decken. Er zeigte einen ausgestreckten Finger und winkte Selena und Ronnie zu sich heran.

Als sie sich zu dritt an der Türöffnung postiert hatten, warf er die Blendgranate. Sie bedeckten ihre Ohren und sahen weg. Die Dinger waren recht effektiv, wenn es darum ging, Gegner zu desorientieren. Im Schlaf überrascht würde jeder im Raum blind und verwirrt sein. Der Knall brachte das Innenohr durcheinander. Für ein paar wertvolle Sekunden ging der Gleichgewichtssinn verloren. Das gab ihnen eine Chance. Die Granate detonierte. Der Boden bebte. Schreie kamen aus dem Raum. Das

Team rückte geduckt durch die Tür vor und begann zu feuern. Doch nicht alle waren desorientiert. Selbst durch das Sperrfeuer stürmten einzelne Gestalten auf sie zu. Binnen Sekunden waren sie im Nahkampf. Ronnie ging zu Boden. Er hatte durch einen heimtückischen Schlag an die Schläfe das Bewusstsein verloren. Carter erschoss den Angreifer. Er trieb den Lauf der Waffe in den Bauch des nächsten Mannes und ließ die Schulterstütze gegen seinen Kiefer krachen. Der Assassine fiel nach hinten. Selena lud hastig nach. Sie brachte die Waffe gerade noch rechtzeitig nach oben, als jemand mit einem Dolch sie ansprang. Die Kugeln schlugen in die Brust des Angreifers. Sie schrie dabei, ein wilder gutturaler Laut, geboren aus Furcht und Zorn. Sie sah ihn vor ihren Füßen zu Boden gehen, während ihr Finger am Abzug blieb. Messinghülsen regneten herab und sammelten sich um sie herum auf dem Boden. Sie glaubte, neben sich zu stehen, sich selbst zuzusehen. Sie sah das Mündungsfeuer aus dem Lauf schlagen und hörte sich selbst schreien. Sie brachte den Tod über die Männer, die sich aus ihren Decken befreien wollten. Sie sah sich dabei zu, wie sie ein weiteres Magazin auswarf und nachlud. Sie feuerte weiter. Neben ihr nahm Nick den Raum unter Feuer. Die Mündungsblitze erhellten die Szenerie wie die Stroboskope in der Diskothek des Teufels. Körper richteten sich auf und fielen wieder, drehten sich wie in einem grotesken Tanz, wenn die Kugeln sie trafen. Dann wurde es still. Der Geruch von Kordit hing schwer im Raum. Körper lagen über den Boden verstreut.

Zerfetzte Decken färbten sich dunkel, als rote Lachen sich um sie herum ausbreiteten.

Einer der Körper bewegte sich noch. Nick feuerte eine letzte Salve. Der Körper bewegte sich nicht mehr. Wie ein schlimmer Tag in einem Schlachthaus. Selena beugte sich nach vorn und übergab sich.

Kapitel 55

Stephanie und Lamont hörten alles aus der sicheren Umgebung ihres Büros mit. Erst Nicks leise Stimme. Die Stille, gefolgt von der Explosion der Blendgranate. Das Gebrüll und die Schreie. Das Dauerfeuer der Maschinenpistolen.

»Himmel nochmal«, keuchte Lamont.

»Was ist das für ein Laut?«, fragte Stephanie.

»Selena. Sie brüllt.« Der Schrei war furchterregend. Sie sahen einander an. Das Bleigewitter war zu Ende. Es entstand eine kurze Pause. Dann kam noch ein kurzer Feuerstoß aus einer MP-5. Jemand würgte erstickt.

»Nick, kommen.«

»Ich höre, Steph.«

»Wie ist euer Status?«

»Ein Vipernnest weniger. Ronnie ist am Boden. Warte kurz.«

Sie warteten. Wenig später hörten sie Nick und Ronnie reden.

»Es geht ihm gut.« Nicks Stimme ertönte durch die atmosphärischen Störungen auf dem Satlink. »Hat was auf den Schädel gekriegt.«

»Sag ihm, dass man bei ihm da nicht viel kaputtmachen kann«, rief Lamont.

»Na herzlichen Dank auch, Shadow.« Ronnies Stimme klang noch ein wenig rau. »Wünschte, du wärst auch hier.«

»Was habt ihr entdeckt, Nick?«

»Ich zähle dreiundzwanzig Assassinen, bei Kampfhandlungen getötet. Sie glaubten, sie wären hier oben sicher. Wurden leichtsinnig. Großer Fehler und unser Glück.«

»Ist die Bombe da?«

»Keine Ahnung, Steph. Über uns ist noch ein Stockwerk. Wir gehen rauf, Over.«

Ronnie hatte seine Waffe auf das Treppenhaus am anderen Ende des Raumes gerichtet. Die Stufen waren schmal und steil. Sie verschwanden durch eine Öffnung in der Decke. Carter sah sich die Treppe an. »Da oben könnte noch jemand sein. Das verdammte Ding ist kaum mehr als eine Stiegenleiter. Ich könnte auf halber Höhe eine Blendgranate durch die Öffnung werfen. Dann gehe ich rauf.«

»Du bist zu groß.«

Carter wandte sich um und sah Selena an. »Was willst du denn damit sagen?«

»Du bist zu breit und zu langsam. Ich bin kleiner und schneller. Ich bin in der Hälfte der Zeit dort oben.«

Carter sah Ronnie fragend an. Der zuckte mit den Achseln. »Sie hat recht. Bei ihr geht es schneller.«

Der Kopfschmerz kam spontan, eine Welle weißglühenden Schmerzes. Nick taumelte, fing sich aber wieder.

»Bist du in Ordnung?«

»Ja, alles gut.« Der Schmerz war zu einem stetigen Pochen geworden. »Also gut. Aber pass' auf, dass dir die Blendgranate nicht wieder entgegenkommt.«

»Ich hab einen guten Wurfarm.«

»Wir sind hier nicht im Profi-Baseball. Also keine Heldentaten.«

Selena machte die Granate scharf. »Keine Sorge.« Gut, dass ihre Hand nicht zitterte. Sie ging zum Fuß der Treppe und kletterte zügig nach oben. Die dunkle Öffnung kam näher. Wenn jemand da oben war, dann würde er jetzt versuchen, sie zu töten. Sie schob die Granate durch die Öffnung, legte die Hände auf die Ohren, schloss die Augen und sah nach unten. Sie hoffte, dass keiner sie zu ihnen zurückwarf. Selbst hinter geschlossenen Augenlidern sah sie das grellweiße Licht. Die Stufen erbebten. Von oben traf sie ein Schwall Luft, Staub rieselte auf sie herunter.

Selena rannte die schmalen Stufen hinauf und sprang in den letzten Raum. Niemand war dort. »Sauber«, rief sie nach unten. Sie hörte Stiefel auf der Treppe. Der Raum war ein Kommunikationszentrum im Kleinformat. Die Einrichtung bestand aus einem Tisch und einem Stuhl. Auf dem Tisch lag ein schwarzes Logbuch, vollgekritzelt mit verschiedenen Frequenzen und codierten Einträgen.

»Hood würde das hier wohl gern sehen.« Nick schob es in seine Jacke.

Ein kleiner, hochwertiger Satellitenempfänger stand auf dem Tisch, verbunden mit einem Laptop. Das machte Sinn, da sie auf den Fotos eine Satellitenschüssel gesehen hatten. Nick vermutete, dass sie sie nicht zum Fernsehen verwendet hatten. Aber es gab rein gar nichts, was nach einer Sechs-Kilotonnen-Kernwaffe aussah.

»Ronnie, schnapp' dir die Satelliteneinheit. Selena, du nimmst den Computer mit.«

Sie verstauten die Sachen in ihren Rucksäcken. Nick sah sich ein letztes Mal um. »Steph, hier ist keine Bombe. Wir machen uns auf den Weg. Ruf unsere Abholung.«

»Verstanden.«

Das Team ging die Treppe hinunter und durch den totenstillen Schlafraum. Der Geruch von Blut und Eingeweiden verpestete die Luft. Sie erreichten die Haupthalle, umgingen den Stolperdraht und traten hinaus auf den Hof.

»Lasst die Tür offen«, sagte Nick, »damit die Kälte reinkommt.«

Schneefall hatte eingesetzt, die Art Schnee, die schnell kam und liegen blieb. Es wurde hell.

»Nick?«

»Ja, Lamont.«

»Wir haben ein Problem.«

Kapitel 56

»Wo liegt denn das Problem?«

»Eigentlich sind es zwei. Da kommt gerade eine Kompanie des pakistanischen Militärs die Schlucht rauf. Sie sind noch acht Klicks entfernt. Die suchen wohl nach euch.«

»Und woher zum Teufel wissen die, wo wir sind?«

»Spielt das eine Rolle? Vermutlich ein Leck in Langley.«

»Und das zweite Problem?«

»Taliban. Sind zwischen euch und dem Abholpunkt, auf pakistanischer Seite. Aber ich glaube nicht, dass sie von euch wissen. Ist einfach nur Pech. Sieht so aus, als wollten sie ein Lager aufschlagen. Der Schnee macht es auch nicht leichter, die Übersicht zu behalten.«

Nick blickte hinauf in das Schneegestöber. »Könnte uns dabei helfen, an den Taliban vorbeizuschleichen.«

»Was passiert, wenn das Militär hier eintrifft?« Selena zeigte auf das Gebäude. »Die werden nicht glücklich sein, wenn sie das zu sehen bekommen.«

»Sie werden nichts finden.«

»Was soll das heißen?«

»Ich fordere einen Luftschlag an. Es wird kein Gebäude und keine Leichen mehr geben. Wir dürfen nichts zurücklassen.«

»Dann sollten wir uns in Bewegung setzen«, sagte Selena.

Nick sprach in sein Mikro. »Lamont, gib uns zehn, um

von hier abzuhauen, und fordere dann eine Reaper-Drohne an. Jagt alles hoch, bevor die Pakistanis eintreffen. Fünfhundert Pfund sollten genügen.«

»Verstanden.« Lamont wusste, wie so etwas ablief. »Ich wünschte, ich wäre bei euch.«

»Klar doch. Halte die Verbindung offen und besorg' uns eine Abholung.«

»Verstanden.«

Das Team schulterte die Waffen und begann am Seil zum Vorsprung hinaufzuklettern. Auf die Landezone zu und in Sicherheit. Und in Richtung der Taliban.

Kapitel 57

Merlin saß vor seinen Monitoren im Kontrollzentrum an der Creech Luftwaffenbasis in Nevada. Außerhalb seines Arbeitsplatzes war Merlin bekannt als First Lieutenant Zachary Tillson. Doch hier im Ops war er einfach nur Merlin. Tillson liebte seinen Job. Merlin, der Magier. Der Mann, der Zauberer, der alles in einer Rauchwolke verschwinden lassen konnte. Es war, als ob man Gott spielen durfte. Tillson hatte einen Joystick in der Hand, die Hightech-Version für Kriegsspiele. Dieser Stick kontrollierte eine MQ-9 Reaper-Drohne, eines der besten unbemannten Waffensysteme der Welt.

Der Stick war sein Zauberstab und er der Zauberer. In der ausgesuchten Gruppe von Profis, die die Drohnen fliegen durfte, war Tillson dafür bekannt, der Beste mit der Reaper-Drohne zu sein. Es brauchte schon eine Menge Übung, um diesen Vogel steuern zu können. Die Luftströmungen und die unberechenbaren Winde in großer Höhe benötigten eine sichere Hand, um in diesem Teil der Welt auf Kurs zu bleiben. Die Reaper war kein Modellflugzeug aus dem Bastlerladen. Sie hatte einen 950PS Turbomotor und erreichte damit 260 Knoten. Sie hatte eine Reichweite von 1600 Kilometern und konnte dreimal so viele Waffensysteme tragen wie ihr älterer Bruder, der Predator. Eines dieser Waffensysteme war eine monströse

500-Pfund-Paveway-Bombe, eigentlich für spezielle Ziele reserviert. Die Reaper hatte außerdem Hellfire-Raketen und andere nützliche Spielzeuge, sodass sie ihrem Namen alle Ehre machte.

Die Reaper verfügte über eine Kombination aus Infrarot- und Satellitensensoren, dazu hochauflösende Kameras, die präzise ein Ziel von der Größe eines Volkswagens aus 6.000 Metern Höhe anvisieren konnten. Oder einen Menschen. Ein komplexes Sicherheitssystem stellte sicher, dass es keine versehentlichen Auslöser oder Sonntagsschüsse gab.

Tillson hatte ein Missionsziel bekommen. Er war von der Bagram Airbase aus aufgestiegen und sein Vogel befand sich mittlerweile über Pakistan. Er sah zu, wie die Drohne über das schroffe Gebirgsmassiv des Hindukusch hinwegflog. Die Kameras übertrugen Bilder von der Landschaft unter ihr. Sein Ziel befand sich am Ende einer Schlucht. Der Schneefall sorgte für eine schlechte Sicht, aber auf den Infrarotsensoren zeichnete sich deutlich sichtbar die Wärmesignatur des Zielobjekts ab. Null Problemo. Tillson erkannte drei weitere Wärmesignaturen. Körper, die sich nach Westen bewegten. Sie waren bereits zwei Klicks von der Zielzone entfernt. Gehörte nicht zu seiner Aufgabe. Aber Tillson sah auch, dass die drei sich auf eine Gruppe weiterer Wärmesignaturen zubewegten, die westlich von ihnen waren.

Er zog den Joystick zurück und drosselte den Motor, sodass die Drohne an Höhe verlor und der Schlucht nach

Norden folgte. Die Wärme, die vom Ziel ausging, machte es leicht. Ein Kinderspiel. Seine Anzeigen meldeten, dass das Ziel erfasst worden war. Er sprach in sein Headset. »Viktor eins, Ziel wurde erfasst.« Viktor eins war sein Kontrolloffizier.

»Verstanden, Merlin. Freigabe für den Angriff wird erteilt.«

»Verstanden. Habe Freigabe. Abwurf in drei, zwei, eins …« Tillson drückte den Knopf.

Die Reaper hob die Nase, als sich das Gewicht der Bombe von ihr löste. Tillson kompensierte und schaltete den Autopiloten an. Die Paveway war lasergelenkt und befand sich somit weiterhin unter seiner Kontrolle. Durch die Kamera in ihrer Nase sah Merlin, wie die Bombe auf das Gebäude zusteuerte. Schien so eine Art Kloster zu sein. Er machte kleinere Korrekturen, zielte auf die offene Tür des Bauwerks. Es wurde schnell größer. Dann wurde der Bildschirm schwarz. Von der Drohne aus sah Merlin einen hellen, weißen Lichtblitz über dem Gelände.

»Viktor eins, Ziel wurde vernichtet«, sagte Tillson in sein Headset.

»Verstanden, Merlin. Gute Arbeit.«

Tillson lehnte sich in seinem Stuhl zurück und nahm sich eine Handvoll M&M, die er in einer Schale neben seinem Computer aufbewahrte. Ein Tag wie jeder andere.

Kapitel 58

Nick und seine Begleiter waren schon lange von dem Vorsprung herunter und auf dem Weg nach Osten, als sie die Explosion hörten. Der fallende Schnee erhielt durch den Lichtblitz kurzfristig einen Orangeton. Dann war es vorbei. Vor ihnen lag ein grauer, verschneiter Morgen. Es waren schon mehr als fünf Zentimeter gefallen, seit sie von dem Vorsprung heruntergeklettert waren. Der eisige Wind wirbelte das Schneegestöber um sie herum und trieb ihnen feine Eiskristalle ins Gesicht. Manchmal konnten sie ein paar Meter weit sehen, doch meist sah Nick nur Selena und Ronnie, die direkt neben ihm waren. Er sah prüfend auf sein GPS. Ohne das Gerät hätten sie sich vermutlich hoffnungslos verirrt. Aber das GPS konnte ihnen nicht helfen, wenn sie in das Lager der Taliban hineinstolperten. Er rief Lamont an.

»Ihr seid fast bei ihnen, Nick. Ihre Signaturen sind schwach, aber wir haben sie lokalisiert. Ihr seid ein Stück von ihrer linken Flanke entfernt. Ich zähle vierzehn Personen. Sieht so aus, als hätten sie Tiere dabei, vermutlich Ziegen. Sie hocken eng beieinander, um sich warmzuhalten.«

»Wie sieht es mit unserer Evakuierung aus?«

»Alle Flüge sind am Boden. Sobald ihr an den Kerlen vorbei seid, geht zur Landezone und macht es euch dort bequem. Am Nachmittag soll es aufklaren.«

»Verstanden, wir ...« Nick konnte den Satz nicht beenden. Eine Gestalt erschien ein paar Meter vor ihnen im Schneetreiben. Er fummelte vorn an seinem Umhang herum. Gelbe Flecken im Schnee zeugten von seiner letzten Tätigkeit. Ein schmutziger Turban war unordentlich um seinen Kopf gewickelt. Er hatte einen Vollbart, eine AK-47 und eine sehr laute Stimme. Als er sie sah, brüllte er eine Warnung. Ronnie erschoss ihn, als er seine AK hob. Der Mann fiel rücklings in den Schnee, seine Schüsse gingen in die Luft. Danach brach die Hölle los.

»Runter!«, schrie Carter. Sie warfen sich auf den Boden. Gebrüll und das Rattern von AKs erklang direkt vor ihnen. Nick erstarrte.

Er ist wieder auf dem Marktplatz. Er kann sich selbst riechen, seine Furcht. Er hält sich von den Wänden fern. Ein Kleinkind schreit. Die Straße ist menschenleer. Männer erscheinen und beginnen sofort zu schießen. Dutzende AKs versuchen ihn zu töten, Kugeln sind überall. Die Marktstände explodieren in einer Wolke aus Holzsplittern und Gips, Steinsplitter fliegen aus den Einschlägen in den Hauswänden. Er duckt sich in einen Türeingang. Ein Kind rennt schreiend auf ihn zu und wirft eine Granate, als Nick auf es schießt. Der Kopf des Jungen verschwindet in einem roten Geysir. Die Granate schwebt langsam auf ihn zu ... alles wird weiß ...

»Nick.« Ronnie schüttelte ihn. »Nick.«

Aus der Helligkeit wurde langsam fallender Schnee.

»Ja. Mir geht es gut.« Seine Kopfschmerzen waren wieder da. »Handgranaten.« Er wandte sich Selena zu.

»Erinnerst du dich, wie ich dir beigebracht habe, wie man eine Handgranate benutzt, nur für den Fall?«

»Klar.«

»Gut, denn das ist der Ernstfall.« Er holte eine Granate aus seinem Beutel und zog den Sicherungsstift. Den Bügel hielt er fest. Er ließ den Bügel los und erhob sich auf die Knie. Kugeln pfiffen über ihn hinweg. Die Taliban schossen blind ins Schneetreiben hinein. Er holte aus und warf die Handgranate in hohem Bogen auf die Stelle, wo er die Sturmgewehre hörte. Ronnie und Selena folgten seinem Beispiel. Dann warfen sie sich in den Schnee.

Die Explosionen erschütterten die kalte Morgenluft. Schreie durchdrangen den Schneeschleier.

»Los!« Carter sprang auf die Füße und rannte auf die Schreie zu, blindlings feuernd, mit der MP-5 auf Hüfthöhe. Er stolperte über den Kadaver einer toten Ziege und fiel der Länge nach in den Schnee. Er stand auf und rannte weiter. Ein Umriss erschien vor ihm. Er schoss auf einen Mann, der aus den Ohren blutete, bevor der seine AK heben konnte. Er erledigte einen weiteren Mann. Er hörte Ronnie und Selena feuern, das klar erkennbare Knattern ihrer Waffen kontrastierte mit dem Stakkato der wenigen AKs, die noch schießen konnten. Carter sah Selena fallen.

Etwas in seinem Bauch krampfte sich zusammen. Er sah alles wie durch einen roten Schleier. Er stürmte auf den Mann los, der auf sie geschossen hatte und schwang sein MP-5 wie einen Knüppel. Er brachte den Mann zu

Boden, bevor der auch nur einen weiteren Schuss abgeben konnte. Nick schlug ihn wieder und wieder. Und wieder. Er drosch auf seinen Kopf ein, holte weit mit seiner Waffe aus und wollte noch einmal zuschlagen, als Ronnie ihm in den Arm fiel.

»Er ist tot, Nick.«

Carter zögerte, die MP-5 verharrte in der Luft. Er sah sich um. Der rote Schleier wich. Er sah auf den Mann zu seinen Füßen hinunter. Sein Gesicht war verschwunden. Wo es gewesen war, war nur noch blutiger Brei. Es fielen keine Schüsse mehr. Er sah nach links. Selena lag mit dem Gesicht nach unten. Sie bewegte sich nicht. Ihren Helm hatte sie verloren. Schnee fiel auf ihr rotblondes Haar. Sein MP-5 war verbogen und blutverschmiert. Nick ließ die nutzlose Waffe fallen und rannte zu ihr. Er drehte sie um und wischte ihr den Schnee aus dem Gesicht. Ein Blutfaden rann aus ihrem Mundwinkel. Er beugte sich zu ihr hinunter. Sie atmete noch. Schwere, keuchende Atemzüge. Es waren drei Löcher im Brustteil ihrer Weste, wo die Kugeln sie getroffen hatten. Die Schutzweste hatte ihr das Leben gerettet, aber sie war in Schwierigkeiten.

»Selena. Selena, rede mit mir.« Keine Reaktion. Er schob ihre Augenlider hoch. Sie blickte ins Leere, eine Pupille war größer als die andere. »Wie weit bis zur LZ?«

Ronnie sah auf sein GPS. »Etwa zwei Klicks.«

»Schnapp' dir ihre Ausrüstung. Rufe an und sorge dafür, dass ein Sani in diesem Hubschrauber sitzt. Ich werde sie tragen.«

Carter nahm Selenas schlaffen Körper auf seine Arme und stand auf. »Du gehst vor, Ronnie. Und los.«

Sie trabten los. Carter trug Selena an seiner Brust. Er lief, so schnell er konnte. Zweimal stolperte er auf dem trügerischen Untergrund, fing sich aber wieder. Einmal stürzte er, aber es gelang ihm, so zu landen, dass Selena oben war. Seine Arme wurden schwer. Seine kaputte Schulter brannte wie Feuer. Sein Rücken schickte Schmerzschauer bis in seine Beine hinein. Er hatte nur Augen für Selena und betete, dass sie überleben würde. Warum wachte sie nicht auf?

Etwas mehr als eine Stunde später erreichten sie den Evakuierungspunkt. Nick sank zu Boden, wobei er sie weiter in seinen Armen hielt. Ihr Kopf ruhte an seiner Schulter. Sie war immer noch ohne Bewusstsein. Ihr Atem ging flach und gequält.

»Sie hat ganz schön was abgekriegt«, sagte Ronnie. »Ist, als würde man von einem Auto angefahren. Mit Sicherheit ein paar angeknackste Rippen.«

»Bist du jetzt auch schon Arzt, Ronnie?« Nick war wütend. Auf sich selbst, auf die Taliban, auf Gott und weil er sich so hilflos fühlte. Aber Ronnies Schuld war es nicht.

»Ich sag ja nur …«

»Schon gut. Tut mir leid.« Er sprach in sein Mikrofon. »Lamont, wo bleibt der verfluchte Heli?«

»Der Himmel über Bagram klart auf. Sie heben gerade ab. Halte durch, Amigo.«

Es wurde bereits dunkel, als sie endlich Rotorengeräusche hörten. »Selena.« Nick beugte sich zu ihr herunter und flüsterte ihr zu: »Bleib bei mir. Der Hubschrauber ist da.« Und dann sagte er: »Verlass mich nicht.«

Kapitel 59

Lucas Monroe sah Hood dabei zu, wie er zwei Gläser Talisker Single Malt einschenkte. Pur, ohne Eis natürlich. Die Gläser waren aus massivem Waterford-Kristall. Der DCNS kam zum Tisch zurück und reichte Monroe eines der Gläser. Er setzte sich. »Das war gute Arbeit in Italien«, sagte Hood.

»Danke, Sir. Eine hässliche Sache.«

»Die Italiener sind stinksauer, aber sie haben keine Beweise. Ich habe einen neuen Auftrag für Sie. Haben Sie sich redlich verdient.«

»Wie sieht mein neuer Job aus?«

»Sie arbeiten direkt für mich. Ich möchte, dass Sie mein Verbindungsmann zu einer anderen Agency hier in Washington sind.« Monroe wartete ab. Es war besser, keine Fragen zu stellen. Hood würde ihm schon erzählen, was er wissen musste. »Sie haben doch schon vom PROJECT gehört. Sie haben zwei ihrer Mitarbeiter in San Diego getroffen.«

»Die Truppe des Präsidenten? Haben uns in der Vergangenheit einige Probleme bereitet.«

»Ja, das haben sie. Sie genießen das Vertrauen des Präsidenten. Und dass sie häufiger richtig als falsch liegen, macht es auch nicht besser. Wir sind zu groß und zu arrogant geworden, Lucas.«

Es entging Monroe nicht, dass Hood ihn mit Vornamen ansprach, ebenso wenig wie die Kritik. Ein Schuss vor den Bug des DCI. Hood klopfte ihn ab. War es ein Trick? Ein Test, um seine Loyalität zu prüfen?

»Ich bin im Außendienst. Ich mache nichts anderes. Und ich tue, was mir gesagt wird. Manchmal mache ich mir so meine Gedanken, aber es steht mir nicht zu, die Dinge infrage zu stellen.«

»Sie haben Ihre Gedanken immer für sich behalten.«

»Immer. Die Leute reden mit mir, weil sie wissen, dass ich nichts davon weitergebe. So war es schon, bevor ich der Company beigetreten bin.«

»Und Sie sind Afroamerikaner. Muss Sie zur Diskretion gezwungen haben. Ein unangenehmer Nebeneffekt unserer nicht ganz perfekten Gesellschaft.«

Monroe behielt seine Meinung dazu für sich. Hood wusste nichts darüber, wie es war, als Schwarzer in Amerika zu leben.

»Ihre Akte ist makellos, Lucas. Sie hätten längst Karriere machen sollen, aber Außendienstler von Ihrem Kaliber sind schwer zu finden.«

Monroe zeigte keine Regung. Er nippte an seinem Whisky. Eine Menge Lob. Worauf lief das hinaus?

»Sie haben von den Attentaten gehört? Von den schiitischen Killern?«

»Das hat doch jeder, Direktor Hood.«

»Das PROJECT hat ihre Heimatbasis eliminiert. Absolut jeder suchte nach ihnen und das PROJECT hat sie gefunden. Oder zumindest die Informationen, die zu ihnen führten. Dann sind sie da reingegangen und haben sie aus dem Verkehr gezogen. Zu dritt. Normalerweise hätte man zwei komplette SEAL-Teams geschickt. Sie sind mobiler, als wir es sind. Sie sind engagiert, zäh und clever. Ich will herausfinden, was sie so verdammt effizient macht, während wir unseren Arsch nicht mehr hochbekommen.«

Monroe nickte. Jetzt hatte er verstanden. »Sie wollen, dass ich sie beobachte und beurteile.« Nur eine andere Umschreibung für *ausspionieren.*

»Genau. Ich wusste, dass Sie es verstehen würden. Im Geiste dieser Zusammenarbeit wurden Sie vom Präsidenten informiert, dass er wünscht, dass sie mit uns kooperieren. Sie werden erwartet.« Hood leerte seinen Whisky. »Ich erhöhe Ihre Sicherheitsfreigabe auf Alpha.«

Lucas war überrascht. Die zweithöchste Sicherheitsfreigabe, gleich nach der Chefetage, die über eine Alpha-Black-Freigabe verfügte.

»Da ist noch etwas, dass Sie wissen sollten«, sagte Hood nach einer bedeutsamen Pause. »Eine Sechs-Kilotonnen-Atombombe befindet sich in den Händen dieser Terroristen. Das PROJECT hatte uns mitgeteilt, dass sie sich in Seattle befinden könnte. Oder gewesen ist, bis diese Assassinen sie der al-Qaida für ihre eigenen Zwecke abjagten.«

Lucas Gesicht blieb ausdruckslos. Doch innerlich war er wie betäubt.

»Und wir wissen nicht, wo sie ist.« Das war keine Frage, eher eine Aufforderung. »Richten Sie sich in Ihrem neuen

Büro ein. Sie bekommen einen Schreibtisch im Sechsten.« Hood reichte Monroe eine codierte Zugangskarte und eine neue ID. »Morgen gehen Sie dann rüber zum PROJECT. Alle Berichte gehen direkt an mich. Ich will, dass Sie ihre Methoden und ihre Mitarbeiter evaluieren. Sie haben die Assassinen gefunden. Vielleicht kriegen sie auch heraus, wo sich diese verdammte Bombe befindet.«

Kapitel 60

Sie driftete durch eine Welt aus Bewegung, ohne Sinn und Verstand. Das Atmen fiel ihr schwer. Es gab Geräusche, Vibrationen. Heiße und kalte Luft. Stimmen in der Ferne. Einmal glaubte sie, Nick zu hören. Er sagte, er würde gehen. Sie entschied, dass sie träumte. Aber warum wurde sie herumgeschubst und getragen? Warum konnte man sie nicht einfach in Ruhe lassen? Sie war so müde. Sie wollte einfach nur schlafen …

Selena öffnete ihre Augen.

Das Neonlicht im Raum war grell. Die Luft roch nach Desinfektionsmitteln. Die Wände waren blassblau. Sie starrte zur Decke hinauf und versuchte sich an etwas zu erinnern. Sie erinnerte sich, im Schnee gestanden zu haben, eine heiß geschossene MP-5 in ihren behandschuhten Händen, schreiende Männer und die Geräusche von Gewehrfeuer. Dann hatte etwas sie getroffen. Danach war nichts. Sie war aufgewacht. Sie war in einem Krankenhausbett. Sie hing an einem Tropf, nein, an zwei. Einer in ihrem Arm, der andere im Handrücken. Ihre Brust tat weh. Sie drehte den Kopf und Schmerzen jagten ihre Wirbelsäule hinunter.

Nick saß schlafend in einem Stuhl neben ihrem Bett, sein Gesicht war zerfurcht vor Erschöpfung und Sorge. *Er braucht eine Rasur*, dachte sie.

Sie erinnerte sich an einen wütenden Mann mit Turban, der eine AK auf sie richtete. Ihr wurde klar, was geschehen war. Sie war angeschossen worden. Warum war sie nicht tot? Die Schutzweste, fiel ihr ein. *Die Weste hat mich gerettet.* Aber wie war sie hierher gekommen?

Nick öffnete die Augen. Sie waren gerötet. Er sah sie an. »Selena, Gott sei Dank.«

Sie versuchte zu sprechen und musste husten. Ihre Stimme war nur ein mühsames Krächzen. »Was ist passiert?«

»Du wurdest getroffen. Deine Weste hat dir das Leben gerettet. Wir haben dich zur LZ gebracht und jetzt bist du in einem Krankenhaus in Bagram. Du hast vier gebrochene Rippen. Die kinetische Energie hat eine deiner Lungen kollabieren lassen, aber das haben sie in Ordnung gebracht. Du warst für Stunden ohne Bewusstsein.« Er lächelte. »Du hast ein paar spektakuläre Blutergüsse.«

»Wo denn?«

»Sagen wir doch einfach, deine Brüste sehen aus wie Auberginen.«

»Immer charmant, Nick. Keiner kann so mit Worten umgehen wie du.«

»Das macht meine irische Herkunft«, sagte er. »Ich kann nichts dafür.«

»Ich erinnere mich. Der Kerl, der auf mich geschossen hat. Was ist mit ihm?«

»Er wird auf niemanden mehr schießen.«

Kapitel 61

Lucas Monroe konnte kaum glauben, was diese Leute geleistet hatten. Das Ausschalten der Basis der Assassinen war nur die letzte Mission in einer langen Kette schwieriger Einsätze gewesen. Er kannte Nick und Selena, den anderen begegnete er zum ersten Mal. Stephanies Büro wirkte wie die mobile Ambulanz eines Krankenhauses. Der andere Afroamerikaner, ein Mann namens Cameron, trug einen Arm in Gips. Selena stand offensichtlich unter Schmerzmitteln, obwohl Lucas zugeben musste, dass sie es sich kaum anmerken ließ. Carter sah aus, als müsste er sechs Monate Schlaf nachholen. Er bewegte sich wie eine Handpuppe. Lucas vermutete, dass es sein Rücken war. Nur der Indianer schien unverletzt. Aber vermutlich stimmte auch mit ihm irgendetwas nicht.

»Jetzt haben Sie alle kennengelernt.« Stephanie sah zu Monroe hinüber. »Warum erzählen Sie uns nicht, warum Sie hier sind?«

Monroe gab sich keinen Illusionen hin. Hätte er in ihren Schuhen gesteckt, wäre er auch misstrauisch gewesen. So, als hätte man gerade versucht, ihm die Golden Gate Bridge anzudrehen. »Direktor Hood ist von Ihren Resultaten beeindruckt. Mein Job ist einfach erklärt. Zumindest denke ich das. Hood will, dass ich Ihre Arbeitsweise studiere und herausfinde, wie Sie so schnell Ergebnisse erzielen. Woher zum Beispiel wussten Sie, dass Bausari nach Seattle unterwegs war, wo sich die Terroristen in Mali aufhielten oder wohin sie danach fahren wollten? Wir hatten dieselben Satellitendaten zur Verfügung, mehr Rechenleistung und ein ganzes Gebäude voller Analysten. Aber uns sind diese Dinge entgangen.«

»Das stimmt. Ihr habt es verpennt. Lucas, ich darf Sie doch Lucas nennen?«

»Bitte.«

»Lucas, unsere Beziehungen zu Langley waren bisher lausig. Schlimmer noch, sie waren katastrophal. Der Präsident wünscht unsere Zusammenarbeit, aber wir wissen doch beide, dass es hier um etwas anderes geht. Wenn Sie wollen, dass wir kooperieren, dann müssen Sie uns reinen Wein einschenken.«

Direkt zum Punkt, ohne Umwege oder höfliche Floskeln. Monroe wusste, dass ihre eigentliche Direktorin sich noch von einem Kopfschuss erholte. Es war ihm bereits aufgefallen, dass Stephanie eine Glock trug. In ihrem eigenen Büro, trotz massiver Sicherheitsmaßnahmen. Verdammt, der Wachdienst war hier mindestens so gut wie der in Langley. Diese Leute hatten allesamt Einsatzerfahrung, genau wie er. Er musste sie einfach mögen. Er entschied sich für die Wahrheit, jedenfalls zu einem Großteil.

»Sie verstehen, dass das jetzt rein inoffiziell ist. Nur meine persönliche Meinung. Meine Einschätzung der Lage.«

Stephanie nickte. »Ganz inoffiziell.«

»Der DCI hat ein paar schlechte Entscheidungen getroffen. Er steht unter großem Druck. Ihr habt uns schlecht aussehen lassen. Ihr versteht schon: Wie schafft eine so kleine Gruppe das? Wir sind die gottverdammte CIA und ihr lasst uns wie Amateure aussehen. Ich denke, die Tage von Lodge sind gezählt.« Monroe war jetzt praktisch kurz davor, alle Brücken hinter sich abzubrechen. »Hood will seinen Job. Er hat mich immer unterstützt. Ich schulde ihm was. Und er wird langsam alt. Wenn er noch aufsteigen will, dann muss es bald geschehen. Also schickt er mich hierher und sagt, ich soll herausfinden, wie Sie die Dinge regeln. Deshalb bin ich hier.«

»Um dafür zu sorgen, dass Hood der nächste DCI wird. Und um Ihre eigene Karriere am Laufen zu halten«, fügte Stephanie nach einer Pause hinzu.

Monroe schwieg. Er musste auch gar nichts sagen.

»Wie denkst du darüber, Nick?« Stephanie spielte mit ihrem Armband.

»Ich hätte Hood lieber an der Spitze von Langley als Lodge. Wenn Lucas dafür sorgt, dass das passiert, dann bin ich dabei.«

»Selena?«

»Hood hat uns nach Pakistan rein und wieder raus gebracht. Hat sein Wort gehalten. Wir sollten ihm eine Chance geben.«

»Ronnie?«

Ronnie grunzte zustimmend.

»Lamont?«

»Ich schulde euch Jungs noch was wegen Khartoum. Ich bin einverstanden.«

»Das war Ihre erste Lektion, Lucas.«

»Was meinen Sie?«

Stephanie machte eine ausholende Handbewegung. »Teamwork. Gemeinschaftliche Entscheidungen. Wir stehen alle auf derselben Seite und arbeiten gemeinsam. Wir erledigen den Scheiß und fertig. Wäre jemand gegen Ihre Anwesenheit gewesen, dann wären Sie jetzt schon draußen. So arbeiten wir. Das können Sie Ihrem Boss ruhig erzählen.«

»Einer für alle und alle für einen?«

»Ganz genau.«

»Als Hood mich rüberschickte, hatte ich nicht erwartet, bei den drei Musketieren zu landen.«

Alle mussten lachen. »Au, das tut noch weh«, sagte Selena.

Kapitel 62

»Wo stehen wir?« Nick massierte seine Schulter. Ein Sturm kam aus dem Mittleren Westen herüber. Bei Einbruch der Dämmerung würde Schnee liegen und die Ringstraße würde zu einer Schlittschuhbahn für Straßenkrieger werden, die glaubten, dass ihr Allradantrieb sie unbesiegbar machte. Carter freute sich nicht unbedingt auf die Fahrt zurück in die Innenstadt.

»Langley hat keine Antworten.« Monroe blickte grimmig. »Es gibt keine Spur von der Bombe, seit die Assassinen sie Bausari weggenommen haben.«

»Wir können jedes Ziel ausschließen, das nicht in einem Ballungszentrum liegt und wo sie keinen großen Schaden anrichten könnte«, sagte Steph.

»Toll. Bleibt nur der Rest des Landes. Praktisch jede größere Stadt.«

»Die Sonnenfinsternis ist morgen.« Selena versuchte es sich auf dem Sofa bequem zu machen. Stephanie hatte Monroe vom Stand der Dinge unterrichtet.

»Wenn wir mit unserer Einschätzung richtig liegen, dann bleibt uns nicht mehr viel Zeit.«

»Was ist mit dem FBI?« Die Frage kam von Carter. »Haben sie was für uns?«

»Nada. Keiner hat irgendetwas gehört oder gesehen, als Bausari getötet wurde.«

»Was wäre ihnen eine Atombombe wert?« Nick zupfte an seinem Ohr. »Wir können nicht überall sein. Verdammt, die könnten genauso gut Kansas City auswählen, weil sie keine Steaks mögen. Oder Philly, wegen seiner symbolischen Bedeutung. Oder Boston. Oder New York.«

»Oder sie machen es direkt hier in Washington«, sagte Monroe. »Mehr Sehenswürdigkeiten gehen nicht. Der Sitz der Macht. Das Weiße Haus.«

»Er könnte die Bombe in den Kofferraum eines Wagens packen. Keiner würde es merken. Wie soll man jedes mögliche Ziel sichern?«

»Gar nicht.« Selena sah Nick an. »Es wird Zeit, unser Annahme-Spiel zu spielen.«

»Annahme?«, fragte Monroe erstaunt.

Carter erklärte es ihm. »Wir haben ihren Unterschlupf in Mali gefunden, weil Selena einige alte Manuskripte übersetzte und die passenden Hinweise entdeckte. Wir gingen von der Annahme aus, dass sich der LKW mit Bausari in der Gegend aufhielt, und wir wussten, dass der AKIM dort Stützpunkte unterhält. Und dann hatten wir einfach Glück, sofern man von Glück reden kann, wenn man abgeschossen wird.«

»Und dann?«

»Wir entdeckten den Laster wieder, als er Richtung Westen fuhr, und verloren seine Spur erneut. Wir vermuteten, dass sie zur Küste wollten. Wir gingen nach Mauretanien und machten wieder ein paar plausible Annahmen. Eigentlich war es ein logischer Prozess der Eliminierung.

Wir entschieden uns, nach Norden zu gehen, und hatten wieder das Glück auf unserer Seite. Steph konnte sie aufstöbern. Aber Bausari war schon weg, als wir eintrafen.«

»Und?«

»Dann sind die Jungs von J. Edgar Hoover auf Hemmings und die Moschee gestoßen. Sie kennen die Geschichte. Wieder Glück gehabt.«

Monroe nickte.

»Hemmings hörte, wie Bausaris Männer über die Fahrt nach Norden sprachen. Nachdem wir das mitgeteilt bekamen und wussten, dass Bausari todkrank ist, gingen wir davon aus, dass er nicht ins Inland wollte. Ihm lief die Zeit davon. Wieder eine Kette der Eliminierung. Wir kamen auf Seattle und gaben das weiter. Aber da hatte schon jemand Bausari einen Kopf kürzer gemacht und ihn aus dem Rennen genommen.«

Selena musste an das Foto mit den drei kopflosen Terroristen denken. Sie sah Nick böse an. »Ich kann nicht glauben, dass du das jetzt gerade wirklich gesagt hast.«

Nick zuckte nur mit den Achseln.

»Das war also alles nur geraten?« Monroe konnte es nicht fassen.

»Kein Ratespiel.« Selena hatte sich Monroe zugewandt. »Deduktive Methoden. Wie Sherlock Holmes.« Sie warf einen Blick zu Stephanie hinüber. »Genau wie mit Pakistan. Meine Nachforschungen in Mali führten uns zur Basis der Assassinen. Und das führte zu weiteren Schlussfolgerungen. Langley hat mit uns kooperiert und so den genauen Standort ermittelt. Wir gingen rein, aber die Bombe war nicht da.«

Stephanie sagte: »Was wir dort gefunden haben, ließ einen Großteil ihres Netzwerks auffliegen, aber es ließ keine Rückschlüsse auf den Verbleib der Bombe zu. Allerdings wurde ihr Imam erwähnt.«

Eine interessante Frau, dachte Monroe. *Sie ist clever und macht was her. Kein Ehering. Sie ist Single.* Er betrachtete sie länger als nötig. Sie erwiderte seinen Blick, und da war etwas zwischen ihnen, eine animalische Anziehung. Monroe versuchte sich wieder aufs Thema zu konzentrieren. »Welcher Imam?«

»Sein Name ist Hassan i Sabbah. Er nahm den Namen des ursprünglichen Gründers der Hashashin an. Er glaubt, eine persönliche Verbindung zum Mahdi zu haben.«

»Genau wie Bausari.«

»Sabbah ist anders. Er hat Visionen, schon seit Jahren. Seine Jünger denken, er hätte dadurch einen direkten Draht zu Allah. Er glaubt das auch. Wir vermuten, er leidet unter Halluzinationen. Vielleicht ein Hirntumor, wenn wir Glück haben.«

Monroe blickte auf seine Schuhe hinunter. Als wäre er gerade in etwas hineingetreten. »Ein religiöser Fanatiker mit einer Atombombe, der glaubt, dass sein Gott zu ihm spricht.«

»Auf den Punkt gebracht.« Für einen Augenblick war es sehr still.

»Also schön«, sagte Selena, »dann nehmen wir mal ein paar Dinge an. Betrachten wir die möglichen Ziele und grenzen es ein. Wo würde er zuschlagen, um die größtmögliche Verwirrung zu stiften? Sabbah will das Ende aller Tage im muslimischen Stil einläuten. Wie würde er das anstellen?«

»Er provoziert einen Krieg«, sagte Nick. »Das ist der einfache Teil. Die Bombe geht hoch und die Schießerei geht los. Aber wir hatten erst einen Krieg und Rice konnte ihn gerade noch eindämmen, bevor er nuklear werden konnte. Krieg allein wird ihm nicht reichen, wenn er nicht die ganze Welt mit hineinziehen kann.«

»Ein beängstigender Gedanke.« Ronnie spielte mit seinem Medizinbeutel.

Lamont reckte sich und versuchte es sich mit seinem Gips bequem zu machen. »Wenn das, was wir gerade im Mittleren Osten erleben, ihm noch nicht genug ist, wo soll das dann enden? Will er den Dritten Weltkrieg, wo die Atombomben nur so vom Himmel regnen?«

»Also gut.« Nick blickte in die Runde.

»Annahme Nummer eins wäre, dass Sabbah einen Krieg auslösen will.« Alle nickten. »Annahme Nummer zwei ist, dass er dafür sorgen will, dass die Sache eskaliert. Wie stellt er das an?«

Selena holte tief Luft und zuckte zusammen, als ihre Rippen sich meldeten. »Er könnte die Leute eliminieren, die ihn noch aufhalten können. Wie beispielsweise den Präsidenten.«

»Die Assassinen haben bereits gezielt Leute getötet«, sagte Lucas. »Einen Krieg hat das nicht ausgelöst.«

»Sie haben es auch noch nicht beim Präsidenten versucht. Oder einem anderen Führer der westlichen Welt. Sie wollten den Verdacht auf den Iran lenken und den Friedensprozess in Afghanistan sabotieren. Was ihnen auch beinahe gelungen ist.« Nicks Finger trommelten auf seinem Knie. »Dann wäre Annahme Nummer drei, dass die Bombe oder eine Art koordinierter Angriff, alle wichtigen Persönlichkeiten gleichzeitig ausschalten soll. Den Präsidenten und alle anderen. Einfach wäre das nicht.«

»Doch, wäre es.« Jetzt starrten alle Stephanie an. Ihr Gesicht war kreidebleich geworden. »Für morgen wurde ein Krisentreffen des UN-Sicherheitsrates angesetzt. China und Russland sind wegen der neuen Sanktionen gegen den Iran aufgebracht. Jeder wichtige internationale Politiker wird dort sein, einschließlich unseres Präsidenten. Wenn Sabbah die Bombe in New York zündet, kriegt er sie alle auf einmal.«

»Aber die Sicherheitsmaßnahmen sind wasserdicht«, sagte Monroe. »Das ist nicht wie in einem Actionfilm. Keiner würde versuchen, die Bombe in einem Servierwagen unter ein paar Schälchen Salat einzuschleusen. So dicht kommt keiner an das UN-Gebäude heran.«

Steph seufzte. »Aber wie nah muss man schon dran sein, wenn man eine Atombombe hat?«

Kapitel 63

»Ist alles vorbereitet?« Hassan i Sabbah sah durch das Fenster nach draußen. Der leichte Schneefall lag wie ein Weichzeichner über der beeindruckenden Szenerie.

»Ja, Meister. Wir haben die passenden Batterien in einem Motorradgeschäft erworben. Diese Maschinen ... so teure Spielzeuge, während gleichzeitig die eigenen Leute auf den Straßen verhungern. Es ist ungerecht.«

»Deshalb sind wir ja hier, Jamal. Um die Gerechtigkeit wiederherzustellen. Wie es der Prophet uns lehrte, Friede sei mit ihm.«

Jamal verbeugte sich. »Er leitet uns auf allen unseren Wegen.«

»Sind die Fida'i bereit?«

»Ja, Meister. Vielleicht werden wir sie gar nicht brauchen.«

»Vielleicht. Gibt es neue Nachrichten aus Pakistan?«

»Nein, Meister. Wir haben bereits jemanden losgeschickt.«

Sabbah dachte darüber nach. Es war eigenartig, dass er von seinen Schülern noch nichts gehört hatte. Vielleicht war ihre Ausrüstung defekt. Er schob den Gedanken beiseite. Bisher war alles zufriedenstellend verlaufen. Der Tod des britischen Außenministers und des amerikanischen Politikers hatten die Führer der westlichen Welt in die Irre geführt und gegen Teheran aufgehetzt. Die verschiedenen Geheimdienste konkurrierten untereinander. Der Krieg in Afghanistan war wieder entfacht worden. Ja, die Dinge hatten sich in seinem Sinne entwickelt. »Sind die Mitglieder des Sicherheitsrates bereits eingetroffen?«

»Ja. Die Sicherheitsmaßnahmen sind sehr strikt, so wie wir es erwartet haben. Aber das stört uns nicht.«

»Keine Änderungen im Ablauf?«

»Nein.«

»Was für Narren. Halten sich selbst für unverwundbar.« Er wandte dem Fenster den Rücken zu.

Kapitel 64

Es war Morgen.

Das ländliche Virginia lag unter einer dreißig Zentimeter hohen, frischen Schneedecke. Stephanie legte das Telefon beiseite. Sie sah nicht sehr glücklich aus. »Der Präsident wird seine Pläne nicht ändern. Wir haben keine harten Fakten, die unsere Einschätzung der Lage stützen. Lucas, wie war die Reaktion aus Langley?«

»Hood denkt, dass Sie richtig liegen. Lodge glaubt, dass es nur ein Trick ist.«

»Und was denkt das FBI, Steph?«, fragte Nick.

»Jeder ist überzeugt, dass seine Sicherheitsvorkehrungen perfekt sind und wir nur die Pferde scheu machen. Allerdings dürfen wir ihnen auch nicht sagen, dass bei ihnen eine Kernwaffe unterwegs ist. Es würde sich herumsprechen und eine Massenpanik auslösen. Die Homeland Security, das FBI, das NYPD und jeder mit einer Dienstmarke sucht nach Sabbah. Sie denken, das genügt.« Sie wandte sich Monroe zu. »Lucas, sie haben keine Genehmigung für Inlandseinsätze, aber wir können tun, was wir wollen. Betrachten Sie sich für die Zeit des Einsatzes als rekrutiert.«

»Bekomme ich einen Blechstern?«

Lamont lachte. »Klar doch, Mann. Du bist Gary Cooper.«

»Cooper?«

»Wie in dem Western. High Noon. Kennst du den nicht? Da gibt es diesen alten Sheriff, der Cooper sagt, er sei verrückt, obwohl der nur das Richtige tun will. Er sagt: Wofür? Für einen Blechstern?«

»Sabbah wird sich wohl kaum die Zeit mit einer Kutschtour durch den Central Park vertreiben«, sagte Nick. »Er wird sich irgendwo mit der Bombe versteckt halten.«

»Wie finden wir ihn? Haben Sie schon irgendwelche Annahmen?«, fragte Monroe. »Wie wäre es mit einem Ouija-Brett?«

»Sehr witzig.« Nick zupfte an seinem Ohr. »Er muss dicht genug dran sein, damit die Druckwelle die UN trifft. Wie dicht wäre das?«

»Bei sechs Kilotonnen?« Monroe rieb sich das Kinn. Alles innerhalb von einem halben bis einem Kilometer um das Zentrum verdampft. Die Druckwelle und die Strahlung reichen deutlich weiter. Ältere Gebäude stürzen ein. Jedes verdammte Fenster zersplittert. Brände entstehen, Gasleitungen bersten und so weiter. Noch einmal anderthalb Kilometer um das Zentrum entstehen schwerste Schäden. Die Explosion würde Manhattan fast auslöschen. Diese alten Rucksackbomben sind dreckig. Die Strahlung würde tausende Quadratkilometer verseuchen.«

»Er könnte also einen Kilometer entfernt sein und bekäme immer noch, was er wollte?«

»Stimmt.«

»Das sollten wir uns auf der Karte ansehen.« Die Insel Manhattan erschien auf dem großen Bildschirm. »Ein Häuserblock entspricht in etwa 200 Metern?«

»Mehr oder weniger.«

Nick benutzte einen Laserpointer, um seine Argumentation zu verdeutlichen. »Rechnen wir mit einer Todeszone mit eineinhalb Kilometern Durchmesser und einer Zone mit schweren Schäden von drei Kilometern Durchmesser. Das sind mehr als sechzehn Blocks in jeder Richtung von der Zweiundvierzigsten und der UN Plaza, wenn wir das als Explosionszentrum annehmen. Also grob von der Sechsundzwanzigsten bis zur Achtundfünfzigsten Straße auf der East Side. Und der gesamte Park bis zur West Side.«

»Es muss nicht direkt am UN-Komplex sein.« Selena fuhr sich mit den Fingern durchs Haar. »Es würde genügen, wenn er in einem Fünfhundertmeterradius in der Nähe zündet.«

Alle blickten gebannt auf den Bildschirm. New York war eine große Stadt. Eine richtig große Stadt. Sabbah war nicht einfach die Nadel in einem Heuhaufen. Er war ein Staubkorn in einem gewaltigen Sandsturm. Er konnte überall sein. In einem Auto oder einem Lieferwagen. In einem Gebäude oder einem Hotel. Er könnte einen Müllwagen oder ein Taxi fahren. Er könnte die U-Bahn benutzen. In einer Kirche sitzen. Verdammt, er könnte mit der Bombe im Central Park sitzen und die Eichhörnchen füttern. Das war New York. Keinem würde etwas auffallen.

Etwas störte Nick, kratzte an den Rändern seiner Wahrnehmung und nagte an ihm. Sie übersahen irgendetwas. Er starrte die Karte an. »Der Hund hat nicht gebellt.«

Monroe warf ihm einen verwirrten Blick zu. »Wovon sprechen Sie? Noch mehr Annahmen?«

»Ich rede von Sherlock Holmes. Der Hund, der nicht bellte. Die Lösung des Geheimnisses lag in dem, was nicht geschah, in dem, was nicht da war. Und was fehlt auf dieser Karte?«

»Nichts. Sie haben den ganzen Laden besser abgeriegelt als Fort Knox.«

»Wie groß ist die Bannmeile?«

Stephanie zeigte es auf der Karte. »Acht Blocks nördlich und südlich der UN Plaza. Rüber nach Midtown bis zur Lexington. Die Absperrungen werden dichter, je näher man der UN kommt. Alle Straßen wurden gesperrt. Der Verkehr ist ein einziges Chaos.«

»Was ist mit dem Midtown-Tunnel. Den Brücken?«

»Sind noch offen, aber der Verkehr wird nach Osten und Westen umgeleitet. Es gibt überall Kontrollpunkte.«

Dann sah Nick die Schwachstelle. »Und was ist mit der anderen Flussseite?«

»Wieso die andere Seite?«

»Habt ihr je von dem Eastern Airlines Flug gehört, der vor ein paar Jahren in den Everglades abstürzte?«

»Der, wo alle auf eine durchgebrannte Glühbirne starrten?«

»Genau der. Es musste eine Menge passieren, bis es zum Absturz kam, aber das Hauptproblem bestand darin, dass sich alle im Cockpit auf eine defekte Kontrollleuchte konzentrierten. Sie bemerkten gar nicht, was sonst noch geschah. Sie hörten die Höhenwarnung nicht und haben ihren Flieger praktisch in die Grasnarbe geflogen. Es gibt irgendein Psycho-Gelaber dafür.«

»Selektive Wahrnehmung«, half Selena aus.

»Ich denke, damit haben wir es hier zu tun. Schaut auf die Karte. Die UN liegt direkt am East River. Wie breit ist der Fluss?«

»Etwa zweihundertfünfzig Meter«, sagte Stephanie.

»Das ist deutlich weniger als ein halber Kilometer. Wie sieht's da drüben mit der Sicherheit aus?«

Jetzt dämmerte es allen im Raum.

»Es gibt keine. Nur die Kontrollpunkte.«

»Scheiße«, sagte Monroe kopfschüttelnd. »Alles konzentriert sich auf die UN. Aber die Bombe ist gar nicht in Manhattan. Sie ist auf der anderen Seite des Flusses.«

Kapitel 65

Sie trafen sich am La Gardia mit dem FBI. Der Agent, der sie zu dem schwarzen Suburban führte, den sie übernehmen sollten, war nicht begeistert. Sein Partner saß in einem Crown Vic mit laufendem Motor, um sich warmzuhalten.

»Das ist doch reine Zeitverschwendung.« Sein Name war McFarland. Er trug einen blauen Anzug mit Krawatte, hatte einen langen Übermantel und schwarze Überschuhe, die seine Lederschuhe aber nicht vor dem Schneematsch bewahren konnten. Seine Nase war gerötet. Er nieste. »Wir haben über eintausend Beamte da draußen. Keiner kommt an den Präsidenten oder sonst jemanden heran. Ich sollte an der Plaza sein und mich nicht um einen Haufen Möchtegern-Agenten kümmern müssen.«

»Also schön, Agent McFarland. Sobald Sie uns die Schlüssel aushändigen, sind Sie uns los und können tun, was immer Sie wollen.« Nick rang um seine Beherrschung.

»Je schneller, desto besser. Ach ja. Wenn Sie Ihre Besichtigungstour beendet haben, bringen Sie ihn doch bitte vollgetankt zurück.« McFarland stieg in den Crown Vic und raste davon. Schneematsch spritzte überallhin.

»Arschloch.«

»Ganz genau, Ronnie. Wie gemacht für Washington.«

Sie stiegen in den Wagen. Carter und Monroe vorn, Ronnie und Selena hinten. »Waffencheck.«

Nick hatte eine neue H&K .45, die anderen hatten ihre Glocks. In Ronnies Segeltuchtasche waren die MP-5. Er verteilte sie. Alle trugen Schutzwesten unter ihren Jacken.

»Aufgebrezelt, aber keine Party weit und breit«, kommentierte Lucas trocken. »Wo fangen wir an?«

»An der Stelle, die direkt gegenüber von der UN liegt. Das wäre der Kai in Queens. Wenn er hier ist, will Sabbah sicher so dicht wie möglich dran sein.«

Sie sahen es sich auf der Karte an. »Das ist eine ganze Menge Ufer.« Ronnie hielt wieder seinen Medizinbeutel in der Hand. Selena machte einen geistigen Vermerk, ihn darauf anzusprechen. Vielleicht war es so ähnlich wie eine Gebetskette. Nick zeigte auf einen grünen Fleck auf der Landkarte. »Da ist ein Park, direkt gegenüber der UN Plaza auf der Ostseite des Flusses. Lasst uns dort anfangen.«

Sie verließen La Guardia und folgten der Beschilderung auf die Brooklyn Queens Schnellstraße. Sie kreuzten den Queens Boulevard und bogen auf die Midtown Queens Schnellstraße ab. Schnee und Schneematsch sammelten sich am Straßenrand und färbten sich langsam grau. Carter ließ die Scheibenwischer laufen. Der Verkehr bewegte sich Stoßstange an Stoßstange. Sie schalteten das Blaulicht an ihrem Suburban ein und kämpften sich durch den Stau. Viel brachte auch das Blaulicht nicht. Sie verließen die Schnellstraße vor dem Queens-Midtown-Tunnel und fuhren den Vernon Boulevard nach Norden. Nick sah eine

U-Bahnstation. Sie war mit einer Sieben in einem Kreis gekennzeichnet. Wie in seinem Traum. Er erschauderte.

»Was ist los, Nick?« Lucas warf ihm einen fragenden Blick zu. »Sie sehen aus, als hätten Sie einen Geist gesehen.« Nick kommentierte das nicht. Sie bogen auf die Achtundvierzigste ein. Der Park lag jetzt direkt vor ihnen.

Sie fuhren zum Eingang und stiegen dort aus. Ein kalter Wind wehte vom East River herüber. Sonnenlicht spiegelte sich plötzlich in einer Glasfassade auf der anderen Flussseite. Das UN-Hauptquartier. Bei dem schlechten Wetter war der Park fast menschenleer. Zwei riesige Kräne dominierten die Szene. Vier lange Piers ragten in den East River hinein. Das schmutzige Wasser darunter schimmerte in allen Farben des Regenbogens. Jenseits der Pier lag eine breite, hölzerne Promenade, die sich in einem Bogen entlang des Ufers erstreckte. Pfade führten in regelmäßigen Abständen vom Hauptweg weg und endeten auf kleinen, kreisrunden Flächen, wo Bänke an schönen Tagen zum Verweilen einluden.

Die Skyline von Manhattan erstreckte sich auf der anderen Flussseite, ein menschengemachtes Märchen, eine beeindruckende Collage aus Beton, Glas und Stahl. Ein Panorama, wie es ein Braque oder Picasso hätte malen können. Keiner, der es von hier aus betrachtete, konnte daran zweifeln, dass er auf eine der großartigsten Städte der Welt blickte. Die Wolken teilten sich, Flecken blauen Himmels zeigten sich. Der Tag würde kalt und schön werden. Vielleicht ihr letzter Tag.

Nicks Ohr begann zu jucken. »Wir sind dicht dran«, sagte er.

Selena bemerkte, wie er an seinem Ohrläppchen zog. »Wieder die Sache mit dem Ohr?«

»So ist es.«

Monroe entschied sich, den Mund zu halten. Diese Leute hatten eben ihre eigenen Methoden.

Kapitel 66

Stephanie saß in ihrem Büro und grübelte noch über die Bombe. Es gab zu viele Orte, zu viele Leute, zu viele Gebäude, um sie alle zu durchsuchen. Die Chancen, Sabbah mit vier Leuten zu finden, standen in etwa so gut, wie ein Hauptgewinn in der Lotterie. Vermutlich sogar schlechter. Sie schossen ins Blaue, auf ein Ziel, das vielleicht nicht einmal vorhanden war. Sie sah auf, als sich die Tür öffnete. Sie erkannte die Gestalt im Türrahmen und ein Gefühl der Erleichterung durchfuhr sie, eine Welle der Ruhe. Ihre Züge hellten sich auf. »Elizabeth!«

»Hallo Steph.« Direktorin Elizabeth Harker wirkte blass. Sie hatte elfengleiche Züge, wie eine magische Kreatur, die selten das Sonnenlicht erblickte. Und Elizabeth hatte tatsächlich sehr lange keine Sonne mehr gesehen. Sie war auf der Intensivstation in Bethesda gewesen, wo sie wegen einer Schusswunde und einer seltenen Krankheit behandelt worden war.

Sie hatte eine frische Narbe über ihrer linken Augenbraue. Ihr rabenschwarzes Haar war kurzgeschoren und eine kahle Stelle verriet den Ort, an dem die Chirurgen ihren Schädel geöffnet hatten. Sie wirkte dünn und fragil. Aber sie stand wirklich im Raum. Ihre grünen Augen funkelten mit der alten Intensität.

»Wir haben in deinem Büro nichts verändert.«

Steph sprang auf und umarmte sie. »Wir haben alles so gelassen. Wie geht es dir? Kommst du zurück?«

»Es geht mir gut. Und ja, ich komme zurück. Keine Marathonläufe, aber sie haben die Krankheit unter Kontrolle. Keine bleibenden Schäden durch die Kugel, bis auf eine leichte Schwäche in meiner Hand. Ich kann wieder arbeiten. Rice bat mich wiederzukommen, wenn ich mich dazu bereit fühle. Er ist zufrieden mit der Art, wie du und Nick die Dinge erledigen.« Sie machte eine bedeutsame Pause. »Es macht dir doch nichts aus, Steph? Denn wenn das so wäre, dann …«

»Soll das ein Scherz sein? Du hättest dir keinen besseren Zeitpunkt aussuchen können.« Steph brachte sie auf den aktuellen Stand. Sie folgte Harker in ihr altes Büro. Harker setzte sich vorsichtig in ihren Sessel und sah sich kurz um. Dann kam sie ohne Umschweife zum Geschäftlichen. »Hol mir Nick in die Leitung, Steph.« Und dann sagte sie: »Danke. Für alles.«

Steph stellte die Verbindung her. Elizabeth nahm den Hörer ab. »Nick.«

»Direktor Harker, sind Sie das?«

»In voller Lebensgröße, was davon noch übrig ist. Ich habe zwanzig Pfund verloren. Wie ist euer aktueller Status?« Harker hob ihren Stift auf und klopfte damit auf den Tisch. Sie lauschte, während Nick ihr erklärte, wo sie waren und was sie vorhatten. »Ich denke, eure Einschätzung war korrekt. Die Bombe ist auf der Ostseite des Flusses. Sabbah sitzt vermutlich in einem Lieferwagen oder versteckt sich in einem der Gebäude. Wie wollt ihr vorgehen?«

»In einem Lieferwagen oder einem Gebäude werden wir ihn nicht ohne weiteres aufspüren können. Unsere einzige Chance ist, ihn aus der Deckung zu locken. Deshalb haben wir uns eine freie Fläche gegenüber der UN ausgesucht.«

»Wie sieht der Plan aus?«

»Den Park überwachen. Näher kommt man auf dieser Seite nicht an die UN heran. Wir überprüfen alle Fahrzeuge. So viele sind es nicht. Sollte schnell gehen.«

»Irgendwelche Gebäude oder Apartments?«

»Ja, einige. Ein großer Wohnkomplex östlich des Parks und ein weiterer genau gegenüber. Dann gibt es da eine Hertz-Autovermietung und irgendein Ladengeschäft. Dahinter sind leere Grundstücke, die Straße und der Rest von Long Island. Oh ja, und ein riesiges Pepsi-Logo. Von hier aus kann man die gesamte New Yorker Skyline sehen. Tolle Aussicht, einschließlich der UN.«

»Also gut. Wenn er nicht im Park ist, dann durchsucht die Gebäude. Überprüft Parkplätze und Parkhäuser. Er könnte von dort kommen und ins Freie fahren.«

»Wir können niemals alle Wohnungen durchsuchen. Wir bräuchten tausend Polizisten.«

»Ich sehe mal, was ich tun kann. Haltet mich derweil auf dem Laufenden.«

»Verstanden, Direktorin.« Und nach einer Pause fügte er hinzu: »Gut, dass Sie wieder da sind. Sie ahnen gar nicht, wie froh wir sind. Over und Ende.«

»Steph, hol mir das NYPD in Queens ans Telefon.« Harker lehnte sich in ihrem Sessel zurück. Er war wie ein alter Freund, jede Rundung war vertraut und bequem. Sie hatte es vermisst. Sie hatte gar nicht gemerkt, wie sehr sie es vermisst hatte. Es war gut, wieder hier zu sein, ihr altes Leben zurückzubekommen. Das PROJECT war alles, was sie hatte. Und die Uhr stand kurz vor Armageddon. Ihr Vater, ein Richter, hätte sicher etwas dazu zu sagen gehabt. Elizabeth hatte viele Stunden in seinem alten Sessel verbracht, manche davon in Erinnerungen an seine simplen Weisheiten vertieft. Sie wusste, was er jetzt zu ihr gesagt hätte. Sie konnte ihn dort sitzen sehen, in seinem großen, grünen Sessel.

Du kannst alles erreichen, Elizabeth. Denk nur immer daran, nie aufzugeben. Was auch geschieht, gib nicht auf.

Elizabeth nickte unwillkürlich.

Kapitel 67

Hassan i Sabbah saß mit dem Rücken zu dem großen Fenster, bedrohlich in seiner schwarzen Robe und mit seinem schwarzen Turban. Sein Bart war schwarz, schmal und graumeliert. Seine Augen lagen in tiefen Höhlen in seinem hageren Gesicht. Sie waren dunkel und voll von gerechtem Zorn. Hinter ihm erhob sich die unverkennbare Skyline von Manhattan über der anderen Flussseite. Sabbah wusste, dass der Ausblick seinen Standort verraten konnte, aber es spielte keine Rolle mehr.

Wer auch immer nach ihm suchen würde, er würde zu spät kommen. Die Welt musste Amerikas Schwäche erkennen. Was wäre dafür besser geeignet gewesen, als im Hintergrund das Herz des großen Sheitan zu zeigen. Bevor es zerstört wurde. »Lass uns beginnen, Jamal.«

Ein rotes Licht an der Kamera leuchtete auf. »Meine Brüder«, begann er. »Es ist soweit. Allahs Zorn und seine Gnade werden die Welt von den Ketzern und den falschen Propheten reinigen.« Hassan hielt das Schwert mit beiden Händen hoch. »Die Reinigung steht unmittelbar bevor. Seht das Zeichen der Rückkehr des Mahdi, Friede sei mit ihm. Er wird uns den Weg weisen. Er wird kommen, mit dem Feuer in der einen und der Gnade in der anderen Hand. Wir müssen ihm folgen und uns vor seiner Weisheit verbeugen.« Sabbah hob das Schwert höher. Es glänzte im

Licht der Kamera. Er ließ die rasiermesserscharfe Klinge über seinen Unterarm gleiten. Blut benetzte die Klinge und tropfte auf den Boden. »Das Blut der Märtyrer ist der Weg ins Paradies. Noch ist Zeit zu beten, meine Brüder. Habt keine Furcht, denn Allah ist gnädig. Er erkennt Lüge und Wahrheit. Er weiß, wer gläubig ist und wer nicht. Geht in eure Moscheen. Reinigt euch durch das Gebet. Und wartet auf das, was kommen wird. Wenn ihr glaubt, so wird das Paradies auf euch warten oder ihr werdet auf ewig den Flammen übergeben.«

Das Licht an der Kamera erlosch. »Schick das Band in die Welt hinaus, Jamal.«

»Ja, Meister.«

Sabbah ging zu der Bombe hinüber. Eine flache, olivfarbene Metallkiste stand auf dem Boden unter dem Fenster. Er öffnete sie. Die Bombe sah aus wie ein dicker Silberzylinder mit einem runden Stahlball an einem Ende. Es gab eine Schaltfläche mit digitalem Zählwerk. Kabel liefen von einem Ende zu einer Batterie und verschwanden auf der anderen Seite im Behälter. Die zweite Batterie lag unter der ersten verborgen. Das Zählwerk war aktiv. Eine Reihe digitaler Nullen blinkte ihm entgegen. Wartete auf ihn. Die Bombe war leicht scharfzumachen. Sie war für Geheimoperationen und das Schlachtfeld entwickelt worden. Der Nutzer musste über kein komplexes Wissen verfügen. Jamal hatte in Islamabad Nuklearphysik studiert und war vertraut mit atomaren Geräten und ihrer Elektronik. Es war ein Leichtes für ihn gewesen, die Sicherheitsblockaden zu umgehen. Der Zähler konnte auf Minuten, Sekunden und deren Zehntel eingestellt werden. Alles, was nötig war, war die Eingabe der korrekten Zeitspanne, um danach das Zählwerk zu starten. Jamal hatte den Zeitzünder mit der Atomuhr in Colorado synchronisiert. Er würde die Zeit bis zur Sonnenfinsternis exakt herunterzählen.

Hassan i Sabbah gab den Zeitpunkt der Sonnenfinsternis ein: 15:42:08. Er aktivierte den Zeitzünder. Die Anzeige wechselte von Grün zu Rot. Die Ziffern begannen zu blinken und den Countdown herunterzuzählen. Sabbah schloss den Deckel. »Fürchtest du dich, Jamal?«

»Ja, Meister. Ein wenig.«

»Du warst ein guter Diener, Jamal. Du bist ehrlich. Allah ist zufrieden mit dir. Wir werden gemeinsam ins Paradies gehen.« Er sah aus dem Fenster zu der aufragenden Stadt gegenüber. »Das Paradies erwartet uns«, sagte er.

Kapitel 68

Das Video ging viral, kurz nachdem Al Jazeera es veröffentlicht hatte. Elizabeth Harker sah es sich mit Stephanie an. Sie sahen zu, wie Sabbah sich in den Arm schnitt, hörten seine Worte und sahen in seine Augen. Tote Augen. Sie warf einen Blick auf ihre Uhr. Es war 15:20 Uhr. Zweiundzwanzig Minuten und ebenso viele Sekunden bis zur Sonnenfinsternis. Ihr Bauchgefühl sagte Elizabeth, dass Sabbah genau in diesem Moment den Knopf drücken würde. »Halt das Bild an, Stephanie.«

Stephanie drückte auf Pause. Die Skyline von Manhattan war deutlich im Fenster zu erkennen.

»Er ist ziemlich weit oben. Er muss in einer der Wohnungen in der Nähe unseres Teams sein. Gib mir eine Triangulierung über den Fluss hinweg mit der UN als Bezugspunkt.«

Stephanie bearbeitete ihren Computer. Eine rote Linie erschien im Bild und zeigte direkt auf die UN Plaza, unbehindert, als ob Fenster und Wände nicht existieren würden. Sie gab Befehlszeilen ein, ihre Finger jagten über die Tastatur. Grüne Ziffernblöcke mit Berechnungen erschienen in einer Leiste auf der linken Bildschirmseite. Ein Satz GPS-Koordinaten blinkte rot auf.

»Zwölfter Stock. Er ist im Zwölften, mit Blick auf den Fluss.«

Elizabeth aktivierte die Funkverbindung. »Nick. Wir wissen, wo er ist. Zwölfter Stock, in einem der Apartmentkomplexe.«

»Verstanden. Welches Gebäude?«

»Wenn du nach Osten siehst, ist es das linke. Das NYPD schickt euch Verstärkung. Ich weiß nicht, wie viele. Lasst euch nicht versehentlich erschießen. Ihr habt weniger als zwanzig Minuten, um ihn zu finden.«

Nick sah zu den Fenstern hinauf. »Wir sind dran. Haltet die Verbindung offen.«

»Verstanden. Viel Glück, Nick.«

Elizabeth griff nach ihrem Telefon und wählte eine Nummer, die nur wenige Menschen kannten. Sie betete, dass der Mann am anderen Ende abheben würde.

»Ja?«

»Mr. President, hier spricht Elizabeth Harker.«

»Harker? Ich dachte, Sie wären noch in Bethesda.«

»Ja Sir, war ich. Aber jetzt bin ich wieder da.« Sie sah auf ihre Uhr. »Sir, wir haben Kenntnis von einer nuklearen Vorrichtung, die in neunzehn Minuten detoniert. Sie befindet sich in der Nähe der UN, auf der gegenüberliegenden Seite des Flusses. Sie müssen sofort nach Westen evakuieren. Sie müssen eine sichere Mindestdistanz von fünf Kilometern erreichen, je weiter, desto besser.«

»Ist das eine bestätigte Bedrohung? Ich stehe kurz davor, zum Sicherheitsrat zu sprechen.«

»Mr. President, das ist keine Option.« Ihr Tonfall ließ keinen Raum für Zweifel.

»Eine bestätigte Bedrohung. Mein Team ist bereits vor Ort, während wir sprechen.«

Stephanie starrte Elizabeth an. Sie sagte gerade dem Präsidenten der Vereinigten Staaten, was er zu tun hatte.

»Also gut. Informieren Sie mich weiter über den Stand der Dinge.« Rice unterbrach die Verbindung.

»Ich frage mich, ob er die anderen einweihen wird.«

»Ich weiß es nicht, Steph. Aber ich denke, er muss.«

»Was, wenn Sabbah es herausfindet? Kann er sie früher zünden?«

»Auch das weiß ich nicht. Hoffen wir, dass wir es nie erfahren.«

Kapitel 69

Carter sprach in sein Headset. »Zwölfter Stock. Dieses Gebäude.« Er zeigte darauf. Das Team war über den Gehweg verteilt. Sie rannten los. Sie erreichten den Wohnkomplex und Nick hob direkt vor dem Eingang die Hand. »Wie wollen wir es angehen? Sabbah hat mit Sicherheit Männer abgestellt, die ihn schützen sollen.«

Monroe sah nach oben. Zu viele Fensterreihen blickten zurück. Carter sah auf seine Uhr. *Neunzehn Minuten.* »Wir müssen leise reingehen.« Monroe deutete auf das Gebäude. Carter nickte.

»Ronnie, Lift oder Treppe? Ich hätte Wachen an beiden Orten.«

»Der Aufzug ist schneller, aber auffällig. Deutlich hörbar, wenn er das Stockwerk erreicht. Man steht offen auf dem Korridor. Sie haben die Gänge sicher im Auge und sehen uns sofort, sobald wir aus dem Fahrstuhl steigen. Wenn sie da drin sind.«

»Sie sind da drin, verlass' dich drauf. Wir nehmen das Treppenhaus. Ich bin vorn, Ronnie die Nummer zwei, danach Selena. Lucas hält uns den Rücken frei. Entsichern.«

Sie stießen die Tür auf und stürmten in die Lobby. Carter hielt seine Dienstmarke hoch, als sie hereinkamen. Hinter dem Empfang starrte ein überraschter Wachmann mit offenem Mund auf ihre Waffen. Er stand auf. Er war um die fünfzig. Sein Bauch hing über dem Waffengurt. Ein Ex-Cop, vermutete Nick. Konnte von Vorteil sein, aber garantiert war das nicht. Nick behielt seine Hände im Auge und hoffte, dass er nicht so dumm war, seine Waffe zu ziehen. Sie hatten keine Zeit für Diskussionen.

»Bundesagenten«, sagte Nick kurz angebunden. »Wir haben eine Krisensituation im zwölften Stock, in ein paar Minuten ist Ihr Foyer voller Polizisten. Sagen Sie ihnen, wie wir aussehen und schicken Sie sie rauf in den Zwölften. Sagen Sie ihnen, dass sie mit bewaffneter Gegenwehr rechnen müssen. Es könnten Schüsse fallen. Schalten Sie die Aufzüge ab und sagen Sie ihnen, sie sollen die Treppe nehmen. Und schärfen Sie ihnen ein, nicht auf uns zu schießen.«

»Wa...?«

»Sie haben mich doch verstanden. Tun Sie's einfach. Wo ist das Treppenhaus?«

»Dort.« Der Wachmann zeigte auf die Tür.

Sie sprinteten quer durch die Lobby und öffneten eine Tür. Das Treppenhaus hätte hell erleuchtet sein müssen, war es aber nicht. Die Treppen reichten bis hinauf zum Dach. Die Stufen führten jeweils zu einer Zwischenebene und von da aus zurück ins nächste Stockwerk. Das Licht war aus. Die Notbeleuchtung war ebenfalls dunkel, bis auf die schwachen, roten Lampen in den Hinweisschildern für die Ausgänge. Gerade hell genug für die Treppen. Aber es gab viele dunkle Ecken. Wer konnte sagen, was in den Schatten lauerte? Die Bedrohung war real. *Siebzehn Minuten.* Sie nahmen immer zwei Stufen auf einmal. Ihre Schritte hallten durchs Treppenhaus. Sie erreichten das zweite Stockwerk. Eine große, weiße Zwei war auf den Beton gemalt. Zu beiden Seiten gab es geschlossene Zugangstüren. Sie stiegen weiter nach oben. *Sechzehn Minuten.*

Sie waren unterwegs zum Vierten. Der erste Angreifer kam lautlos und war in Grau gekleidet. Er trat mit etwas Dunklem in der Hand aus den Schatten. Nick erschoss ihn. Ohrenbetäubend durchbrach die MP-5 die Stille des Treppenhauses. Der Körper fiel an ihnen vorbei die Treppe hinunter. »Jetzt wissen sie, dass wir kommen. Bewegung.«

Fünfter Stock. Die Türen sprangen auf, als sie den Treppenabsatz erreichten. Drei weitere Männer erschienen und feuerten ins Treppenhaus hinein. Pistolen, keine Messer. Die Assassinen gingen mit der Zeit. Selena hatte kein freies Schussfeld. Betonsplitter und Metallfragmente schwirrten durchs Treppenhaus. Über ihr hatten Nick und Ronnie das Feuer eröffnet. Sie roch Kordit und heißes Messing. Sie erreichte den Absatz. Leichen lagen auf dem Betonboden. Ihr Schritte hinterließen blutige Fußabdrücke. Monroe war direkt hinter ihr. Sie rannten weiter die Stufen hinauf. Im siebten Stockwerk hinterließen sie drei weitere Leichen. Selenas Beine schmerzten, als sie den Elften erreichten. Der nächste Angriff kam, diesmal von unten. Monroe duckte sich auf den Stufen und feuerte die Treppe hinunter. Selena sah Umrisse und Mündungsblitze. Sie feuerte ebenfalls. Dauerfeuer. Jemand stürzte. Sie griff nach einem neuen Magazin. Ein Schuss kam von unten und Monroe stürzte kopfüber die Treppe hinunter. Auch weiter oben fielen Schüsse. Eine dunkle Gestalt sprang über Monroe hinweg und kam auf sie zu. Sie warf die Waffe nach ihm, dann war er auch schon über ihr.

Er trat nach ihrem Bein, sie blockte, parierte mit einem Faustst0ß und traf, fühlte einen Schlag in ihre Nieren und konterte mit dem Ellbogen. Sie spürte, wie ihr Arm taub wurde, als ein harter Schlag ihren Nacken traf und trieb ihre rechte Faust so fest sie konnte in seine Rippen, um die Herzgrube zu treffen. Der Mann ging zu Boden und krampfte. Sie ignorierte ihn, beugte sich hinunter zu Monroe und tastete nach seinem Puls. Stockend, aber er war am Leben. Bewusstlos. Ameisen schienen über ihren Arm zu laufen, als das Gefühl darin zurückkehrte. Sie hob ihre MP-5 auf und schob ein neues Magazin hinein. Sie spannte die Waffe und atmete tief ein. Bereit. Ihr Puls raste. Sie stand so unter Strom, als hätte man sie an eine Überlandleitung angeschlossen. Über ihr war es plötzlich still geworden.

»Selena. Lucas?« Nicks Stimme.

Sie rief nach oben. »Monroe ist getroffen und am Boden. Ich komme rauf.« Sie stieg über die Leichen, die auf den Stufen lagen. Sie waren jetzt im Zwölften.

Nick sah auf seine Uhr. *Sieben Minuten.* »Wir holen Monroe später. Macht euch bereit.«

Sie duckten sich neben den Türrahmen. Nick schob die Tür langsam auf. Die gegenüberliegende Wand schien in einer Wolke aus Staub und Betonfragmenten zu explodieren. Nick und Ronnie schoben ihre Waffen durch den Spalt und feuerten blind. Die Luft war voll von glänzenden Messinghülsen, die übereinander tanzten.

Selena glitt in die Zone. Die Geräusche wurden zu einem gedämpften Hintergrundrauschen. Sie sah den leeren Hülsen zu, die die Waffen in Zeitlupe auswarfen und die sich im Flug drehten. Alles bewegte sich, als befände sie sich unter Wasser. Sie duckte sich und machte eine Hechtrolle durch die Tür, unter dem tödlichen Kugelhagel hindurch. Sie konnte die Projektile in der Luft beinahe sehen und spürte, wie sie über sie hinwegglitten. Sie rollte zur anderen Seite des Korridors, hob ihre MP-5 und schoss auf die beiden Männer mit den Maschinenpistolen. Sie konnte sehen, wie sie von ihren Treffern nach hinten geworfen wurden. Sie schienen durch die Luft zu schweben, bis sie als verdrehte Körper liegen blieben. Die Zeit beschleunigte sich wieder. Selena stand auf. *Fünf Minuten.*

»Welche Tür?« Nick sah den Korridor hinunter. Er war mit einer geschmacklosen Tapete in blassem Gelb tapeziert worden. Er hatte Teppichboden und Wandlampen. Der Boden war in einem undefinierbaren Blau, die Lampen waren billige Art-Deco-Kopien. Links und rechts gab es Türen.

»Hinter denen.« Selena deutet mit einer Kopfbewegung auf die Männer, die sie erschossen hatte.

»Er muss hinter ihnen sein.«

Nicks Ohr brannte wie Feuer. Sie rannten an den Leichen vorbei. Eine Tür öffnete sich. Ein Mann mit einer Pistole trat heraus. Ronnie schoss ihm drei Kugeln in die Brust. Die Pistole flog durch die Luft und der Mann fiel zurück durch den Türrahmen. Nick stieg über ihn hinweg in den Raum.

Ein hochgewachsener Mann in einer schwarzen Robe stand vor einer olivgrünen Metallkiste. Hinter ihm glitzerte die Skyline von Manhattan im Sonnenlicht, das durch Wolkenlücken fiel. Der Mann hielt ein Schwert in der rechten Hand.

Hassan i Sabbah lachte. »Zu spät. Jetzt brennt ihr in der Hölle.« Er sprang vor und seine Waffe beschrieb einen weiten Bogen, schnitt quer über Nicks Schutzweste. Nick blockierte Sabbahs Arm. Er konnte seinen fauligen Atem riechen, seinen ungewaschenen Körper. Hinter ihm stürmte Ronnie in den Raum. Nick bekam das Schwert zu fassen und schwang es horizontal mit aller Kraft. Die schwere Klinge grub sich in Sabbahs Hals und schnitt komplett hindurch. Sein Kopf flog davon. Eine Blutfontäne schoss nach oben, spritzte durch den ganzen Raum, trübte das Fenster und tropfte von der Decke. Auch Nick bekam etwas ab. Sabbahs Leichnam sank in sich zusammen. Nick wischte sich das Blut aus dem Gesicht. Er sah auf seine Uhr. *Eine Minute und neunundfünfzig Sekunden.*

Kapitel 70

Elizabeth wartete ungeduldig. Auf ihrem Bildschirm wurde das Verkabelungsdiagramm für eine tragbare WD-54 gezeigt. Statik kam durch das Headset. »Direktorin, ich stehe jetzt vor der Bombe. Noch eine Minute fünfzig. Was soll ich tun?«

»Es gibt fünf Drähte. Rot, Schwarz, Grün, Gelb und Blau. Sehen Sie sie?«

»Ja, ich sehe sie. Aber ich sehe auch vier weitere. Grün, Grün, Orange und Schwarz. Sie sehen neuer aus.«

»Es sollten aber nicht mehr als fünf sein.«

»Dann müssen Sie das Ding neu verdrahtet haben. Eine Minute, einundzwanzig Sekunden.«

»Schneidet gleichzeitig Blau und Rot.«

»Verstanden. Blau und Rot. Wir schneiden.«

Elizabeth hielt den Atem an. »Irgendeine Veränderung?«

»Negativ. Eine Minute, vier Sekunden.«

»Kannst du die Stromquelle sehen?«

»Sieht wie die Batterie eines Motorrads aus. Rote, schwarze und grüne Drähte.«

»Nicht den Minuspol durchschneiden. Das löst sie aus. Schneide den Pluspol ab, vermutlich den Roten.«

»Rot und Grün. Achtundvierzig Sekunden.«

»Beide gleichzeitig.«

»Wir schneiden.«

Nick hielt das Messer an den Draht und betete. Er schnitt. Der Zähler lief weiter. »Keine Wirkung. Dreiundzwanzig Sekunden.«

»Nick …«

»Ich schneide alle durch.« Nach einer kurzen Pause. »Keine Wirkung. Zwölf Sekunden.«

»Nick.«

»Auf Wiedersehen, Elizabeth.« Dann sagte er: »*Fünf.*«

Selena stand wie erstarrt in der Mitte des Raumes. Ihr war gar nicht bewusst, dass sie in der Blutlache von Sabbahs kopfloser Leiche stand. Sie hörte auch die aufgeregten Schreie auf dem Korridor nicht.

»*Vier.*«

Sie hörte nur Nicks Countdown.

»*Drei.*« Nick überlegte, was für ein Idiot er gewesen war. Er sah Selena an. Ihre Augen trafen sich. Er hätte ihr sagen sollen, was er für sie empfand und dass er sie liebte, aber dafür blieb keine Zeit mehr. »*Zwei.*«

Selena konnte es sehen. Er hatte es ihr vielleicht nie in Worten gesagt, aber sie konnte es jetzt sehen. Es fühlen. Es zerbrach ihr fast das Herz, diese Traurigkeit über etwas, das hätte sein können.

»*Eins.*«

Dann kam das Geräusch eines sich schließenden Relais, ein Klicken von Metall auf Metall.

Keiner bewegte sich.

Keiner atmete.

Nichts geschah.

»Ein Blindgänger«, sagte Nick heiser. »Das verdammte Ding ist ein Blindgänger.« Er lachte, immer lauter, bis ihm die Tränen die Wangen hinunterliefen. »Ein beschissener Blindgänger.«

Kapitel 71

Manche Ereignisse lassen sich nicht begraben. Der Präsident hatte die UN in höchster Eile kurz vor seiner Rede verlassen. Reporter und Nachrichtenhelikopter hörten den Polizeifunk der Einheiten ab, die binnen der nächsten Minuten zu dem Apartmentkomplex gerufen wurden. Die Sensationspresse war voll mit Bildern von den Leichensäcken, die aus dem Gebäude getragen wurden. Praktisch jeder hatte das Video von Sabbah und dem Schwert gesehen. Kein Terrorist seit bin Laden hatte soviel Aufmerksamkeit erregt. Als sein Tod durch die Medien ging, wusste jeder, dass Sabbah bei dem Versuch getötet worden war, den Präsidenten und die anderen Führer der Welt in der UN durch eine Bombe zu ermorden.

Allerdings wurde nirgendwo erwähnt, dass es sich um eine Atombombe gehandelt hatte. Niemand würde je erfahren, dass Manhattan beinahe verdampft wäre und dass die Waffe aus den Vereinigten Staaten stammte. Der Iran beschuldigte die USA einer bewussten Täuschung mit dem Ziel, den Islam zu diskreditieren. Al-Qaida schwor Rache. Aber der größte Teil der islamischen Welt wollte keinen Jihad und hatte kein Verlangen nach dem jüngsten Gericht. Die meisten Muslime wollten einfach nur in Frieden leben. Islamische Gruppierungen und Nationen auf der ganzen Welt erklärten Hassan i Sabbah zu einem

Geistesgestörten, der die Lehren des Koran pervertiert hatte.

Elizabeth hielt ihren Stift in der Hand. Nick wartete nur darauf, dass sie mit dem Klopfen begann.

»Sabbah dachte, er könne den Westen zerstören. Stattdessen hat er vielleicht die Grundlage für einen neuen Dialog mit dem Islam gelegt. Es war ein Weckruf für viele.«

»Was ist mit dem Schwert passiert?«, fragte Carter. Nick, Selena, Ronnie und Lamont saßen in Harkers Büro.

»Oh, das. Es war nur eine Fälschung. Wir haben es für eine genaue Untersuchung nach Saudi-Arabien geschickt. Stellt euch vor, es wäre echt gewesen.«

»Es war also nicht echt?«

»Sagen wir doch einfach, wir gehen davon aus, dass die Saudis uns bestätigen werden, dass es sich dabei um eine Fälschung handelt.«

Nick musste das erst verdauen. »Wie geht es Monroe?«

»Liegt noch auf der Intensivstation. Bekam einen Lungenschuss, trotz der Weste. Und eine Kugel ins Bein. Aber das wird schon wieder. Stephanie sieht gerade nach ihm.«

»Steph? Dachte mir schon, dass zwischen den beiden was läuft.«

Elizabeth legte den Gedanken schnell zu den Akten. Sie begann auf den Schreibtisch zu klopfen. »Hood lässt uns seinen Dank ausrichten. Das war gute Arbeit, Nick.«

»Hätte nicht gedacht, dass Langley je mit uns zusammenarbeitet.«

Elizabeths Klopfen verstummte. »Solange Lodge der DCI ist, können wir uns auf sie nicht verlassen. Er wird die Lorbeeren einheimsen, gemeinsam mit dem FBI. Nur der Präsident kennt die ganze Geschichte. Er wird dem gesamten Team noch eine Belobigung aussprechen. Ganz im Privaten natürlich. Niemand darf etwas darüber erfahren.«

»Ich dachte wirklich, es wäre aus mit uns, als der Zähler auf Null sprang.«

»Das war es auch beinahe. Die Bombe war keine Attrappe oder Blindgänger.«

»War sie nicht!?«

»Aber sie wurde schon im Jahr 1982 gebaut. Das Zündrelais war korrodiert. Es konnte keinen Kontakt herstellen. Es war im wahrsten Sinne des Wortes um Haaresbreite. Bei Kontakt wäre sie detoniert.«

Wieder hatte Nick etwas zu grübeln. Sein Puls begann hinter seinem linken Auge zu pochen. »Was kommt als Nächstes?«, fragte er.

»Ich brauche etwas Zeit, um wieder in Form zu kommen. Du und die anderen … ihr braucht etwas Freizeit. Besuch' deine Katze oder was du sonst so in deiner Hütte treibst. Ich denke nicht, dass die Welt gleich in der nächsten Woche ohne uns auseinanderfällt.« Später lehnte sich Elizabeth in ihren Sessel zurück und schloss die Augen. Sie war müde, sehr müde. Sie hob das Bild der Zwillingstürme auf. Ihre Hand zitterte. Sie hatten es aufgehalten – diesmal. Aber wie war es nächstes Mal? Und sie war sich sicher, dass es ein nächstes Mal geben würde.

Kapitel 72

Die Straße zur Hütte lag unter frischem Neuschnee begraben. Schwere, feuchte Schneebatzen fielen lautlos von den Ästen der Zedern, an diesem grauen Nachmittag. Sie kamen um eine Kurve. Eine Mülltonne stand neben dem Tor des Nachbarn. Nick riss das Lenkrad herum. Der Pick-up rutschte auf den Graben zu, fing sich aber wieder und wühlte sich weiter auf die Hütte zu. »Vereist«, sagte er. Selena hatte keinen Unterschied am Boden erkennen können. Sie schwieg. Sie erreichten seine Hütte und stiegen aus dem Wagen. Ein riesiger Kater wartete schon unter dem Vordach auf sie, dreißig Pfund vernarbte Muskelmasse und ein mattoranges Fell.

»Woher weiß er das nur?« Selena sah das zerrupfte Tier an, das groß wie ein Luchs war.

»Burps? Keine Ahnung. Er ist fast immer da, wenn ich vorfahre. Will vermutlich ins Warme. Ist aber nur eine Masche von ihn. Er hat schon einen warmen Schlafplatz in der Scheune der Nachbarn. Sie füttern ihn und er kümmert sich um ihre Mäuse.«

»Hallo.«

Selena bückte sich und kraulte den Kater hinter den Ohren, während Nick die Tür aufschloss. Burps sah sie an, Speichel rann von einem langen Reißzahn. Er lief an ihnen vorbei in die Hütte. Nick machte im Holzofen ein

Feuer. Er warf seine Jacke auf die Couch, holte zwei Dosen Katzenfutter und machte sie auf. Burps begann zu fressen. Nick stellte ihm noch eine Schale Wasser dazu. Selena saß am Tisch und sah Nick zu. Sie bemerkte, wie er immer wieder aus dem Fenster sah. *Er ist unruhig.* Der Kater unterbrach seine Mahlzeit und stieß ein lautes Rülpsen aus. Danach fraß er weiter. Carter kam mit Wein und zwei Gläsern. Er hielt die Flasche hoch. »Cabernet. Silver Oak.«

Ihr erstes gemeinsames Glas Wein war ein Silver Oak gewesen. Der Rest dieses Tages war weniger nett verlaufen. Er setzte sich zu ihr an den Tisch, öffnete die Flasche, schenkte ihnen ein und trank. »Das Feuer ist angenehm.« Small Talk also. Sie beobachtete ihn. »Ich mag ein richtiges Feuer. Die Heizung funktioniert gut, aber ich sehe gern in die Flammen.«

»Ist etwas nicht in Ordnung?«

»Nicht in Ordnung?«

»Irgendetwas quält dich doch. Denkst du, ich merke das nicht.«

Er stand auf und ging zum Fenster. »Ich war wie erstarrt«, sagte er. »In Pakistan.«

»Es war kalt.«

»Nein. Ich konnte mich nicht bewegen. Ich war wieder in Afghanistan, als das Kind die Granate warf. Ronnie hat mich da rausgeholt. Hätte uns allen das Leben kosten können. Dann wurdest du angeschossen. Ich hab den Kerl zu Brei gehauen.« Sie schwieg. »Wäre ich nicht erstarrt, wärst du vielleicht nicht getroffen worden.«

»Aber du hast dich darum gekümmert. Ronnie hat mir alles erzählt. Auch, wie du mich getragen hast. Es war nicht deine Schuld. Es waren eine Menge von ihnen und alle haben auf uns geschossen. Es hätte uns alle treffen können. Wir hätten sterben können.«

»Darum geht es doch. Wir hätten alle umkommen können. Es ist mein Job, dafür zu sorgen, dass so etwas nicht passiert. Und ich war wie erstarrt. Wie soll das nur weitergehen?«

»Du musst nicht weitermachen.«

»Doch, muss ich.«

»Aber du musst es nicht allein tun. Du hast mich und die anderen.«

»Das Team.«

»Genau. Und Elizabeth ist auch wieder da. Weniger Druck. Du brauchst nur ein paar freie Tage. Ein wenig Zeit, in der niemand auf dich schießt.« Selena lächelte ihn an. Wenn sie lächelte, bekam sie kleine Grübchen in den Mundwinkeln. »Mit mir und Burps.«

Der Kater hatte sein Futter vernichtet. Er stakste zum Ofen hinüber und rollte sich in seinem Korb zusammen. Für ihn war der Tag gelaufen. Nick sah nach draußen und konnte es ihm nicht verübeln. Es hatte wieder zu schneien begonnen. Selena stellte sich zu ihm ans Fenster. Eine Zeit lang beobachteten sie gemeinsam den fallenden Schnee. »Du bist nicht der Einzige, den etwas quält.«

»Was meinst du damit?«

Nick sah sie fragend an.

»Ich weiß nicht, was mit mir geschieht. Ich dachte immer, die Welt sei ein relativ sicherer Ort. Ich wusste natürlich, dass es Geheimdienste gibt, die dafür sorgen, dass Leute wie ich beruhigt in ihr Bett gehen können und die Chancen ziemlich gut stehen, am Morgen wieder gesund aufzuwachen. Ich habe nie viel darüber nachgedacht. Ich war behütet, durch mein Geld und durch mein Studium.«

»Aber jetzt ist alles anders.«

Sie nickte. »Ich weiß jetzt, wie es da draußen zugeht. Ich weiß jetzt, dass man nicht immer auf dem hohen Ross sitzen und mit dem Finger auf Leute zeigen kann, die die Regeln brechen, um Fanatikern wie Sabbah das Handwerk zu legen.« Nick schwieg. »Wir haben eine Menge Regeln gebrochen. Hätten wir das nicht, wäre die Bombe vielleicht hochgegangen. Er hätte sie noch zünden können, auch wenn das Zählwerk versagt hätte. New York hätte wie Hiroshima ausgesehen. Wir haben es verhindert. Aber wir hatten auch Glück.«

»Ist wie in der Wüste, als wir über Moral sprachen. Wir sind in einem Krieg, und im Krieg gibt es keine netten, sauberen Spielregeln. Wir versuchten lange, so zu tun, als ob es sie gäbe, aber das war in den Zeiten der Kavallerie und der Vorderlader. Es war immer eine Illusion. Es geht darum, den Feind zu töten, auf jede denkbare Weise, um an die Informationen zu kommen, die man benötigt, um ihn zu besiegen. Wenigstens foltern wir nicht mehr.« Er machte eine peinliche Pause. »Jedenfalls nicht beim PROJECT.«

»Das reicht mir nicht. Und was ich sagen wollte: Da kommt ein Teil von mir zum Vorschein, von dem ich nicht wusste, dass es ihn gibt. Als wäre ich jemand anderes, eine Tötungsmaschine. Wie kommt so was? Als wir auf diese schlafenden Männer schossen, da hatte ich keine Skrupel. Ich habe es beinahe genossen.«

»Klar doch. Es hat dir so gut gefallen, dass du dir danach die Seele aus dem Leib gekotzt hast. Hör zu, Selena. Ich bin kein Gehirnklempner, ich weiß nicht wirklich, wie wir ticken. Aber eines weiß ich genau. Wenn es um Leben oder Tod geht, dann tust du, was du tun musst, wenn du es tun musst. Du denkst vorher nicht darüber nach und du versuchst auch nachher nicht darüber nachzudenken. Wenn du kein Gewissen hättest, würdest du dir jetzt gar keine Vorwürfe machen.«

Nick schenkte sich und ihr noch einmal ein.

Sie nahm ihr Glas und setzte sich auf die Couch. Er setzte sich neben sie.

»Du und ich, wir stehen an vorderster Front eines Krieges, den keiner sehen will, weil er so dreckig ist. Es geht nicht um hübsche Paraden, um Orden an der Uniform und um wehende Fahnen. Es ist ein Scheißjob, bei dem man sich dreckig macht. Aber er muss erledigt werden.«

»Mit einer solchen Ansprache gewinnst du aber keine neuen Rekruten.«

»Ich suche ja auch gar keine.«

»Keine Anfänger mehr wie mich?«

»Du bist keine Anfängerin mehr.«

Selena stand auf und nahm ihm das Glas aus der Hand. »Komm schon. Lass uns ins Bett gehen.«

»Ist noch etwas früh.«

»Stell dich nicht dumm. Ich hab doch nichts von schlafen gesagt, oder?«

In dieser Nacht träumte Nick.

Er stand mit Megan vor einem Restaurant. Dem Restaurant, vor dem er um ihre Hand angehalten hatte. Vor dem sie ihr Jawort gegeben hatte. Er fühlte sich schuldig, wusste aber nicht warum. »Es ist in Ordnung, Nick. Alles ist gut.«

»Aber ich liebe dich doch.« Dann war er auf der anderen Seite der Straße, sah sie durch die Autos und die Busse, die vorbeifuhren. Sie hob die Hand. Sie winkte, so wie sie es immer getan hatte, wenn sie sich verabschiedeten. Er konnte sie nicht hören, weil der Verkehr zu laut war, aber er wusste, was sie sagen wollte. »Auf Wiedersehen, Nick.« Dann war sie verschwunden.

Er wachte kurz auf. Selena lag an ihn gekuschelt, warm unter den Decken. Nick lauschte ihrem gleichmäßigen Atem, dachte an Megan und schlief wieder ein. Draußen fielen große, schwere Schneeflocken, die sich auf die Zweige der Zedern legten und die sich am Boden auftürmten. Eine Gestalt im weißen Tarnanzug stand reglos unter einem Baum, fast unsichtbar im Schneetreiben. Der Mann sprach leise in sein Headset. Er fragte etwas, hörte zu und bestätigte, dann drehte er sich um und verschwand in der verschneiten Nacht.

– E N D E –

LUZIFER
VERLAG